苗《なえ》川《かわ》柔《やわら》
青葉と同じくグループ最年
の子
活が
ンス
ーを
17歳
汁、家
菜花《なのか》
で最も冷静であり、一
誰よりもアイドルにな
持ちを内に秘めてい
る性格が災いしてか
(?)、ファンサービスがやや苦手。
14歳／A型／156cm／好きなもの：キュウリのタタキ／嫌いなもの：セロリ

祇《ぎ》園《おん》寺《じ》雪《ゆき》音《ね》
かつては紅葉と一緒に『ゆきもじ』というユニットで活動していた、熱血タイプの女の子。現『TINGS』メンバー。両親共に名のある俳優で、本人も優れた演技力を備えている。
16歳／AB型／164cm／好きなもの：カレーライス（激辛）／嫌いなもの：なし
伊《い》藤《とう》紅葉《もみじ》
『TINGS』のメンバー。雪音と一緒に『ゆきもじ』というユニットで活動していた過去をもつ。ダンスの実力はピカ一だが、理王曰く「戦慄するバカ」のレベルらしい（？）
14歳／A型／146cm／好きなもの：梨／嫌いなもの：なし

玉《たま》城《き》杏《きょう》夏《か》
『TINGS』のメンバー。安定した歌唱力とダンス力で『TINGS』を支える。可愛い外見とは似つかわしくない冷静な性格で、時折メンバーや直輝に厳しい発言も。
15歳／A型／158cm／好きなもの：チーズバーガー／嫌いなもの：ヨーグルト

唐《から》林《ばやし》紘《いと》葉《は》
グループの最年少にして、『HY:RAIN』で一番の負けん気の持ち主。一方とても寂しがり屋でもあり、夜は一人で寝れずトイレにも行けないなど、姉の青葉に甘える子供らしい一面も。
12歳／AB型／145cm／好きなもの:もやし／嫌いなもの:フォアグラ

HY:RAIN
唐《から》林《ばやし》青《あお》葉《ば》
同じく『HY:RAIN』に所属する紘葉の姉であり、その落ち着いた様子からグループ全体のお姉さん的な存在。柔和に見えるが、ディベート能力が高く相手を論破するのがうまい。
17歳／AB型／165cm／好きなもの:チョコレート／嫌いなもの:担々麺、辛いもの全般
黒《くろ》金《がね》蓮《れん》
新進気鋭の人気アイドルグループ『HY:RAIN』のリーダー。春とは同じ高校に通っている間柄だが、その関係性はやや複雑な模様で……？
16歳／B型／161cm／好きなもの:りんご／嫌いなもの:なし

青天国《なばため》春《はる》
芸能事務所「ブライテスト」に所属する、アイドルユニット『TINGS』のメンバー。普段の姿は三つ編み眼鏡。メンバー想いで、どんな時でも前向きな元気っ娘。
16歳／A型／160cm／好きなもの:カレーライス(甘口)／嫌いなもの:長いも
聖《せい》舞《ぶ》理《り》王《お》
根拠なき絶対の自信をもつ、結構なお調子者。一方で素直すぎる性格から、すぐに騙されることもしばしば。
14歳／AB型／155cm／好きなもの:プリン(甘天堂)／嫌いなもの:ピーマン

Did you know?
The most ordinary, natural, and unique magic
to make me an absolute idol

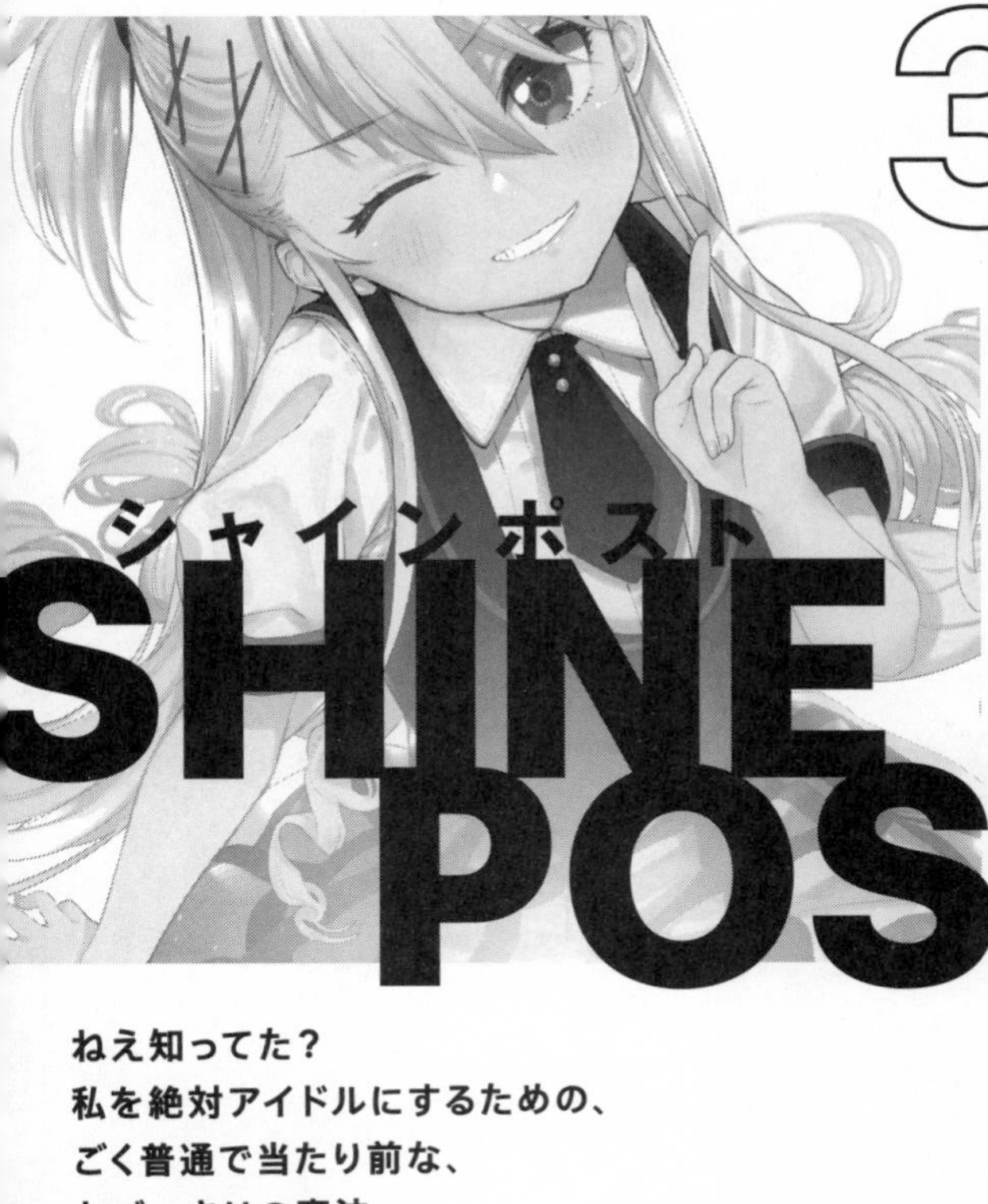

SHINE POST《シャインポスト》 3

ねえ知ってた？
私を絶対アイドルにするための、
ごく普通で当たり前な、
とびっきりの魔法

駱駝

イラスト
ブリキ

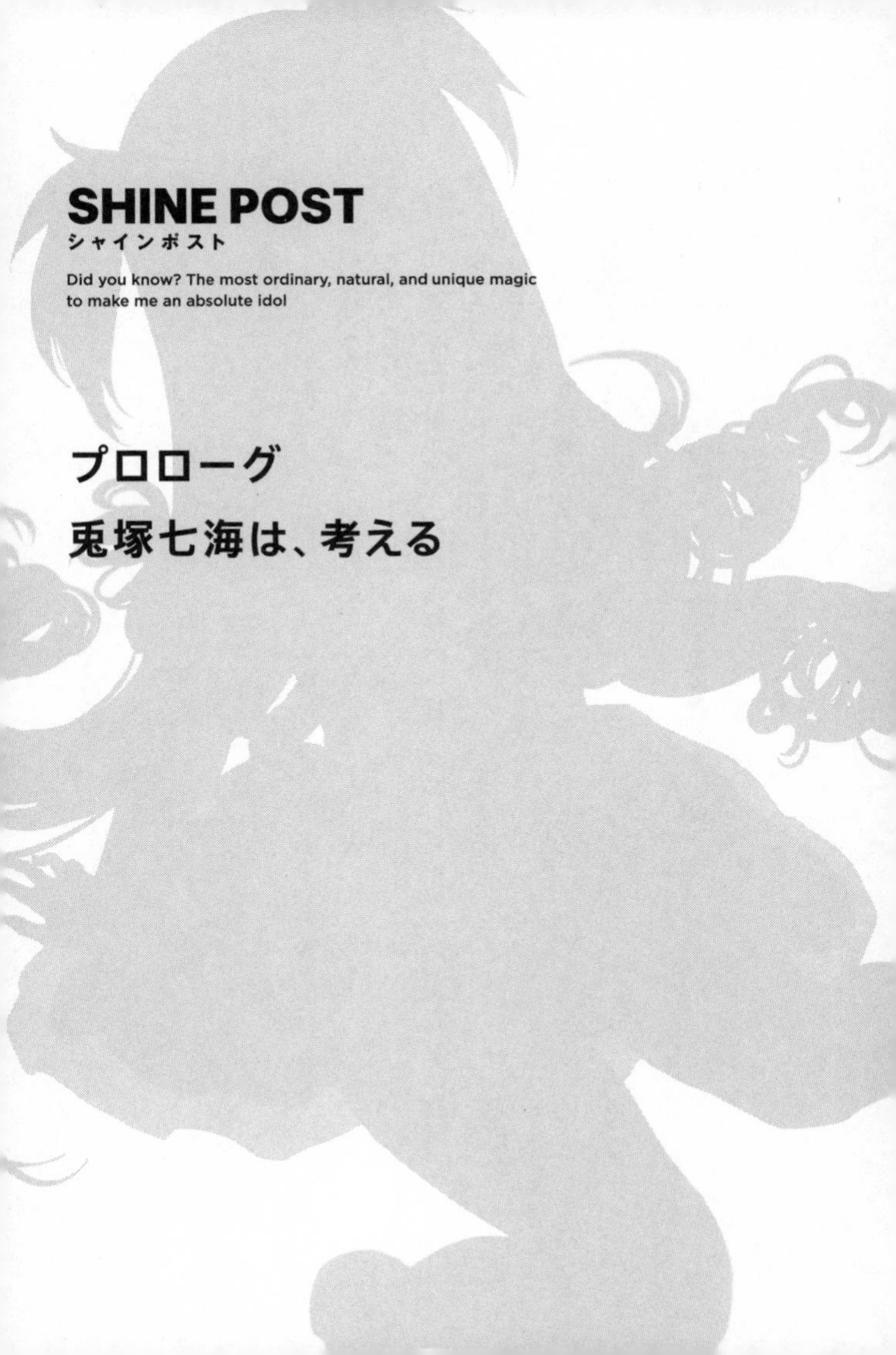

SHINE POST
シャインポスト

Did you know? The most ordinary, natural, and unique magic
to make me an absolute idol

プロローグ
兎塚七海は、考える

「急げ、急げ！」

朝、私――兎《と》塚七海《つかななみ》は、シャワーを浴びて簡単な朝食を済ませた後、大急ぎでマンションを出発した。時間がなくて、髪の毛をほとんど乾かせなかった。

もう、麗美《れみ》か日夏《ひなつ》が起こしてくれればいいのに！

今日は、珍しくお仕事が何も入っていない一日。だから、レッスンをやりたい放題。

朝から夜まで、みっちりと面倒を見てあげることができる。

私の髪の毛事情よりも、あの子達のアイドル事情を優先しないとね。

「んふふ……。今日も容赦はしないからねぇ～」

雪音《ゆきね》も紅葉《もみじ》も、前と比べてうんと上達しているけど、まだまだ足りないところがある。

だから、それをしっかりと教えてあげないと。

私は、『FFF《フライ》』のリーダー、兎《と》塚七海《つかななみ》だからね！

【F　f　f】

「おっはよぉ～！　今日は、ゴージャススペシャルレッス……あれ？」

勢いよく開けた防音扉の向こうは、レッスン場。

だけど、そこには誰もいなかった。雪音《ゆきね》の姿も、紅葉《もみじ》の姿も、どこにもない。

「……あ。そうだった……」

思い出した。雪音《ゆきね》と紅葉《もみじ》は、もうここには来ないんだ……。

だって、二人は戻ったんだもん。元のグループ……『TINGS』に。

『FFF《フライ》』のレッスン場でレッスンをしていたのは、あくまで臨時。

あの子達は、本来の場所へと帰っていったんだ……。

「乾かす時間、ちゃんとあったんだ……」

誰もいないレッスン場で、まだ少し湿っている髪に触れる。

仕事のない日は、雪音《ゆきね》と紅葉《もみじ》とレッスン。それが当たり前になっていた期間が長すぎた。

けど、その当たり前はもう訪れない。そう思うと――

「七海《ななみ》たん？」

背後から声が聞こえた。

「え？　えぇぇぇ！　紅葉《もみじ》じゃん！」

「うん。私、紅葉《もみじ》」

振り返ると、そこに立っていたのはまだあどけない顔立ちの女の子――伊藤紅葉《いとうもみじ》だ。

「えーっと、なんでここにいるの？」

「今日は、一日レッスンの日。起きるの遅れて、大慌て。慌てすぎて、髪の毛ビチョビチョ」

言われてみれば、紅葉《もみじ》の髪はまだ湿気を帯びていた。

「七海《ななみ》たん、今日もよろしくお願いします」

礼儀正しくお辞儀をすると同時に、水滴がレッスン場の床に落ちた。

「あのさ、紅葉《もみじ》。それってここじゃなくて、ブライテストのレッスン場じゃ……」

「…………はっ！」

少しの沈黙の後、紅葉《もみじ》がとても面白い顔になった。どうやら、紅葉《もみじ》も間違えてブライテストではなく、『FFF《フライ》』のレッスン場に来てしまっていたようだ。

「時として、人は間違える。つまり、これは……こん棒には筆で謝る」

「弘法《こうぼう》にも筆《ふで》の誤《あやま》りじゃない？」

「そうとも言う」

紅葉《もみじ》の日本語は、絶妙におかしい。前に少し心配になって、学校のお勉強は大丈夫かを聞いたら、成績はそこまで悪くないらしい。……国語系科目以外は。

「でも、結果オーライ！」

紅葉《もみじ》が、嬉《うれ》しそうな笑顔を浮かべて胸を張った。

「どうして？」

「七海《ななみ》たん、一人じゃなくなった！」

「……あ」

「私、七海《ななみ》たんを一人にしたくない。だから、間違えて大正解」

『私は誰も一人にしない』

それは、紅葉《もみじ》の口癖だ。詳しい理由までは分からない。

だけど、紅葉《もみじ》は誰かを一人にするのを極端に嫌がる。

そして、それが紅葉《もみじ》の優しさにも繋《つな》がっていて……

「んふふ。そうだね」

「でも、困った……。私、ブライテストのレッスン場に行かないといけない。そしたら、七海《ななみ》たん一人ぼっち。どうすれば……」

こらこらぁ～。私は、先輩だぞ～。そこまで心配しなくても……あれ？

ふと、持っていたスマートフォンが振動したので確認する。

『今日の私はオフ。七海《ななみ》もオフの情報は、すでに入手済み。つまり、私に構う日』

また我侭《わがまま》なメッセージを……。

メッセージを入力、『いいけど、何をするの？』。送信。

『行きたいお店が色々あるから、一緒にいこ。どのくらいで来れる？』

直後、返信がきた。私がオッケーをする前提で、先にメッセージを打ち込んでたな……。

「七海《ななみ》たん、どうしたの？」

「んふふ。紅葉《もみじ》の心配が解消されたって感じかな」

「……？」

やばっ！　首を傾《かし》げてる！　めっちゃ可愛《かわい》い！

ダメよ、七海《ななみ》！　我慢しなさい！　愛《め》で愛《め》でコースに入ったら、一時間はかかっちゃう！

「ふぬぬぬぬ！　はぁ～！　はぁ～！　はぁ～！　……よし！」

どうにか、衝動を抑えられた。危ない、危ない。

「私のお友達が、一緒に遊ぼうって誘ってくれたから、私は一人ぼっちじゃないよ。だから、紅葉《もみじ》は気にしないでブライテストのレッスン場に行ってオッケー！」

「本当？」

「そんな心配そうな顔しないの！　ほんとだから！」

「うん、分かった。じゃあ、安心。私は――」

「あ、待って、紅葉《もみじ》！」

「にょ？」

すぐさま、ブライテストのレッスン場に向かおうとした紅葉《もみじ》を呼び止める。

「そっちのレッスンって、何時から？」

「一一時。前まで一〇時だったから、そこもうっかり」

なるほどねぇ～。

確かに、雪音《ゆきね》と紅葉《もみじ》とレッスンしてた時、休日は一〇時集合だったもんね。

その間違いが、今だけはちょっと好都合だけど。

「なら、ブライテストに行く前に、私達の問題を解決しない？」

「問題？　私、別に問題は……」

「髪の毛、ビチョビチョだよ？」

「あっ！」

『FFF《フライ》』のレッスン場には、色々な設備がある。

休憩所、更衣室、そしてレッスンが終わった後に使う……

「シャワー室にドライヤーがあるからさ、一緒に髪を乾《かわ》かそっ！」

「うん！　七海《ななみ》たんと乾かし合いっこ！」

私は紅葉《もみじ》と手を繋《つな》いで、レッスン場からシャワー室に向かう。

空いている手で、『髪の毛を乾かしたら、出発する』と入力して送信。

あっという間に、『じゃあ、一時間後に集合ね』と返事がきた。

…………

……

「んふふ！　紅葉《もみじ》の髪の毛、ふわふわだね！」

「七海《ななみ》たんはサラサラ！　つまり、七海《ななみ》たんはサラブレッド！」

「それはちょっと違うかなぁ～」

無邪気に笑っている紅葉《もみじ》を見ていると、いつも思う。

この子は、いつも自分じゃなくて誰かのことばかり考えている。

誰も一人にしないって、自分のことよりも他人のことを優先して……。

「ねぇ、紅葉《もみじ》」

「なーに？」

「どうして、誰も一人にしたくないの？」

「誰も一人にしたくないから！」

それだと答えになってないんだけどなぁ～。

やっぱり、紅葉《もみじ》は不思議な女の子だ。それは、初めて会った時から変わらない。

初めて、私が『ＴＩＮＧＳ』の五人のパフォーマンスを見た時、五人ともすごい素質を感じさせてくれたけど、その中に二人だけ、すでに才能を開花させている子がいた。

一人は、青天国春《なばためはる》。本人はわざと加減をしていたけど、私の目はごまかせない。

春《はる》は、最初からすごいパフォーマンスを魅せていた。だけど、疑問を感じたことはない。

優希《ゆうき》さんから、前もって聞いていたからだ。

元々、春《はる》は別の事務所でアイドルとしてのレッスンを積んでいたことを。

そして、もう一人が……紅葉《もみじ》だ。紅葉《もみじ》は、ことダンスの技術に関しては、群を抜いていた。

だけど、紅葉《もみじ》には春《はる》のような少し特別な過去はない。にもかかわらず、紅葉《もみじ》は誰よりもダンスが上手だったうえに、誰よりも早く春《はる》の秘密に辿《たど》り着《つ》いていた。

本人は、『忘れ物を取りに戻った時に知った』って言っていたけど、もしかして紅葉《もみじ》は……。

「…………」

「七海《ななみ》たん、どうしたの？」

「何でもないよ！　いつか、紅葉《もみじ》がもっと我儘《わがまま》になったらなぁ～って思ってただけ！」

「私はいつでも我儘《わがまま》！　だから、大丈夫！」

本当に困った子。だから、大好き。

紅葉《もみじ》……。紅葉《もみじ》の優しさは、沢山の人を助けてる。でも、忘れちゃダメだよ？

誰も一人にしないなら……紅葉《もみじ》も、一人になっちゃダメ。

こんなに、可愛《かわい》い女の子なんだもん。いつか紅葉《もみじ》が、もっと沢山の人に愛されて、誰からも放っておかれないような女の子になるといいなぁ。

そんな願いを胸に浮かべながら、無邪気な女の子の髪を私は乾かしていった。

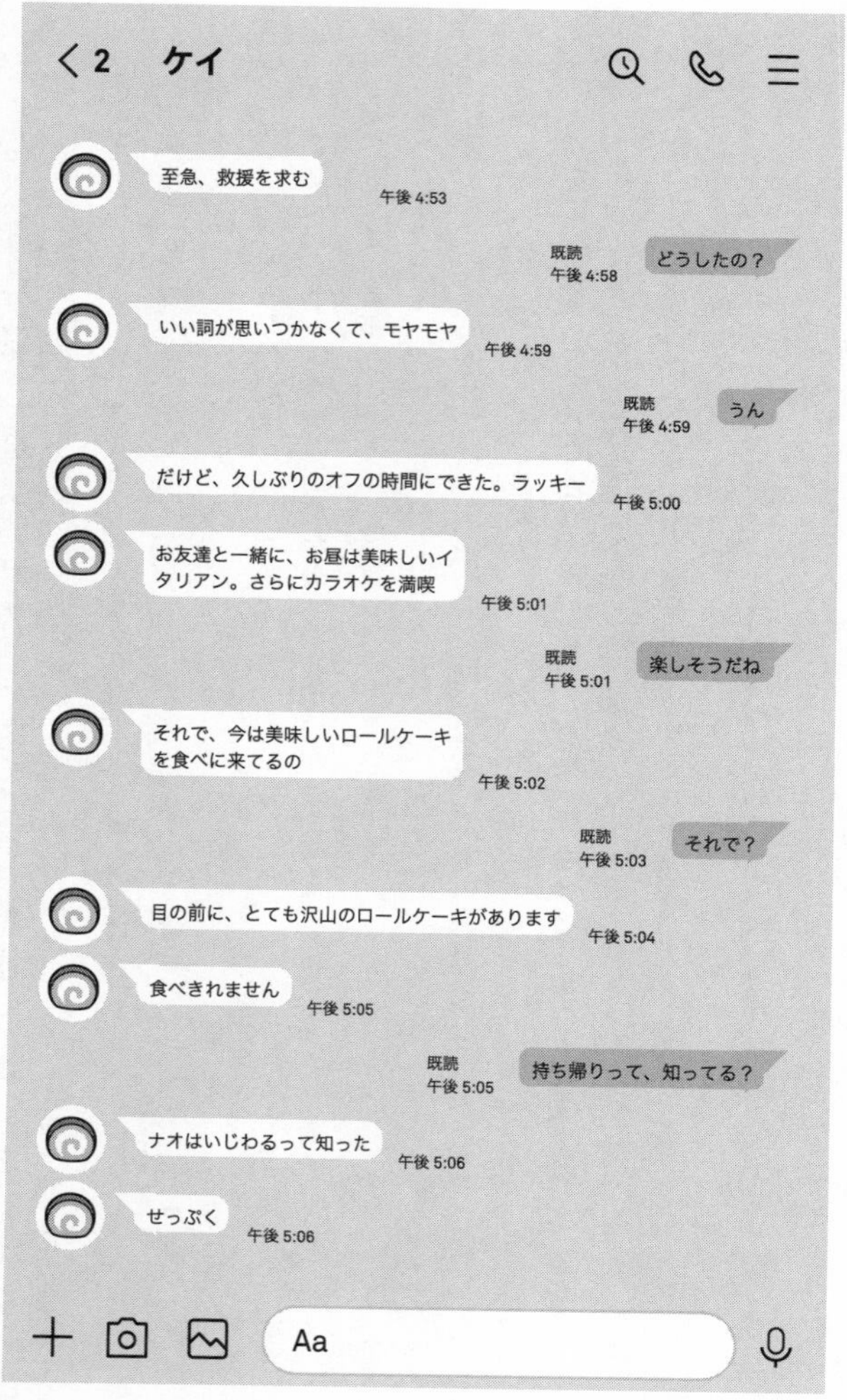

2
ケイ
至急、救援を求む
午後 4:53
既読
午後 4:58
どうしたの？
いい詞が思いつかなくて、モヤモヤ
午後 4:59
既読
午後 4:59
うん
だけど、久しぶりのオフの時間にできた。ラッキー
午後 5:00
お友達と一緒に、お昼は美味しいイタリアン。さらにカラオケを満喫
午後 5:01
既読
午後 5:01
楽しそうだね
それで、今は美味しいロールケーキを食べに来てるの
午後 5:02
既読
午後 5:03
それで？
目の前に、とても沢山のロールケーキがあります
午後 5:04
食べきれません
午後 5:05
既読
午後 5:05
持ち帰りって、知ってる？
ナオはいじわるって知った
午後 5:06
せっぷく
午後 5:06
Aa

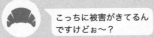

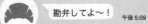

2
七海
こっちに被害がきてるん
ですけどぉ〜？
午後 5:07
既読
午後 5:08
ごめん。任せた
勘弁してよ〜！
午後 5:09
Aa

TINGS!

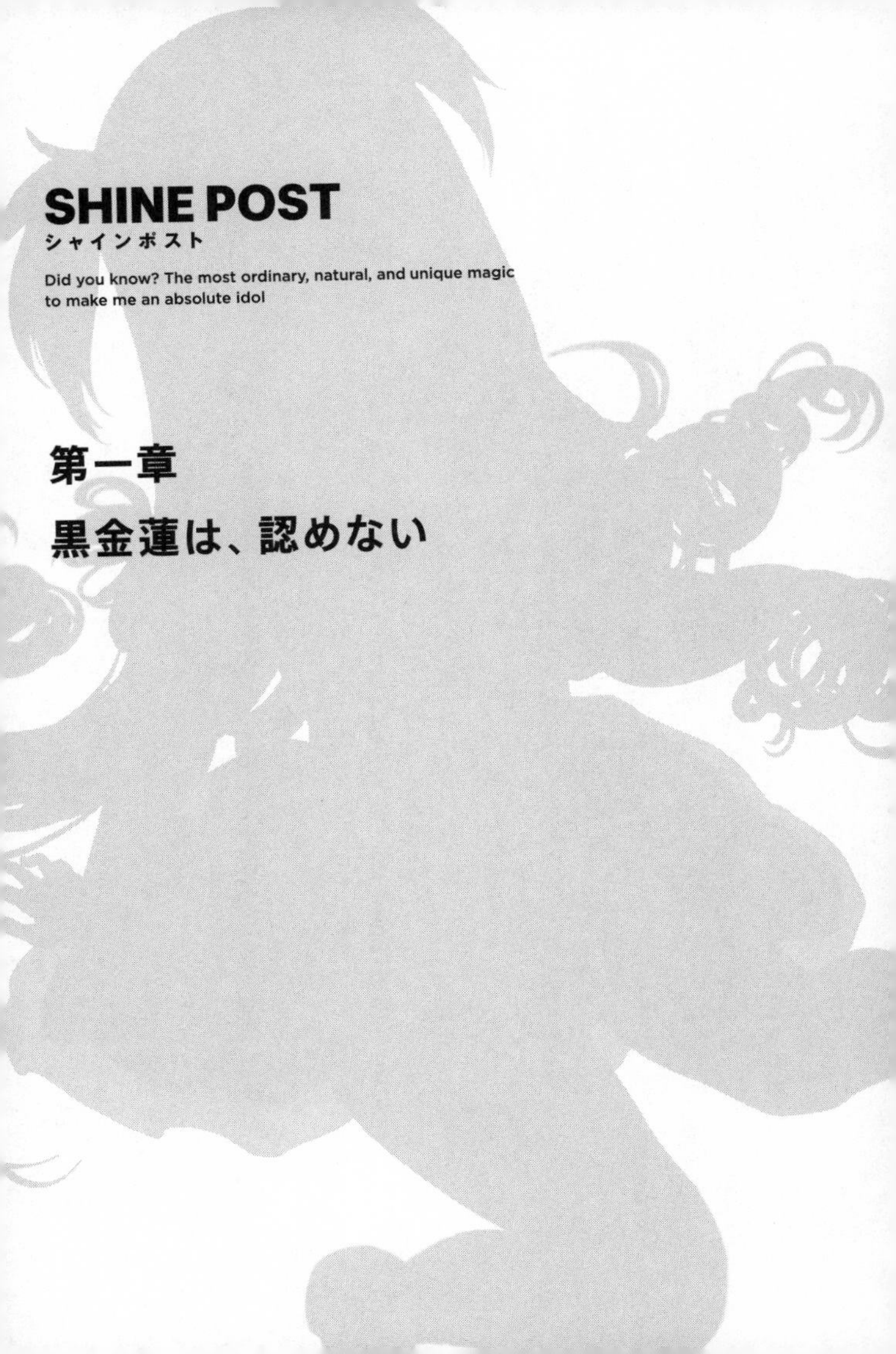

SHINE POST
シャインポスト
Did you know? The most ordinary, natural, and unique magic
to make me an absolute idol

第一章
黒金蓮は、認めない

「三本勝負だよ。ダンス、歌唱力、総合力の三つで、『TINGS』と『HY《ハイ》:RAIN《レイン》』が競い合う。そして、『HY《ハイ》:RAIN《レイン》』が勝った暁には……」

「日生直輝《ひなせなおき》には、マネージャーをやめてもらう。この業界から、永遠に消えてもらう」


新宿《しんじゅく》ReNYのライブを終えた翌週の火曜日。

ブライテストの会議室で、淡々と告げられた真実。

僕——日生直輝《ひなせなおき》がマネージャーを務める五人組のアイドルグループ『TINGS』。

メンバーは、玉城杏夏《たまききょうか》、伊藤紅葉《いとうもみじ》、青天国春《なばためはる》、祇園寺雪音《ぎおんじゆきね》、聖舞理王《せいぶりお》。

『絶対アイドル』螢《ほたる》と共に『HA時代』と呼ばれる時代を築き上げたアイドル——AYA《アヤ》がマネージャーを務める五人組のアイドルグループ『HY《ハイ》:RAIN《レイン》』。

メンバーは、苗川柔《なえかわやわら》、黒金蓮《くろがねれん》、唐林青葉《からばやしあおば》、唐林紘葉《からばやしいとは》、氷海菜花《ひうみなのか》。

その両グループが中野《なかの》サンプラザで対バンを行い、そのライブの中で三本勝負を行う。

ダンス、歌唱力、総合力。

まるで、かつて螢《ほたる》とAYA《アヤ》が横浜国際総合競技場《よこはまこくさいそうごうきょうぎじょう》で行った対バンの再現だ。

会議室の長机を挟んで、お互いに向き合う『TINGS』と『HY：RAIN《ハイレイン》』。

日生直輝《僕》とAYA《アヤ》。その光景が、僕に過去を彷彿《ほうふつ》させる。

「……待って。待ってよ！　そんなの、おかしいよ！　どうして、ナオ君がやめなきゃいけないの⁉　私達、ナオ君がいたからここまで来れたんだよ！　それなのに、ナオ君がいなくなるなんて……そんなの嫌だよ！」

会議室に、春《はる》の声が木霊《こだま》する。

「その、私が『HY：RAIN《ハイレイン》』のみんなにいっぱい迷惑をかけちゃったのは、分かってる！　だから――」

「春《はる》、それは違うの」

「え？」

「これは、私とナオの問題。貴女《あなた》が『HY：RAIN《ハイレイン》』を脱退したこととは、関係ないの」

「AYA《アヤ》ちゃんと、ナオ君の？」

『HY：RAIN《ハイレイン》』の結成当初、春《はる》は『HY：RAIN《ハイレイン》』のメンバーだった。

ただ、少しトラブルが起きてしまい、彼女は『HY：RAIN《ハイレイン》』がデビューする前に脱退という道を選び、ブライテストに……『TINGS』に所属することになった。

故に、三本勝負に敗北した際に僕がマネージャーをやめるのは、自分が原因だと考えたのだろうけど、違うんだ。

「私とナオには色々ややこしい事情があってね。それは、『HY《ハイ》：RAIN《レイン》』が結成されるよりも前から、ずっと続いているの」

「でも……。でも……っ！」

「それに、この話はナオからも了承をもらってるんだ」

「え？　えぇ⁉」

その通りだ。優希《ゆうき》さんからこの話が来た時、僕には断るという選択肢もあった。

今、最も勢いのあるグループと言っても過言ではない『HY《ハイ》：RAIN《レイン》』との対バン。

これだけならまだしも、そのライブで行われる三本勝負で『TINGS』が敗れてしまった場合、自分がマネージャーを退職し、この業界からも去らなくてはならない。

こんなにもデメリットの大きい案件、普通なら絶対に引き受けない。

「春《はる》、心配してくれてありがとう。だけど、AYA《アヤ》の言った通り、これは僕と彼女の問題なんだ。だから、君が気に病む必要はないよ」

「でも、ナオ君がいなくなったら……っ！」

「負けなければいいだけさ。君達なら、『TINGS』ならできる。そう信じているから、僕はこの話を受けることにしたんだよ」

「……分かった、よぅ……」

どう見ても納得した顔ではないが、ひとまずは理解を示してくれたようだ。

ごめんね、春《はる》。

だけど、今回の対バンは『TINGS』にとっても、僕にとっても大きなチャンスなんだ。

かつての僕達では辿《たど》り着《つ》けなかった、別の未来。

今なら、そこに辿《たど》り着《つ》ける可能性があるから……。

「負けなければいい、か。……相変わらず、嫌になるくらい自信家だね」

「それに見合った功績は、残しているつもりだよ」

「その裏側で、どれだけの人が傷ついていたと思っているの？」

そうだね……。そして、その一人がAYA《アヤ》——鏑木《かぶらぎ》綾《りよう》だ。

なにせ、彼女がアイドルを引退する原因を生み出したのは……僕なのだから。

「貴方《あなた》が傷つけた人達……中でも、特に傷ついた人がいる。その人のためにも、私は絶対に貴方《あなた》をこの世界から追い出してみせる。……これ以上、その人を傷つけないために」

あの頃の僕達は、ただただ我武者羅《がむしやら》で、周りのことなんて気にする余裕がなかった。

だからこそ、気がつけなかった。AYA《アヤ》が負っていた、大きな心の傷に……。

「分かっていると思うけど、『HY:RAIN《ハイレイン》』は全てに於《お》いて『TINGS』に勝《まさ》っているよ。アイドルとしての実力はもちろん、観客動員数、ライブの経験値。……どこをとっても、負ける要素が見当たらない」

「そうだね。前回とまったく同じ状況だ」

「………っ！」

売り言葉に買い言葉。僕の言葉に、AYA《アヤ》が苦虫を嚙《か》み潰したような表情を浮かべる。

マネージャーは、決して不安を見せない。

マネージャーの不安は、アイドルに伝染してしまうから。

「本当に、変わらないね……」

どこか諦観のこもった声。君は、少し変わってしまったね……。

アイドルだった頃のAYA《アヤ》は、もっと明るい子だったんだけどな。

「さてと、じゃあ簡単な顔合わせも終わったし、ここからは私とナオで——」

「アヤちゃん、待って」

「どうしたの、蓮《れん》？」

「まだ終わってないよ。私も、春《はる》に話したいことがあるから」

「蓮《れん》ちゃん……」

鋭い眼光を春《はる》へ向けるのは、『HY：RAIN《ハイレイン》』のリーダー、黒金蓮《くろがねれん》だ。

その視線を向けられて、春《はる》が弱々しい表情を浮かべる。

僕は、春《はる》が『HY：RAIN《ハイレイン》』を脱退したことは知っている。

だけど、そこで何があったかまでは把握していない。

「あまり春《はる》に対して、乱暴な言葉は言わないでもらいたいのですが？」

すかさず話に割り込んだのは、杏夏《きょうか》だ。

グループ一、真面目な性格をしている彼女だが、負けん気も人一倍強い。

「別に、教科書女と話すことなんてないんだけど？」

「教科書、女？」

一瞬、何を言われたのか理解できなかった杏夏《きょうか》が反復する形で質問を投げかける。

しかし、蓮《れん》はその質問には答えずに理王《りお》へ視線を向けると、

「歌女」

次に、紅葉《もみじ》へ視線を向け、

「踊り女」

その後、雪音《ゆきね》へ視線を向け、

「演技女」

そう端的に告げた後、再び杏夏《きょうか》へと視線を向け直した。

「で、貴女《あなた》が教科書女。貴女《あなた》が、『ＴＩＮＧＳ』で一番つまらない」

「どういう意味ですか？」

「実はさ、私見てたんだよね。ＲｅＮＹのライブ」

「え？」

「率直な感想だけど、新人アイドルの中ではずば抜けたグループだと思う。特に良いのは、それぞれの個性が確立されているところだね。……だけど、教科書女。貴女《あなた》は違う」

蓮《れん》が、明確にそう告げた。

「貴女《あなた》だけが『TINGS』で何も持ってない。歌唱力もダンスも表現力も、全部が平凡。教わったことを絶対にミスをせずにできる？　そんなのプロなら当たり前だから」

「なんですって……」

「蓮《れん》ちゃん、やめて！　杏夏《きょうか》ちゃんにひどいこと、言わないで！」

「春《はる》が、私にしたことをしてるだけなんだけど？」

「……っ！　そ、それは……」

春《はる》が言葉を詰まらせる。

『HY：RAIN《ハイレイン》』と春《はる》の間には、大きな因縁があるとは思っていた。

だけど、その中でも特に強い因縁があるのは……

「今でもよく覚えてるよ。春《はる》が、『HY：RAIN《ハイレイン》』をやめた日に私に言った言葉は」

青天国春《なばためはる》と黒金蓮《くろがねれん》なのだろう。

「…………ごめん」

「謝るだけで、許せるわけがない。許せないからこそ、私は今ここにいる」

「…………そう、だよね……」

いったい、どんな言葉を春《はる》が蓮《れん》に伝えたのかは分からない。

だけど、春《はる》は蓮《れん》を傷つけるために伝えたわけではないのだろう。恐らく、逆だ。

春《はる》は、蓮《れん》を傷つけないためにその言葉を選んだんだ。

ただ、時として優しさが人を傷つけることはある。それは、間違えた優しさだったんだ。

「だったら、私の要求を一つ聞いてもらえる？」

「なに？」

「五週間後、中野《なかの》サンプラザで『HY：RAIN《ハイレイン》』と『TINGS』は対バンをする。こっちが差し出すものは、集客力。その代わり、私達『HY：RAIN《ハイレイン》』がライブで行う三本勝負で勝ったら、そっちのマネージャーには退職してもらう。それと……」

蓮《れん》が、鋭い眼差《まなざ》しを春《はる》へと向けた。

「春《はる》。貴女《あなた》に、『TINGS』を脱退してもらう」

「……っ！　私が、『TINGS』を？」

これは、僕にとっても予想外の提案だ。いや、僕だけじゃない。

AYA《アヤ》や他の『HY：RAIN《ハイレイン》』のメンバーも、まさか蓮《れん》がこんなことを言い出すとは思ってもいなかったのだろう。明らかに驚いた眼差《まなざ》しを蓮《れん》へと向けている。

「蓮《れん》、待ちなさい！　春《はる》を巻き込むのは……」

「アヤちゃん、ごめん。だけど、私にも譲れないものがあるから」

「だけど……」

「大丈夫。だって、向こうが言うには、この勝負で負けるのは私達なんでしょ？　だったら、どんな条件を付け加えたって、かないっこないんだから関係ないよ」

負けるつもりなんて、微塵《みじん》もない笑みを浮かべながら蓮《れん》がそう告げた。

「春《はる》、ダメですよ！　こんな一方的な条件、飲む必要はありません！」

「そうだ！　いくらなんでも、滅茶苦茶《めちゃくちゃ》すぎる！」

杏夏《きょうか》と雪音《ゆきね》が春《はる》を必死に制止する。だけど、言われた春《はる》は……

「……そっか。そういうこと、か……」

どこか穏やかさを含む声で、そう声を漏らした。

「少しだけ伝わったよ、蓮《れん》ちゃんの気持ち……」

「勝手に、私を推し量らないで」

「あはは……。そうだね……。ごめん……って、さっきから謝ってばかりだね、私」

春《はる》が何に気がついたのか、それは僕にも分からない。

きっと、二人の間にだけ存在する『何か』が春《はる》をそこに辿《たど》り着《つ》かせたのだろう。

「ねぇ、ナオ君。『TINGS』は『HY:RAIN《ハイレイン》』に負けないんだよね？　私達なら、中《なか》野《の》サンプラザでもキラキラのライブができるんだよね？」

「もちろんさ。そうじゃなかったら、こんな話を受けない。君達なら、最高の結果を出せると信じているからこそ、この話を受けたんだ」

「……そっか」

僅かな沈黙。

「いいよ、蓮《れん》ちゃん。私、その条件飲むよ。『TINGS』が『HY:RAIN《ハイレイン》』に三本勝負で負けちゃったら、私は『TINGS』を脱退する。……それで、いいんだよね？」

「春《はる》！」」

「ありがとう、杏夏《きようか》ちゃん、雪音《ゆきね》ちゃん。でも、大丈夫だよ。だって……」

先程までの沈んでいた瞳に光を宿し、春《はる》が真《ま》っ直《す》ぐに蓮《れん》を見つめる。

「『TINGS』は、『HY:RAIN《ハイレイン》』に絶対に負けないもん！」

一切の輝きを発することなく、春《はる》はそう告げた。

そこにいるのは、先程までの弱々しく臆病な少女じゃない。

底なしの明るさと前向きさを持つ『TINGS』のセンター……青天国春《なばためはる》だ。

「蓮《れん》ちゃん、『HY:RAIN《ハイレイン》』がすっごいグループなのは私が一番よく知ってる！　だけど、『TINGS』だってすごいグループだよ！　だから、こんなところで躓《つまず》いていられない！　だって、私は絶対になるんだもん！　……みんなと一緒に、シャインポストに！」

「一度失敗したくせに、まだ諦めてなかったんだ」

「もちろんだよ！　何があっても、ここだけは絶対に変わらない！　シャインポストになる。私は、そのためにアイドルになったんだもん！」

シャインポスト……世界中の人達がアイドルを大好きになる輝く道標《みちしるべ》。

春《はる》とあの子が目指す、アイドルとしての理想像。かつて僕は、なぜ春《はる》がこの夢を目指しているか、なぜシャインポストという言葉を知っているかが分からなかった。

だけど、今なら分かる。

あの日……横浜国際総合競技場《よこはまこくさいそうごうきょうぎじょう》で彼女はシャインポストと出会い、アイドルを志したんだ。

その事実が、どれだけ僕を救ってくれたか……。

「杏夏《きょうか》ちゃん、理王《りお》ちゃん、雪音《ゆきね》ちゃん、紅葉《もみじ》ちゃん、やろう！　私達にとって、絶体絶命なんていつものこと！　それを全部乗り越えたから、私達はここにいるんだよ！」

「今回は、いつにも増して……と思うところはありますが、貴女《あなた》がそうなってしまった以上、何を言っても無駄なのでしょう？　付き合いますよ」

「ふふーん！　いい心掛けね、春《はる》！　この理王《りお》様がいて、敗北なんて有り得ない！　中野《なかの》サンプラザでまた新たな伝説を生み出すだけよ！　なぜなら、私は理王《りお》様だから！」

「はぁ……。もう少し冷静になってくれとは思うが、……分かった。君がそう決めたのであれば、最良の結果を出すだけだ。……紅葉《もみじ》も構わないか？」

「………うん。春《はる》たん、一人ぼっちにしたくない」

春《はる》の言葉に、他の四人が呼応する。

ただ、紅葉《もみじ》だけはまだ緊張しているのか、普段と比べて大人しい様子が目立つ。

「勝手に盛り上がるのはいいけどさ、別に状況は何も変わってないよ？『HY《ハイ》：RAIN《レイン》』が、『TINGS』に負けるなんて有り得ない。私達は、『絶対アイドル』を越えるために集められたアイドルだから。……だよね、みんな？」

蓮《れん》が、『HY《ハイ》：RAIN《レイン》』のメンバーへと問いかけた。

「ん～！　勝ち負けはやってみないと分からん！　だけど、今のこれは大歓迎！　やる気のない春《はる》より、やる気のある春《はる》のほうが大層楽しいからね！」

屈託のない笑顔で語る苗川柔《なえかわやわら》。すると、その言葉を聞いた雪音《ゆきね》が……

「春《はる》だけに注目されるのは、些《いささ》か不満があるな。『TINGS』は、五人で『TINGS』であることは忘れないでもらいたい」

闘争心を燃やした言葉を、柔《やわら》へと切り返した。

「向こうだけ盛り上がって、こっちが盛り上がらないのは不公平。だから、私も盛り上がる。えいえいお～」

「うにゅ？　それ、盛り上がってるの？」

テンションが高いのか低いのかよく分からない氷海菜花《ひうみなのか》に、理王《りお》が首を傾《かし》げた。

「まったく……。やる気があるのはいいことだけど、蓮《れん》はピリピリし過ぎよ。ごめんなさいね、色々と失礼なことを言ってしまって……。こんな形になってしまったけど、私は貴女《あなた》達と一緒にライブができるのはとても楽しみなの」

「ありがとうございます。こちらとしても、胸を貸すつもりで楽しませてもらいます」

落ち着いた様子の唐林《からばやし》青葉《あおば》に、杏夏《きょうか》が負けん気の強い言葉を放つ。

「イト、別に楽しみじゃない！　こんな風に会いたくなかった！」

「………」

「ギッタンギッタンにする！　イトのほうがすごいって、みんなに見せつける！　ダンスは、イトが一番！　絶対に……、絶対にイトが一番だから！」

最年少の唐林《からばやし》絃葉《いとは》は、蓮《れん》や杏夏《きょうか》に負けず劣らずの負けん気の強さの持ち主のようだ。闘志に燃えた瞳を紅葉《もみじ》へと向けるが、紅葉《もみじ》は何も答えることはない。

「蓮《れん》ちゃん！　私、前よりもっとすごくなってるからね？　中野《なかの》サンプラザでは、来てくれた人も蓮《れん》ちゃん達も、み〜んなまとめてビックリさせちゃうんだから！」

「春《はる》、それはこっちの台詞《せりふ》だよ。確かに、昔は貴女《あなた》のほうが上だった。それも、圧倒的にね。だけど……《今は、私のほうが上だから》」

その瞬間、蓮《れん》の体が光り輝いた。

僕は、嘘《うそ》をついている人間が輝いて見える《眼《め》》を持っている。

だからこそ、蓮《れん》の嘘《うそ》が分かるのだけど、なぜ彼女は……

「《春《はる》なんて、大っ嫌い》」

最後にそう告げると、蓮《れん》は会議室から出ていってしまった。

なるほどね、少しだけ見えてきたよ。……黒金蓮《くろがねれん》の真意がね。

「あっ！　蓮《れん》！　もう、あの子はっ！　まだ話は、終わってないのに！」

蓮《れん》の自由奔放な行動に、AYA《アヤ》が困った声をあげる。

「ごめん、みんな。蓮《れん》を一人にしておけないし、先に戻ってもらえる？」

「ほいさっさ」「わかりました」「うん！」「はい」

AYA《アヤ》の言葉に従い、会議室をあとにする残りの四人。

そうだな。ここからは、僕とAYA《アヤ》の話し合いになるだろうし……

「君達も、レッスンに戻ってもらえるかな？」

『TINGS』のメンバーにも、席を外してもらったほうがいいだろう。

「うん、分かったよ、ナオ君！　よぉ～し、みんな！　頑張って、レッスンしよう！　大丈夫！　私達ならできる！　……多分！」

「そうですね」「ふふん！　当然よ！」「ああ」「……うん」

会議室を去っていった『TINGS』と『HY:RAIN《ハイレイン》』のメンバー達。

前向きに明るく全てを受け止める覚悟でライブに臨む春《はる》と、自らの目的を達成するという強い意志をもってライブに臨む蓮《れん》。

そんな二人のやり取りに目を奪われがちだったが、もう一つ気になることがあった。

どうして、あの子は……いや、その件について考えるのは後だ。

まずは、目の前の関門を突破しないとね。

「まさか、こうしてマネージャー同士という形で、君と話すことになるとは思わなかったよ。鏑木《かぶらぎ》さんって呼んだほうがよかったりする？」

「好きにして。ただ、綾《りよう》って呼ぶのだけは許さない」

「その言い方、懐《なつ》かしいね……」

まだAYA《アヤ》がアイドルをやっていた頃も、同じことを言われたな。

本当の名前で呼ぶのは、やめてほしい。それは、彼女の中のアイドルとしての線引きだ。

ちゃんと、変わっていないところもあったんだね……。

「浸るのなら、懐《なつ》かしさじゃなくて罪悪感に浸ってほしいんだけど？」

「悪いけど、僕には僕で『今』がある。『過去』も大切だけど、それ以上に大切なのは『未来』だ。だから、罪悪感に浸っている暇はないよ」

「ああ言えば、こう言う。……本当に変わってない」

露骨に不満を瞳に映し、AYA《アヤ》が僕を睨《にら》みつける。

「君こそ、根本は何も変わっていないじゃないか。何なら、今すぐにでもアイドルとして復帰できると思うけど？」

「《もうアイドルに戻る気はないから》」

「……そっか」

言葉を間違えたな……。

AYA《アヤ》の心に残った大きな傷が、AYA《アヤ》に嘘《うそ》をつくことを選ばせた。

少しだけ浸ってしまったよ。……罪悪感に。

「で、その『未来』のために、ナオはあの子を犠牲にしたの？」

「違うよ。情けない話だけど、僕は一度逃げ出したんだ。『今』を見るのに耐えられなくなっちゃってね……。それで、あの子のマネージャーを辞職したんだよ」

「だったら、そのままいなくなればよかったんだ。また戻ってくるなんて……」

AYA《アヤ》が知っている『過去の僕』だと、そう思うだろうな。

だけど、『今の僕』は違うんだ。

「ひとまず、昔話はおいておいてさ。三本勝負の詳細を決めようよ」

「そうだね。今回は、ちゃんと話し合って決めようか」

嫌な言い方をしてくるなぁ……。

『TINGS』と僕の運命を決める、中野《なかの》サンプラザ。

その本番は五週間後だけど、勝負はもう始まっている。

三本勝負の詳細をいかにするか。

この前哨戦《ぜんしょうせん》で勝利を収められなければ、本末転倒だ。

「で、どっちから希望を言う？」

「AYA《アヤ》からで構わないよ」

「……何を企《たくら》んでるの？」

「僕は、君に大きな借りがあるからね。内容を聞いてからじゃないと判断できないけど、できるかぎり君の希望を叶《かな》えたいんだ」

もちろん、嘘《うそ》じゃない。

「ナオが言っても、まったく信用されないことは分かってるよね？」

ひどいなぁ。確かに、昔は色々あったけど今は信用してくれてもいいじゃないか。

別に騙《だま》すつもりなんてない。…………ただ、少し利用しようと思っているだけさ。

「分かってるよ。だから、行動で示してるってわけ」

「……怪しい」

ちなみに、後学のために教えておくと、こういう時の正解は『同時』に言うことだよ。

お互いの希望を伝える場合、相手の希望を先に確認するほうが有利になってしまうんだ。

なにせ、向こうの希望がこっちと同じ希望だった場合、『相手の希望』を叶《かな》えるという形で、『自分の希望』を叶《かな》えることができるからね。

もちろん、常にこの方法で上手《うま》くいくわけではないけど、手札は先にきらないほうがいい。

「なら、一つ目の希望だけど、三本勝負は一つ一つグループ毎《ごと》に行うんじゃなくて、それぞれのメンバーがそれぞれ一つずつ参加する形にしたい」

「お互いのグループから、五人中三人が出場するってこと？」

「出ない子がいるのは不公平だし、三本勝負を五人で振り分けたいな。……ただ、勝負ごとに一対二になるとかは構図が悪いし、出る人数はお互いに合わせたい」

なるほどね。

つまり、内容によっては一対一のものもあるけど、ペアでの勝負もあるってことか。

「構わないよ。各種目の出場人数も、そっちで決めてくれていい」

どこに誰が出てくるかは、想定できるからね。

「え？　本当に、いいの？」

「もちろんさ。さっき言ったでしょ？　行動で示すって」

こんなにもあっさりと、自分の提案が受け入れられると思っていなかったのだろう。

ＡＹＡ《アヤ》が、目をパチパチとさせている。

今回の三本勝負。シンプルに、現在の『ＴＩＮＧＳ』と『ＨＹ：ＲＡＩＮ《ハイレイン》』の実力を比較した際、圧倒的に『TINGS』が不利だ。だけど、全てに於《お》いて劣っているわけではない。

恐らく、AYA《アヤ》が最も警戒しているのは……

「そうなると、春《はる》が一つしか出られなくなるんだよ？」

やっぱり、AYA《アヤ》がこのルールをいの一番に提案してきたのは、これが理由だったか。

かつて、『HY《ハイ》：RAIN《レイン》』に所属していた青天国春《なばためはる》。

天賦の才を、常識外れの研鑽《けんさん》によって磨き上げた『TINGS』のセンター。

春《はる》の実力は、トップアイドルどころか『絶対アイドル』螢《ほたる》にすら届き得る。

そして、かつて春《はる》のマネージメントをしていたAYA《アヤ》も、当然それは熟知している。

彼女が警戒していたのは、グループ同士の勝負を全て青天国春《なばためはる》一人にもっていかれること。

確かに、春《はる》であればその気になったら、やりかねない。

「問題ないよ。『TINGS』は春《はる》一人のグループじゃないからね」

だけど、そんな勝ち方をするつもりは微塵《みじん》もない。

『一人一回しか、三本勝負に出られない』

そもそも、このルールは僕も最初に提案しようと考えていた。

中野《なかの》サンプラザで行われる三本勝負は、『HY《ハイ》：RAIN《レイン》』と『青天国春《なばためはる》』ではなく、『HY《ハイ》：RAIN《レイン》』と『TINGS』で行わなければ意味がないのだから。

「それなら、ダンスに二人、歌唱力に一人、総合力に二人にして」

「分かった」

僕の想定通りの割り振りだ。やっぱり、ＡＹＡ《アヤ》から希望を聞いて正解だったな。

「じゃあ、次は僕の希望だけど……三本勝負の曲は全て、僕に決めさせてもらえないかな？」

「《勝負の曲を全部そっちに決められるのは、私達が不利すぎると思うけど？》」

言っていることに、間違いはない。

にもかかわらず、ＡＹＡ《アヤ》の体が光り輝いたのは自信の表《あら》われだろう。たとえ、『ＴＩＮＧＳ』側に全ての曲を決められようと、『ＨＹ：ＲＡＩＮ《ハイレイン》』が負けるはずがない。

そう考えているからこその嘘《うそ》なのだろうけど……

「やっぱり？」

「《当たり前でしょ》」

根本的に、なぜＡＹＡ《アヤ》はこんな嘘《うそ》をついているんだ？

嘘《うそ》をついているということは、ＡＹＡ《アヤ》にとって、選曲権の重要度は低いということだ。

だとしたら、この要求を受けて、別の要求を通したほうがいいと思うんだけど……。

いったい、どうして……まだ、見えてこないな。

「なら、歌唱力勝負の曲はこっちで決めさせてほしい」

「まぁ、そのくらいなら……うん。分かった。だけど、総合力勝負についてはこっちで決めさせてもらうよ。ダンスもそっちでいいから」

「逆じゃダメかな？」

「ダメ。総合力の選曲権はこっちでもらう」

さすがに、そこまで甘くないか……。

しかも、よりにもよって総合力勝負の選曲権を抑えられた。……少しまずいな。

「もしかしたら、別の使い道になるかもだけどね」

「どういうことかな？」

「絶対に通らない要求を通す、交渉材料に使えるかもしれないってこと」

「まずは、その要求を言ってみるってどうかな？」

「私の役目じゃないね」

より一層、分からなくなったな……。

ＡＹＡ《アヤ》は、何らかの要求を通したい。

だけど、それは通常では決して通らない上に、ＡＹＡ《アヤ》がすべき要求ではない、か。

「わかった。なら、総合力勝負の曲を『ＨＹ：ＲＡＩＮ《ハイレイン》』側で決めるという希望を受けるよ」

「嫌な言い方」

疑問だけを提示されて、やられっぱなしってのは癪《しゃく》だからね。

もちろん、ただでは譲らない。これで、向こうの希望を二つ叶《かな》えた形になった。

つまり、こっちはもう一つ希望を叶《かな》えられる。

「最後に一つ。誰がどの勝負に出るかは、当日の本番直前までお互いに伏せておきたい」

「なにそれ？　別に誰がどこに出るかなんて……」

「なら、問題ないと思ってもいいかな？」

「……『ある』って言いたいけど、明確にダメな理由が言えないから受けるよ」

「ありがとう、助かるよ」

「ただ、誰がどこに出てくるかは正直予想ができるから、無意味だと思うけど？」

そう思ってくれているなら、こちらとしても大助かりだよ。

前哨戦《ぜんしょうせん》の成果としては、完璧とは言えないけど及第点だ。

「あと、決めることは……、それぞれの勝負の形式だね。ナオはどう考えてる？」

「そうだね……。ダンス勝負は、交互に踊るのがいいと思う。ただ、常に二人が交互っていうのもつまらないから、それぞれ一人のフリーパートも入れてみるのはどうかな？」

「いいよ。ダンスの選曲権を持つのはそっちだし、ナオのルールに従う」

「……助かるよ」

選曲権を持つ側が、各勝負の細かいルールを設定できる。

そうなってくると、総合力勝負は……

「次の歌唱力の選曲権も『ＴＩＮＧＳ』側だし……ナオが決めて」

「分かった。歌唱力勝負は一コーラスごとに交代が良いと思う。それで、最後のＣメロとラスサビは、二人で歌う形にしよう」

「うん。問題ないね」

さて、こうなってくると最後の総合力勝負だが、AYA《アヤ》は……

「じゃあ、総合力勝負だけど、最初から最後まで四人でパフォーマンスをする形にしよっか。もちろん、フリーパートもいれるけど」

「それは、無理がないかな？」

「問題ないよ。事前にこっちで振り付けと歌割りは連携するから。……いいよね？」

総合力勝負の選曲権を得られなかった時点で覚悟はしていたが、予想通り、厄介なルールを付け加えてきたな。……だけど、何もかも好きにやらせるわけにはいかないな。

「分かった。だけど、お互いに準備期間は必要だし、三本勝負の曲や振り付け、それに歌割りは、本番二週間前までには共有しておこう。僕としては、前みたいな事態は避けたいからさ」

「嫌な言い方。……分かってるよ」

前回は突発的に始まったから、本当に大変だったしね。

「それと、三本勝負で『TINGS』と『HY:RAIN《ハイレイン》』の曲を使用するのは禁止にしよう。明らかに、どちらかのグループが有利になるような曲は、来てくれた人達を落胆させる可能性があるからね」

「なら、他のアイドルの曲を借りるってこと？」

「それでもいいし、新しく曲を用意する形でも構わないよ」

「……分かった。なら、どっちかの方法で曲は用意するよ」

やや不服そうな顔を浮かべるAYA《アヤ》だが、ここだけは譲れない。

裏側にどんな事情があろうと、それをファンに感じさせるわけにはいかないからね。

「もう、話すことも決めることもないよね？　それとも、ナオからまだ何かある？」

「いや、今のところはないよ。ただ、何か見つかった場合は連絡する」

「そうして」

端的にそう告げると、AYA《アヤ》は静かに立ち上がった。

アイドルだった頃は、もう少し慌ただしい振る舞いが多かったんだけど、彼女は彼女で大人になっているのだろう。

「ナオ、当日はよろしくね。言っておくけど、手は抜かないでよ？」

「もちろんさ。全力で、ありとあらゆる手段を用いて、最高の結果を出してみせるよ」

「ふーん……」

「何かな？」

「ナオのことを許せない気持ちは消えてない。……だけど、今のナオの顔は、昔のナオよりもずっといいと思う」

「そうかな？　あんまり自分だと分からないんだけど……」

「良い子達と出会えたんだね……」

「もちろんさ。『TINGS』じゃなかったら、僕はこの世界に戻ってこなかった。あの子達だからこそ、僕はまたマネージャーとして活動する決意を固められたんだ」

「ただ、それももうすぐ終わるよ」

ほんの一瞬優しさを見せてくれたが、それはほんの一瞬。

再び厳しい眼差《まなざ》しへと変化すると、AYA《アヤ》は僕を睨《にら》みつけながら、

「どれだけ変わっても、貴方《あなた》はこの世界にいちゃいけないから」

そう告げると、会議室を後にしていった。

さて、それじゃあ僕も『TINGS』のところに向かおうかな。

本番まであと五週間しかない。だけど、やることは山積みだ。

まずは……

※

「それでは、第一回ナオ君大お説教会を始めます!!」

困ったな。すごくやりたくないことを、やらされる羽目になりそうだ。

レッスン場へやってきた僕に、春《はる》が装着したのは、『日本一の愚か者』と書かれたタスキ。

いったい、どこで用意してきたのだろう？

「えーっと……、みんなで今後について話し合うことを優先するというのは……」

「ダメです！　ナオ君にお説教をすることのほうが、優先度が高いです！」

「結構、みんなやる気になってたと思うんだけど……」

「空気を読んだだけです！　あの場ではテンションが上がって、つい勢いに任せちゃったけど、冷静に考えたら腹が立ってきました！」

　できれば、冷静さを取り戻してほしくなかった……。

「ナオ君、いったいどういうこと⁉　『HY：RAIN《ハイレイン》』と対バンをやるのはいいよ！　でも、その後が納得できない！　どうして、ナオ君がやめちゃうことになってるの！」

「それは、あくまでも三本勝負の結果次第で……」

「だとしても、私達に相談しないで、そんな大事なことを勝手に決めないで！」

だって、言ったら絶対に反対されることが目に見えていたし……とは、言えないな。

ひとまず、春《はる》に落ち着いてもらうためにも、とりあえず謝っておこう。

「すみません」

「ナオ君、とりあえず謝って、この場を濁そうとしてない？」

　ぎくり。

「そんなんで、私達はごまかされないよ！　しぃ〜っかりと事情を説明してもらうからね！

はい！　そこに正座！」

「かしこまりました」

とりあえず、大人しく指示に従い、レッスン場で正座をした。

「それじゃあ――」

「待て。その前に、私様からも言いたいことがある」

「どうしたの、雪音《ゆきね》ちゃん？」

「まったく、同じことを春《はる》にも言いたい」

「はっ！」

雪音《ゆきね》の鋭い言葉が、春《はる》を背後から貫いた。

「マネージャーちゃんが辞める時点で理不尽な条件にもかかわらず、そこに加えてさらに理不尽な条件をなぜ受け入れた？　私様と杏夏《きょうか》は止めたぞ」

ごもっとも。

「君はあれか？　以前の件といい、問題を増やさずにはいられない体質か何かなのか？」

「うにゅ……。前のやつは雪音《ゆきね》も……」

「理王《りお》、何か言ったか？」

「んにゃっ！　な、何でもない！」

雪音《ゆきね》が恐ろしい眼力で、理王《りお》を問答無用で黙らせた。素晴らしい感情表現である。

「えっとね、私にも色々と事情があって……」

「だとしたら、その事情を我々に説明してから、引き受けるべきではなかったのか？」

「みんな、結構乗り気になってたと思うんだけど……」

「君が引き受けた時点で、我々の拒否権は失われた。それならば、気持ちでは決して負けないように振る舞っただけだ」

「なんだか、デジャヴだよ！」

蓮《れん》からの提案は、僕としても予想外の事態ではあった。

『HY:RAIN《ハイレイン》』が春《はる》に対して特別な気持ちを抱いていることは予想していたけど、まさかあそこまで強い執着心を持っているなんて……。

「ごめんなさい……」

「ついさっき、『謝ってこの場を濁すのは許さない』と誰かが言っていたな」

「……ぎくり」

仲間が増えた。悲しいことに、何も解決していないけど。

「まぁ、雪音《ゆきね》も落ち着いてください。まずは、春《はる》が言っていた通り、事情をしっかりと確認しましょう。……やらかした二人から」

救いの手を差し伸べているようで、しっかりととどめを刺しにいく杏夏《きょうか》。

穏やかな笑顔が、逆に恐ろしい。

「ひとまず、春《はる》はこれを……」

「……はい」

手渡された『日本一のうつけ者』と書かれたタスキを装着し、僕の隣で正座をする春《はる》。

だから、どこで用意したの、それ？

「それでは、詳しいお話のほうを伺っても？」

「分かった。……なら、僕から話させてもらうよ」

元々、事情は伝えるつもりだったからね。

「確かに、この話はかなりの危険性が伴う話だった。だけど、その危険性に見合ったチャンスがあると判断したから、僕はこの話を引き受けたんだ」

「チャンスというのは、中野《なかの》サンプラザでライブができるということでしょうか？」

「それは、チャンスの中では一番小さいものだね」

「つまり、他にも？」

「そういうこと。まず、アイドルグループは、グループ毎《ごと》にファン層が変わってくる。例えば、『ゆらシス』だと親子連れに、『FFF《フライ》』だと大学生や社会人に。こんな感じで、自分達の魅力をアプローチできる層というのは限られてくるんだ」

年齢や性別にとらわれず、全ての層にアプローチができるアイドルというのもいるにはいるが、それはレアケース。しかも、ある一定の知名度を得てからになる。

「だけど、対バンをやればお互いのファンを呼ぶことができるから、普段アプローチできない層に自分達の魅力を思いっきりアプローチできる」

「そう聞くと、メリットしかないように思えますが……」

「諸刃《もろは》の剣《つるぎ》だな。特に『HY《ハイ》：RAIN《レイン》』と『TINGS』の認知度の差では……」

今回のチケットの販売形式は、抽選販売だ。

そうなってくると、ファンの母数が会場にやってくるファンの割合に直結する。

『TINGS』と『HY《ハイ》：RAIN《レイン》』の間にある、実力差以上に大きな認知度の差。

中野《なかの》のライブにやってくるのは、ほとんどが『HY《ハイ》：RAIN《レイン》』のファンになるだろう。

ほぼアウェーの状態で、『TINGS』はライブに臨まなくてはならない。

「雪音《ゆきね》の言う通りだよ。今回のライブは、ReNY以上に難しい条件が揃《そろ》っている」

ReNYでは、頼りになるファンの力が借りられないという状況だった。

だけど、来てくれていたのは『TINGS』に興味を持っている人達だ。

今回の中野《なかの》は違う。根本的に、いつも助けてくれるファン自体がほとんど存在しない会場で、『TINGS』はライブをしなくてはならない。

自分達に興味を持っている人達にアプローチをするのと、自分達に興味を持っていない人にアプローチをする。この二つには、大きな差が存在する。

「だからこそ、成功した場合に得られるものは大きい。自分達のファンが少ないという状況は、裏を返せば新しいファンを多く獲得できる可能性があるということ。もしも、このライブを成功させることができれば、君達の認知度はこれまでと比べ物にならないほど上昇する」

「分かりました……。他にも何かチャンスがあるのでしょうか？」

「個人的な話になるかもしれないんだけど……春《はる》に過去を乗り越えてほしかったんだ」

「え？　私？」

「そうさ。君が『HY：RAIN《ハイレイン》』にいた頃、何があったかまでは知らない。だけど、君が彼女達に対して、大きな負い目を持っていることだけは分かる」

「…………」

「だから、それを乗り越える機会になってくれればと思ったんだけど……」

たった一つだけ、予想外のことが起きてしまった。

「ごめん。君の脱退の件については、完全に僕の判断ミスだ。まさか、蓮《れん》があそこまで……」

「わっ！　そんなに謝らないでよ！　あれは、私が勝手に引き受けたからで……」

「そこは春《はる》に教えてほしいのだが、なぜ蓮《れん》はあれほどまでに春《はる》に執着するのだ？　他のメンバーと比べても、蓮《れん》の態度は明らかに常軌を逸していた」

「うん。じゃあ、私の事情を……ナオ君、いい？」

「構わないよ。僕が伝えるべきことは、全部伝え終わっているからね」

「ありがとう。あのね、私と蓮《れん》ちゃんは——」

それから、春《はる》は僕達に事情を説明してくれた。

自分と蓮《れん》が、同じ学校に通う幼《おさな》馴染《じみ》という関係であること。

蓮《れん》に誘われて、『HY《ハイ》:RAIN《レイン》』のオーディションを一緒に受けたこと。

二人で合格し、レッスンを続ける日々の中で、徐々に溝が広がってしまったこと。

そして、春《はる》が『HY《ハイ》:RAIN《レイン》』を脱退する時に、蓮《れん》に伝えた言葉を……。

「蓮《れん》ちゃんは、最後まで私を引き止めようとしてくれた。だけど、私が残っていたら、蓮《れん》ちゃんがもっと傷ついちゃうと思って……」

あえて、嫌われるような言葉を選んで伝えたわけか。

「ならば、春《はる》は過去の贖罪《しょくざい》で蓮《れん》の提案を引き受けたのか？」

「ううん、違うよ」

雪音《ゆきね》の言葉を、春《はる》がハッキリと否定した。

「蓮《れん》ちゃんと話してて気がついたの。私が、ずっと『HY《ハイ》:RAIN《レイン》』のことが心に引っかかってたのと一緒で……」

蓮《れん》もまた、春《はる》への想《おも》いが心に残り続けているのだろう。

そうじゃなければ、あんな嘘《うそ》をつく理由がない。

「このままだと、いつか『HY《ハイ》:RAIN《レイン》』が、前に進めなくなっちゃうかも……ううん、もしかしたら、もうなってるかもしれない。そんなの絶対に嫌……」

自分よりも、蓮《れん》の、『HY《ハイ》：RAIN《レイン》』の気持ちを汲《く》んで引き受けたというわけか。

「だから、みんなの力を貸してほしいの！　私達が前に進むためだけじゃダメ！　私は『HY《ハイ》：RAIN《レイン》』にも前に進んでほしい！　キラキラのライブは、みんなにやってほしいの！」

自分達だけでなく、相手側のことも、か……。

「我侭《わがまま》なことを言ってるのは分かってる！　だけど……」

「そうだな。君は、とてつもなく我侭《わがまま》なことを言っている。個人の事情に、我々を巻き込んだのだからな。もし『HY《ハイ》：RAIN《レイン》』に敗れて、君が『TINGS』から脱退したらどうなると思う？　我々は、五人でなければ本来の力が発揮できないのだぞ？」

「それは……」

「だからこそ、必ず結果を出さなくてはならないな」

「え？」

「敗れてしまったら、君がいなくなってしまうのだろう？　そんなことは、断じて認めない。だからこそ、最良の結果を出す。当然の選択だ」

「……雪音《ゆきね》ちゃん」

「ですね。教科書女と呼ばれた分の借りは、中野《なかの》サンプラザでしっかりとお返しさせていただきますよ」

「杏夏《きょうか》ちゃん！」

「ふふん！　理王《りお》様がいて、不可能はなし！　この理王《りお》様の辞書に、敗北の二文字はないわ！つまり、もはや勝利は約束されたようなもの！　なぜなら、私は理王《りお》様だから！」

「理王《りお》ちゃん！……みんな、ありがとう！」

そうだ。彼女達五人が一つになれば、『HY《ハイ》:RAIN《レイン》』にだって負けていない。

負けていないのだけど……、今のままだと絶対に『HY《ハイ》:RAIN《レイン》』に勝てないだろうな。

何せ、三本勝負のために最も重要な条件が満たせていないのだから……。

「紅葉《もみじ》！　私の歌とあんたのダンスで、中野《なかの》サンプラザを思いっきり盛り上げるわよ！」

「そうですね。三本勝負の内容は、ダンス、歌唱力、総合力。歌唱力には理王《りお》が、ダンスには紅葉《もみじ》が出るのが最善の策と言えるでしょう。……ナオさんは、どのようにお考えで？」

『TINGS』は五人で一つ。

五人の気持ちがまとまった時、初めて真価を発揮するアイドルグループだ。

だけど、今はその真価が発揮することが、恐らくできない。

……いるからね。さっきから、一言も言葉を発していない女の子が一人だけ……。

「そうだね……。今回の三本勝負は、メンバーそれぞれが一つずつ出場する形だ。今のところはダンス勝負には、紅葉《もみじ》と杏夏《きょうか》。歌唱力勝負には、理王《りお》。総合力勝負には、雪音《ゆきね》と春《はる》に出てもらいたいと考えているよ」

今の状況を加味して、僕はそう言った。

確かめなければならないからだ。

『HY:RAIN《ハイレイン》』との話し合いで、明らかに普段と様子が違った女の子の真意を……。

「あの……、それなんだけど……」

「ん？　どうしたのよ、紅葉《もみじ》？」

「春《はる》たん、杏夏《きようか》たん、雪音《ゆきね》たん、理王《りお》たん。ごめん……」

これまで静寂を保っていた紅葉《もみじ》が、小さく言葉を漏らす。

顔をうつむかせ、誰の目も見ないようにしながら……、

「私、ダンス勝負出たくない……」

絞り出すような声で、そう告げた。

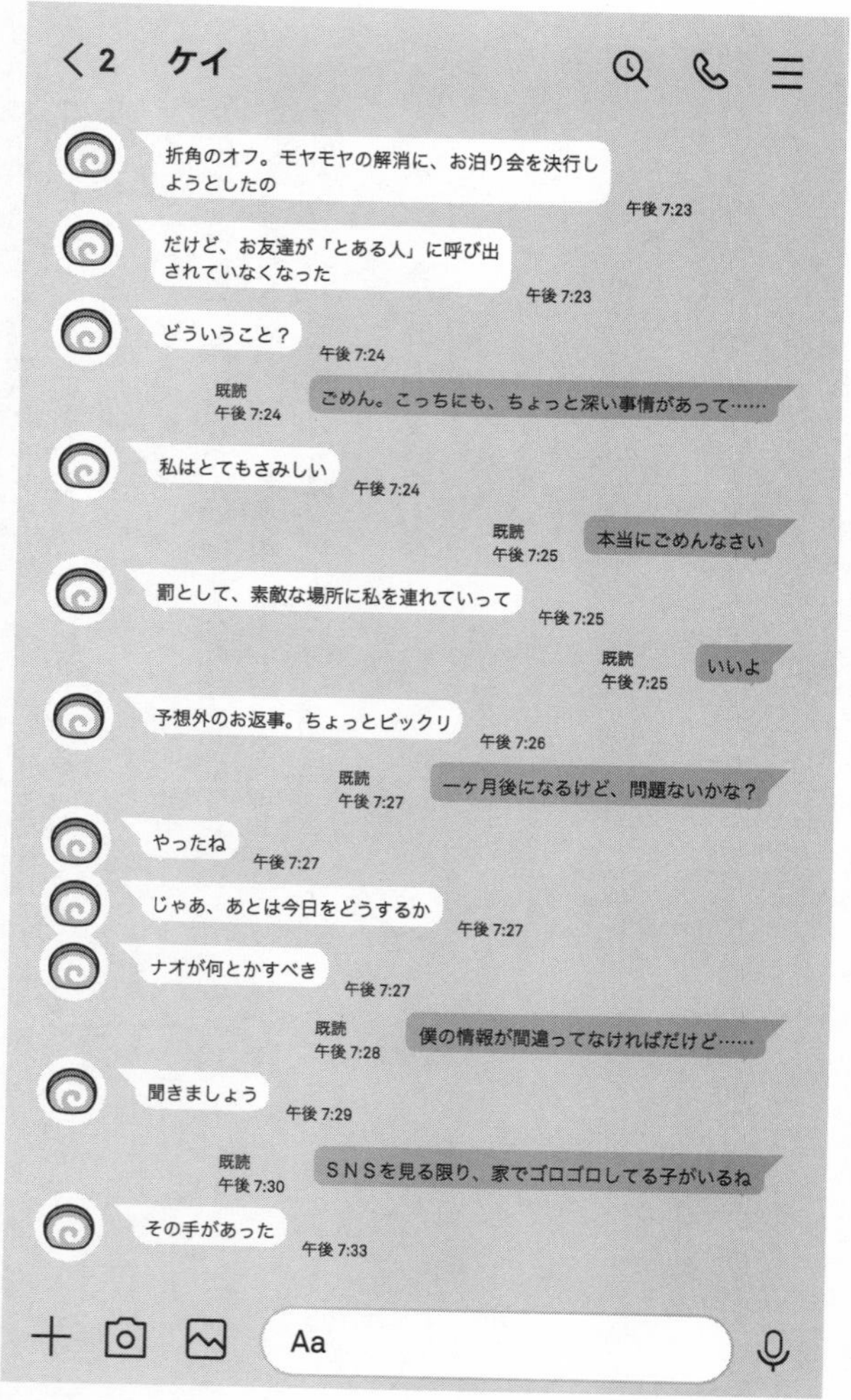

< 2
ケイ
折角のオフ。モヤモヤの解消に、お泊り会を決行しようとしたの
午後 7:23
だけど、お友達が「とある人」に呼び出されていなくなった
午後 7:23
どういうこと？
午後 7:24
既読
午後 7:24
ごめん。こっちにも、ちょっと深い事情があって……
私はとてもさみしい
午後 7:24
既読
午後 7:25
本当にごめんなさい
罰として、素敵な場所に私を連れていって
午後 7:25
既読
午後 7:25
いいよ
予想外のお返事。ちょっとビックリ
午後 7:26
既読
午後 7:27
一ヶ月後になるけど、問題ないかな？
やったね
午後 7:27
じゃあ、あとは今日をどうするか
午後 7:27
ナオが何とかすべき
午後 7:27
既読
午後 7:28
僕の情報が間違ってなければだけど……
聞きましょう
午後 7:29
既読
午後 7:30
ＳＮＳを見る限り、家でゴロゴロしてる子がいるね
その手があった
午後 7:33
Aa

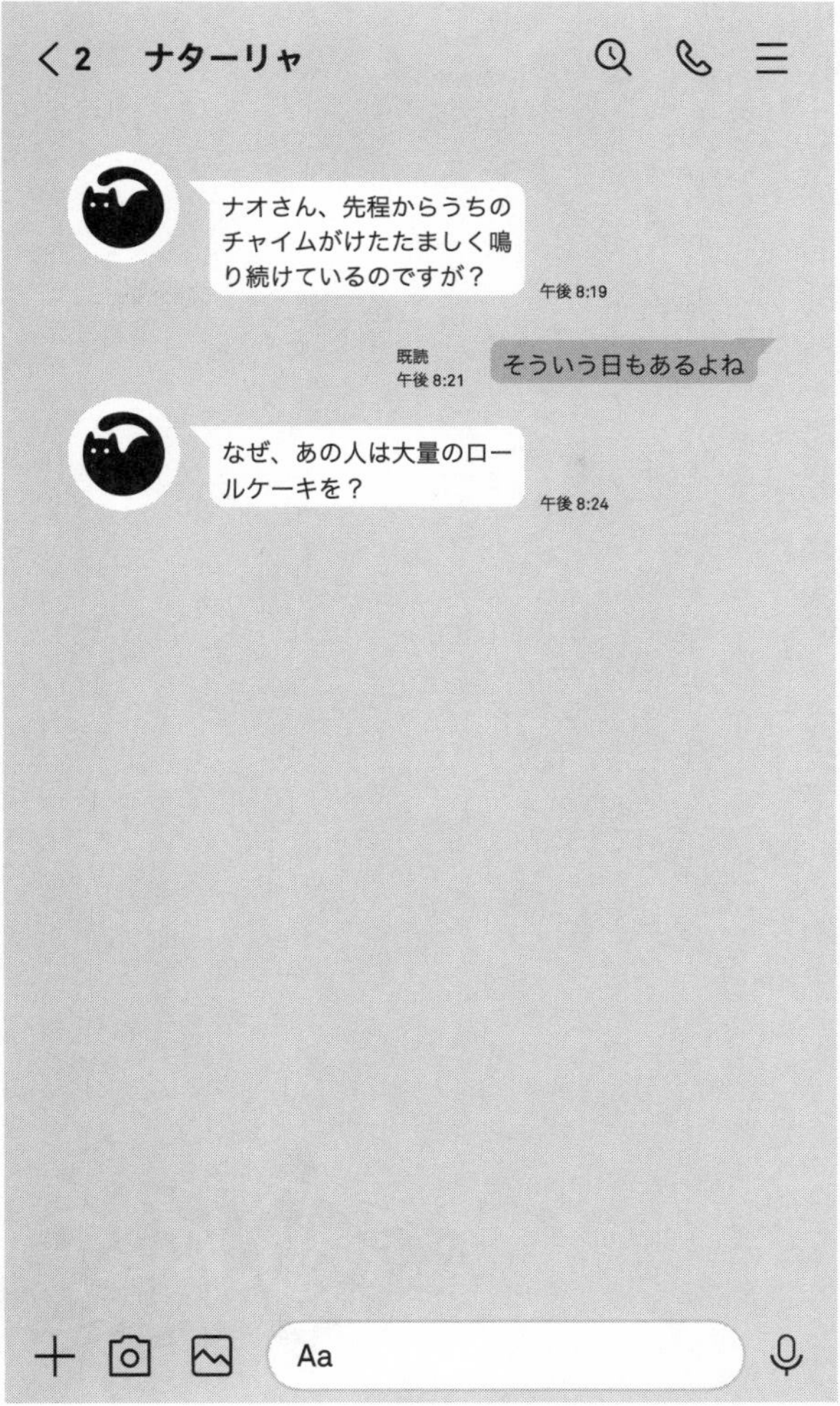

く2　ナターリャ
ナオさん、先程からうちのチャイムがけたたましく鳴り続けているのですが？
午後 8:19
既読
午後 8:21
そういう日もあるよね
なぜ、あの人は大量のロールケーキを？
午後 8:24
Aa

TiNGS!

SHINE POST

シャインポスト

Did you know? The most ordinary, natural, and unique magic
to make me an absolute idol

第二章

唐林青葉は、出したくない

「何かあるとは思っていたけど……、その『何か』が見えてこないな……」

二〇時。僕は、オフィスで一人言葉を漏らす。

『TINGS』と『HY：RAIN《ハイレイン》』の顔合わせの時から、紅葉《もみじ》の様子がおかしかったのは分かっていた。普段と比べて明らかに消沈した様子で、口数も少ない。

確認しようとは考えていたけど、それよりも先に本人から、「ダンス勝負に出たくない」と伝えられてしまった。……いったい、なぜ紅葉《もみじ》があんな発言をしたのか？

僕や他のメンバーが理由を聞くも、紅葉《もみじ》は一切口を開かない。特に付き合いの長かった雪音《ゆきね》ですら、原因が分からないようで、突然の紅葉《もみじ》の発言にうろたえていた。

今の状態の紅葉《もみじ》では、仮に本人の希望通りダンス勝負に出さなかったとしても、中野《なかの》サンプラザのライブが、苦い思い出として残ってしまう可能性が高い。

ライブは、アイドルにとっての集大成。どんな結果になろうと、『楽しい思い出』として残すべきなんだ。だからこそ、必ず彼女の問題を解決しなくてはならない。

中野《なかの》サンプラザ最大の目的は、三本勝負で勝利することではなく、全員が笑顔で終われるライブを実現することなのだから。

「こんばんは～。なんか、今日はやけに呼び出される日なんですけどぉ～？」

背後から響く声。それは、『FFF《フライ》』のリーダーである兎《と》塚七海《つかななみ》のものだ。

「ごめんね、わざわざこんな時間に来てもらっちゃって」

「謝るなら、私よりもあの子じゃないかな？」

「そっちにも、ちゃんと謝らせてもらった」

「オッケー！　なら、大丈夫ということで！　で、どうしたのかな？」

あっけらかんとした態度。それよりも、早く本題に入ってほしいといった様子だ。

「ちょっと君に頼みたいことがあってさ」

「私に？　何かな？」

『TINGS』のメンバーに直接は言わなかったけど、残念ながら現時点のグループとしての実力は、『HY《ハイ》：RAIN《レイン》』が大きく上回っている。

ならば、どうすればいいか？　方法は一つしかない。

「来週の月曜日から、時間がある時だけでいいんだけど――」

「『TINGS』のレッスンを見ればいいのかな？」

「え？　どうして……」

「んふふ！　優希《ゆうき》さんから頼まれたんだ！　『このままだと、ブライテストに大き過ぎる損失が出てしまう。だから、君達に「TINGS」を助けてもらいたい』ってさ！」

そうか。優希《ゆうき》さんが……。

「というわけで、来週から一ヶ月の間は、レギュラーのお仕事以外の時間は全部、『TINGS』のレッスンに充《あ》てられるよ！　もちろん、麗美《れみ》と日夏《ひなつ》もね！」

「ありがとう。本当に助かるよ。それだったら……」

「《だけど、一つだけ条件がありまぁ〜す！》」

七海《ななみ》の体が、優しく光り輝いた。

「三月発売予定の新曲でいいかな？」

「さすが、ナオ君！　そこまで分かっててくれるなら、全部言っちゃうね！　次の新曲もナオ君に作ってほしい！《そうじゃなきゃ、『TINGS』のレッスンは見ないよ！》」

ブライテストには、『TINGS』以外のアイドルも所属している。

そして、他のアイドルの子達にとっても、『FFF《フライ》』直々《じきじき》の指導というものは、受けられるものなら是が非でも受けたいものだ。

七海《ななみ》は、その想《おも》いを理解している。だから、嘘《うそ》をついた。

『TINGS』が、自分達のレッスンを受けられる大義名分を作るために。

本当に、細かい気遣いまでできる子だ……。

「分かった。約束するよ」

「やったね！」

優希《ゆうき》さんが、また不貞腐《ふてくさ》れないかだけが気がかりだけど。

そこの気遣いは、僕の仕事だな……。

「それじゃあ、七海《ななみ》ちゃん超ゴージャススペシャルレッスンの準備を……」

「あ、ちょっと待って。実は、もう一つ聞きたいことがあるんだ。……紅葉《もみじ》の件で」

「紅葉《もみじ》がどうかしたの？」

「今日、『TINGS』と『HY：RAIN《ハイレイン》』で顔合わせをしたんだけど、紅葉《もみじ》の様子がおかしかったんだ。ただ、その原因が分からない。七海《ななみ》のほうで、何か心当たりがあればと思ったんだけど……知らないかな？」

「う〜ん。ごめん！　それは、ちょっと分からない！」

パンと両手を合わせて、七海《ななみ》が謝罪を口にする。

雪音《ゆきね》が分からなかった時点で想定はできていたけど、七海《ななみ》も情報はなしか。

「ただ、ナオ君がそうやって聞くってことは、かなり重要なことなんだよね？」

「そうだね。紅葉《もみじ》がこのままだと、間違いなく中野《なかの》サンプラザのライブは失敗する」

普段は大人しい性格が災いしてか、あまり目立つことのない紅葉《もみじ》だが、その実力は本物。

シンプルな実力だけで考えた場合、『TINGS』の中で、春《はる》に次ぐのが紅葉《もみじ》だ。

そして、ダンスだけに焦点を当てた場合、紅葉《もみじ》は春《はる》すらも上回る。

全員の力が必要なのは当たり前だけど、その中でも紅葉《もみじ》の存在は特に大きいものなんだ。

「だよねぇ。あの子、デビュー前からすっごい上手だったし……」

「そうなのかい？」

「うん。初めて『TINGS』を見た時、五人の才能にはもちろん驚いたけど、特に驚かされたのが春《はる》と紅葉《もみじ》。二人とも、まるで前からアイドルをやってるみたいな動きだった」

以前からアイドルをやっているような動き、か。

確かに、春《はる》はデビューしていないとはいえ、元々『HY《ハイ》：RAIN《レイン》』に所属していた。けど、紅葉《もみじ》はどうだ？　優希《ゆうき》さんからもらったファイルにも、そんな経歴はなかった。

彼女が初めて所属した芸能事務所は、ブライテストのはずだ。

「それに、不思議だと思わない？」

「不思議？　何がかな？」

「紅葉《もみじ》は、『TINGS』の中で、誰よりも先に春《はる》が本気を出していないことに気がついた。本人は、『忘れ物があったから、取りに戻った時に知った』って言ってたけどさ……」

七海《ななみ》が僅かに言葉を溜《た》める。

「偶然にしては、できすぎな展開じゃない？」

その話は、雪音《ゆきね》から聞いている。もちろん聞いた時、雪音《ゆきね》は輝かなかった。

だけど、もしも紅葉《もみじ》が雪音《ゆきね》に嘘《うそ》をついていて、雪音《ゆきね》がそれを信じて僕に伝えていたら？

その嘘《うそ》は、決して輝かない嘘《うそ》へと変化する……。

「なら、紅葉《もみじ》は別の方法で春《はる》の秘密に辿《たど》り着《つ》いた可能性があるってこと？」

「もしかしたら……って話だけどね」

仮にそうだったとして、今回のことと何か関係があるのだろうか？

春《はる》と紅葉《もみじ》の共通点は、ないと思うんだけど……

「ありがとう、七海《ななみ》。何とか君達とのレッスンまでには、解決できるようにするよ」

「んふふ。信じてるよ、ナオ君。もちろん、私達の力が必要な時はいつでも言ってね！」

本当に、君は頼りになる先輩だよ……。

「じゃあ、私はそろそろ行くね！　今日は、ナタのお部屋でお泊まり会なんだ！」

ナタ……『ゆらゆらシスターズ』のナターリャのことだ。

『FFF《フライ》』と『ゆらシス』はデビュー時期も近く、交友が深いからね。

「分かった。えーっと……、ナターリャによろしく伝えておいて」

「ナオ君、何だか渋い表情をしてるけど、ナタに何かしたの？」

「限りなく『してない』に近い、『した』かな。主に、ロールケーキ周りで」

「あぁ～、そういうことかぁ～。分かった！　ナタには私からちゃんと伝えておくね！」

「重ね重ねありがとう」

最後にそう言葉を交わすと、七海《ななみ》はブライテストから去っていった。

伊藤紅葉《いとうもみじ》。

冷静に考えると、僕は彼女について知っていることは少ない。

だけど、何もヒントがないわけじゃないんだ。

三本勝負でダンス勝負を避けたこと、顔合わせの奇妙な態度、七海《ななみ》から伝えられた言葉。

そして、『絶対に誰も一人にしないアイドルになりたい』という夢を抱いていること。

これらが、紅葉《もみじ》の問題を解決する糸口になるはずだ。

「もう一つ、気になったことはあるんだけど……」

誰もいないオフィスで、言葉を漏らす。

これは、完全に憶測だ。確たる証拠も、何かしらの繋《つな》がりもあるわけじゃない。

だけど、もしかしたら……

※

「それじゃあ、まずは『HY：RAIN《ハイレイン》』について知るところから始めようか」

翌日の水曜日。僕は『TINGS』のメンバーを会議室に集めて、開口一番にそう告げた。

欠席者はなし。紅葉《もみじ》は、相変わらず元気がないようで、机の隅にしょんぼりと座っている。

「ねぇ、紅葉《もみじ》……。本当にどうしちゃったのよ？」

「……《なんでもない》」

「……うにゅ」

状況は、昨日と変わらずだ。理王《りお》の言葉にも弱々しい偽りの言葉で返す。他のメンバーも、どこまで踏み込んでいいか分からないようで、複雑な表情を浮かべている。

「紅葉《もみじ》の気持ちは分かっているから、大丈夫だよ。君が出たくないと言っている以上、無理矢理出してもいい結果にならないからね。その意志は、必ず尊重する」

「……ありがとう、マネージャーたん」

「ですが、紅葉《もみじ》がダンス勝負に出られないとなると……」

「もしかしたら、気が変わってくれるかもしれないでしょ？　それに、中野《なかの》サンプラザまで時間は少ないんだ。まずは、できることを一つずつやっていこう」

もしも、僕の憶測が正しければ、今日の話し合いで見えてくるはずだからね。

……紅葉《もみじ》の問題が。

「というわけで、まずは質問だ」

言葉と同時に、五人に見えるようにノートパソコンの画面を向ける。

映っているのは、『HY：RAIN《ハイレイン》』のライブ映像だ。

「君達は、『HY：RAIN《ハイレイン》』のライブは観《み》たことがあるかい？」

「直接はないが、映像では何度か……」

雪音《ゆきね》の言葉に、他の四人も首を縦に振る形で続く。

「なら、このグループの特徴には気づいているかな？」

「私様からすると、全員が非常に高いパフォーマンスをしているという印象だが……」

「うん、その通りだね。『HY：RAIN《ハイレイン》』のメンバーは、五人全員が高いパフォーマンスをしている。だけど、彼女達の特徴はそこじゃない」

僕はブライテストに所属する前から、『HY：RAIN《ハイレイン》』には注目していた。

いや、それどころか、自分がマネージメントをしたいとすら考えたこともある。

もちろん、（当時の）事務所が違ったので、そんなことは不可能なんだけど、今になって考えると、その理由がよく分かる。なぜなら……

「『HY：RAIN《ハイレイン》』と『TINGS』は、すごくよく似たグループなんだ」

「私達と、『HY：RAIN《ハイレイン》』が？」

「そう……。彼女達は、平均的にハイレベルなパフォーマンスをするのはもちろんなんだけど、メンバーそれぞれが、最低でも一つ、尖《とが》った武器を持っている」

まるで、『TINGS』のように……。

三本勝負の割り振りは、ダンス勝負に二人、歌唱力勝負に一人、総合力勝負に二人。

AYA《アヤ》がどこに誰を出そうとしているかは、彼女達の才能を鑑《かんが》みれば、手に取るように分かる。もちろん、そのくらいAYA《アヤ》も気づいているだろうけどね……。

「まずは、唐林青葉《からばやしあおば》と唐林紘葉《からばやしいとは》だ」

「……っ！」

　メンバーが画面を食い入るように見る中、一人の少女の体が震えた。

　それは、画面に映された大人びた少女と、まだあどけない少女が原因なのだろう。

「唐林《からばやし》姉妹……通称『カラシス』の二人。これは、アイドル好きでもそうじゃない人の間でも有名な話だけど、カラシスはとにかくダンスのレベルが高い。だからこそ、間違いなくダンス勝負には、彼女達が出てくるだろうね」

「うん。アオ姉とイトちゃんは、デビュー前からダンスがすごい上手だった……。今は、あの頃と比べ物にならないくらい、もっと上手になってる」

「春《はる》でも、対抗するのは難しいレベルですか？」

「う〜ん。どうだろうなぁ……。アオ姉とイトちゃんが、一番得意なのって二人でやるコンビネーションダンスなんだよね。そこに私一人でってのは……」

　これが、カラシスのもう一つの強み。個人のダンスの技量はもちろんだけど、姉妹ならではのコンビネーションダンスがとにかく上手《うま》い。

「そうだね。少し厳しい言い方になっちゃうけど、春《はる》一人とカラシスのダンスだったら、見栄《みば》えが良いのはカラシスのコンビネーションダンスだと僕も思う。だけど……」

　ここから先は、賭けだ。

　今から言うことは、まったく見当違いの発言で、もしかしたら僕は彼女からの信頼を失ってしまうかもしれない。それでも、僅かな手がかりを掴《つか》むために……

「紅葉《もみじ》。君なら、二人のコンビネーションダンスに対抗することができるはずだ」

僕は、そう告げた。

「……っ！　そんなことない！　私より、二人のほうが上！」

紅葉《もみじ》が叫んだ。

「絶対！　絶対に二人のほうが上！　私なんかじゃ、二人にかなわない！」

必死に否定の言葉を繰り返す。

突然の紅葉《もみじ》の叫びに、他のメンバーも困惑した様子だ。

これ以上踏み込むのは危険かもしれない。

だけど、もう一歩、もう一歩だけ……

「唐林青葉《からばやしあおば》と唐林絃葉《からばやしいとは》。……カラシスと君は、何か特別な関係なのかな？」

「《ち、違う！　そんなんじゃない！　何もない！》」

紅葉《もみじ》の体が、光り輝いた。

唐林《からばやし》青葉と唐林絃葉。ダンスが得意な、紅葉とよく似た名前をした二人の女の子。

もしかしたら、ただの偶然かもしれないと思っていたけど、どうやら違ったようだ。

カラシスと紅葉《もみじ》の間には、何らかの特別な関係がある。

そして、それがあるからこそ、紅葉《もみじ》はダンス勝負に出たがらなかったんだ。

『HY：RAIN《ハイレイン》』側が、カラシスの二人をダンス勝負に出すと分かっていたから……。

「《私は、二人とは関係ない！》本当に、関係……ないの……」

「え⁉」

「ナオ君、どうしたの？」

「い、いや、気にしないでくれ……。ちょっとしたことだから……」

いったい、どういうことだ？

一度目の『関係ない』は輝《嘘》いた。

二度目の『関係ない』は輝《真実》かない。

かつての春《はる》のように、真実の中に別の真実を隠すケースは、時折存在する。

だけど、まったく同じ言葉で、嘘《うそ》と真実を同時に告げられるのは……初めての経験だ。

「…………」

同じ言葉で嘘《うそ》と真実を同時に告げ、以降は沈黙を保ち続ける紅葉《もみじ》。

彼女の問題は、僕が想像しているよりも遥《はる》かに大きいものなのかもしれないな……。

「ひとまず、他のメンバーの説明もするよ。まだ、三人残っているからね」

「……うん。分かったよ」

これ以上、紅葉《もみじ》の事情に踏み込むのは、今は危険だ。

伝えるべきことを伝えることを優先しよう。

「次は、氷海菜花《ひうみなのか》だ」

サイドポニーの落ち着いた顔立ちの少女がアップになった箇所で、一度動画を停止する。

「彼女の武器は、歌唱力だ。力強い歌声で、『HY:RAIN《ハイレイン》』の歌の屋台骨に足る存在になっている。だから、歌唱力勝負には間違いなく彼女が出てくるだろう」

「うにゅ……。歌唱力……」

普段は、歌のことになると自信満々の理王《りお》だが、それは比較対象が同じグループ内のメンバーだったから。今回のような形で明確に優劣を決めるということ自体、理王《りお》の性格を考えるとあまりイメージがつかないのだろう。

「大丈夫だよ、理王《りお》。君の歌唱力も、負けていないから」

「うにゃ！　ふ、ふふん！　当然よ！　この理王《りお》様に、敗北の二文字はないんだから！」

「ちなみに、春《はる》から菜花《なのか》について何か補足はあるかな？」

僕も、『HY:RAIN《ハイレイン》』について知っているのは、あくまでライブで得た情報だけ。

もしかしたら、春《はる》からは別の情報が……

「ごめん。実は、菜花《なのか》ちゃんについては私もあんまりよく知らないんだ。……その、私がいた頃の『HY:RAIN《ハイレイン》』には、菜花《なのか》ちゃんはいなかったから……」

「そうだったのかい？」

「……うん」

なるほどね……。だから、他の四人と比べて菜花《なのか》は春《はる》に対して、敵対心を向けることも、友好的に接することもなかったわけか。

「じゃあ、次は苗川柔《なえかわやわら》だね。彼女は、『HY:RAIN《ハイレイン》』の中でも異色の存在だ」

「異色？　どういうことでしょうか？」

「ライブの中で、普通のアイドルがやらないパフォーマンスを、いくつも取り入れている」

重力を無視したかのような、軽やかなパフォーマンスをするショートヘアーの長身の少女。

それは、一般的なアイドルライブでは滅多にお目にかかれないパフォーマンスだ。

「これはアイドルの技術じゃない。多分だけど……」

「新体操だよ」

春《はる》が、静かな口調でそう告げた。

やっぱり、そうだったか。

「柔《やわら》ちゃんは、元々新体操の選手だったの。……それも、国体にも出たことがあるくらいの」

「確かに、これは凄《すさ》まじい動きだな……」

『HY:RAIN《ハイレイン》』のライブ映像を観ながら、雪音《ゆきね》が神妙な声を漏らす。

アイドルの中には、かつての経験からバレエや新体操などの動きをパフォーマンスに取り入れている子は何人かいるが、柔《やわら》はその子達と比べても段違い。

まさか、国体の出場経験があるレベルだったなんて……納得だよ。

「彼女の武器は、その身体能力の高さだ。魅せ方が上手《うま》いのはもちろんなんだけど、それ以上に会場を沸かせるのが抜群に上手《うま》い。的確なタイミングで新体操の技術を使うことによって、自然と観客の視線を集めてボルテージを最高潮まで押し上げている」

ほんの少しでも隙を見せたら、観客の視線を全て柔《やわら》が持っていくだろう。

自分が知らない技術というのは、上手《うま》い下手以前に『知らない』という事実だけで、興味を惹《ひ》く大きな要素になるのだから。

「彼女が出てくるのは、ほぼ間違いなく……総合力勝負だろうね」

柔《やわら》はアイドルの中でも、オンリーワンの技術を持つ少女だ。

三本勝負の最後の最後、会場を最高潮に盛り上げるために、彼女は現《あら》われる。

なぜなら、柔《やわら》こそが『HY《ハイ》：RAIN《レイン》』の――

「ナオさん、蓮《れん》さんについてもうかがってもよいですか？」

「うん、もちろんだよ、杏夏《きょうか》」

「次は、黒金蓮《くろがねれん》だ。彼女の特徴は……その高い調整力だ」

「「「「……っ！」」」」

僕がそう告げると、春《はる》を除いた四人が過敏な反応を示した。

そして、画面に映るポニーテールの少女に視線を集中させる。

「全員が尖《とが》った才能を持つ『HY《ハイ》：RAIN《レイン》』。その個性をより向上させているのが、黒金蓮《くろがねれん》。

彼女のパフォーマンスは、他のメンバーの技術を引き立てるパフォーマンスだ。加えて、自分が目立つべきタイミングでは、他のメンバーの尖《とが》った才能に負けないパフォーマンスを魅せる。黒金蓮《くろがねれん》がいることによって、『HY：RAIN《ハイレイン》』はより魅力的なグループに成っている」

「それは、ReNYで春《はる》がやった……」

「その通りだよ、杏夏《きょうか》。蓮《れん》のパフォーマンスは、春《はる》によく似ているんだ」

引き立てる技術を分かりやすく使い自らの存在を主張し、観客の期待が集まったところで、期待以上のパフォーマンスを魅せて、よりライブを盛り上げる。

恐らく、蓮《れん》はこの技術を最初から持っていたわけではないのだろう。これは、才能だけで得られるものではない。恐らく、彼女も春《はる》と同じように、膨大な努力をして……

「蓮《れん》が出てくるのは、確実に総合力勝負だ。『HY：RAIN《ハイレイン》』の中で、柔《やわら》の本気のパフォーマンスについていけるのは、彼女だけだからね」

「蓮《れん》ちゃん、本当に上手になったなぁ……」

ライブ映像を見つめながら、春《はる》が悲しそうな笑みを浮かべている。

同じ学校に通う者同士が、同じアイドルグループに所属する。

きっと、以前までの春《はる》と蓮《れん》の関係は……

「──というわけで、これが『HY：RAIN《ハイレイン》』というグループだ。正直に伝えさせてもらうと、グループの総合力は圧倒的に向こうが上。今のままでは、まるで歯が立たない」

何せ、相手は完全な『TINGS』の上位互換だ。

もちろん、こっちが勝っている部分もあるのだけど……、それはほんの一部だけ。

加えて、紅葉《もみじ》がダンス勝負に出ないと言っている状態だ。

「では、どうすれば私達はライブを成功させられるのでしょう？」

負けん気の強い瞳で真《ま》っ直《す》ぐに僕を見つめて、杏夏《きょうか》がそう尋ねた。

雪音《ゆきね》や理王《りお》も同じだ。たとえ、格上の相手でも負けるつもりはない。アイドルとして、来てくれた人達を最大限楽しませ、最高のライブをやろうという意志が強く感じられる。

「簡単さ。レッスンを積むだけだよ」

「レッスンを？　それは、今までと同じレッスンを、でしょうか？」

「いや、違う。来週の月曜日から、君達には『FFF《フライ》』の特別レッスンを受けてもらう」

「ふ、フラ……っ！　そ、それは、七海《ななみ》のレッスンをということか⁉」

「うん。本人曰《いわ》く、超ゴージャススペシャルレッスンを準備してくれてるそうだよ」

「超ゴージャススペシャル！　私様達の時でさえ、ゴージャススペシャルだったのに……」

ごめん。その違いは、よく分からない。

雪音《ゆきね》と紅葉《もみじ》は一年間、七海《ななみ》のレッスンを受けてきていたからなぁ。

体の芯まで、恐怖が根付いているのだろう……。

「ただ、それはあくまでも来週からだ。だから、今週は君達だけでレッスンをしてもらいたい。

ただし、三本勝負に向けてのレッスンじゃなくて、ライブに向けての、だ」

「それで、大丈夫なのでしょうか？　どれだけ良いライブをやろうと、三本勝負で……」

「問題ないよ。ライブが始まった時点ですでに勝負は始まっているからね」

「どういうことでしょうか？」

「ライブには、空気というものがある。三本勝負を行うのは、ライブの終盤だ。もしも、そこまでの間に、君達よりも『HY《ハイ》:RAIN《レイン》』のほうが遥《はる》かに盛り上げていたら？」

「会場の空気が『HY《ハイ》:RAIN《レイン》』のものになって、どれだけ良いパフォーマンスを三本勝負でやったとしても……」

「そういうこと」

『TINGS』の戦いは、ライブが始まった瞬間から始まっている。

会場のほとんどを埋めている『HY《ハイ》:RAIN《レイン》』のファン。口惜しいが、彼らは根本的に『TINGS』に対して興味を持っていない状態でライブにやってくる。

故に、生半可なライブをしたらあっという間に見限られてしまう。

そうなったら、三本勝負でどれだけ素晴らしい結果を残したとしても、敗北は必至だ。

「というわけで、今日はライブのレッスンを積んでほしい。僕は、オフィスにいるから、何かあったら呼んでくれて構わないから」

「分かりました。……春《はる》、理王《りお》、雪音《ゆきね》、紅葉《もみじ》、やりますよ！」

「うん！」「当然！」「ああ！」「……うん」

対バンの件はもちろんだけど、それ以上に優先すべきは紅葉《もみじ》だ。

彼女が今のままでは、三本勝負はもちろん、ライブ自体を成功させることすらできない。

だからこそ、何とかしなくちゃいけないんだけど……参ったな。

どうにか、問題の入り口までは辿《たど》り着《つ》けた。

だけど、そこにそびえ立っていたのは堅牢《けんろう》な門。

この門をどうやって開くか……まだ見えてこないな。

☆

夜。そろそろいい時間になってきたので、『TINGS』のレッスンを確認しにいこうかと考えていたのだが……

「ナオ君、ちょっといい？」

オフィスに春《はる》がやってきた。

「春《はる》、レッスンはもういいのかい？」

「うん！　今日は、もうおしまい！　やりすぎて体を壊しちゃったら、元も子もないしね！」

——とか言いながら、家に帰ったら自主練をするんだろうな。

「ほどほどにするんだよ」

「ふふふ。さすが、ナオ君！　もちろん、分かってるよ！」

こうして春《はる》が、自らの秘密をさらけ出して、笑顔を浮かべてくれることに心が温かくなる。

絶対に、彼女を『ＴＩＮＧＳ』から去らせるわけにはいかないいな……。

「それでね、一つ相談があるんだけど……」

「どうしたんだい？」

先程までの明るい笑顔ではなく、神妙な表情で春《はる》がそう言った。

「えっとね……。多分、紅葉《もみじ》ちゃんのことなんだけど……」

「多分？　どういうこと？」

「明日、私とナオ君と話がしたいって、ある人から連絡が来たの」

僕と春《はる》に話だって？

特に問題はないのだけど、いったい誰から……

「最初は、どうしてこんな連絡が来たか分からなかった。でも、お昼の紅葉《もみじ》ちゃんの態度を見てたら、そうなんだろうなって……」

「もしかして、連絡をしてきたのって……」

僕の問いに、春《はる》が首を縦に振る。

「……アオ姉。『ＨＹ《ハイ》：ＲＡＩＮ《レイン》』の唐林《からばやし》青葉《あおば》ちゃん」

※

翌日、学校が終わると同時に僕は春《はる》と合流して、車を走らせる。

向かった先は、都心から少し外れた場所にある喫茶店。

そこが、僕達と唐林《からばやし》青葉《あおば》が会う場所だ。

「えっと、青葉《あおば》ちゃんは……あっ！」

「ここよ、春《はる》」

上品な仕草で立ち上がり、優しい笑みを浮かべる少女……青葉《あおば》だ。一つ一つの動きが洗練されていて、日常の中からも彼女のアイドルとしての実力の高さがうかがえる。

「今日は、お時間を作っていただきありがとうございます」

僕達が、青葉《あおば》の座る席まで向かうと、丁寧なお辞儀を一つ。

やけに絵になる所作に、つい目を奪われてしまった。

テーブルの上には、コーヒーとパンケーキ。

コーヒーは少し減っていたけど、パンケーキには手をつけていないようだ。

っと、いけないいな。ひとまずは、席に座ろう。

「ついこないだ会ったばかりだけど、あの時は全然話せなかったから、こうして貴女《あなた》と話せる時間ができて嬉《うれ》しいわ。……春《はる》」

「うん……」

穏やかな笑みを浮かべる青葉《あおば》に対して、まだ緊張した様子の春《はる》。

『HY：RAIN《ハイレイン》』の中では、特に蓮《れん》に対して強い想《おも》いがあるのだろうけど、それは決して青《あお》葉《ば》に対しての想《おも》いが弱いわけではない。

「何だか、色々とややこしくなってしまったわね……」

「うん。そうだね……」

「もう何を言っても間に合わない。だけど、貴女《あなた》には沢山の負担をかけてしまって……」

「わっ！　アオ姉、大丈夫だよ！　その、もとはと言えば私が……」

「違うわ。私達が貴女《あなた》についていけなかったのが原因よ」

去っていった者と残された者。どちらが辛《つら》い気持ちを抱いたか……なんてのは、比べること自体が間違っている。どちらも、辛《つら》い想《おも》いをしていたんだ。

「ずっと……、今でも思っているわ。あの頃の私に、今の自分と同じくらいの実力があれば、貴女《あなた》を傷つけずに済んだ。……きっと、今でも貴女《あなた》は……」

「そんなことないよ！　アオ姉はあの時から上手だったよ！」

「そう言ってもらえると、嬉《うれ》しいわ。……いけないわね。大切なお話があって、時間を作ってもらったのに、他の話をしてしまっているわ」

「そうかも……。……あ、あのさ！　こんな形にはなっちゃったけど、私はみんなと会えて嬉《うれ》しいから！　元気そうで、すっごく嬉《うれ》しかった！」

「私もよ」

春《はる》と青葉《あおば》はお互いを見つめ合って、笑みを浮かべた。

まだ『TINGS』と『HY：RAIN《ハイレイン》』の間には大きな溝がある。

だけど、春《はる》と青葉《あおば》の間の溝は、少しだけ埋まったのかもしれないな……。

「それで、話っていうのは紅葉《もみじ》の件かな？」

柔らかな空気が流れる中、僕はそう尋ねた。

「……っ！　もしかして、ご存じなのですか？」

過敏な反応、どうやら間違いなさそうだね。

「いや、聞いていないよ。ただ、君と絃葉《いとは》の名前は、紅葉《もみじ》に似すぎている。だから、何か特別な関係じゃないかと思って、紅葉《もみじ》に聞いてみたんだけど……」

「モォは、何と言っていました？」

モォ……恐らく、紅葉《もみじ》のことだろうな。

「残念ながら、紅葉《もみじ》からは『何も関係ない』って言われちゃってね……」

「そう、ですか……。何も関係ない、ですか……」

僕の返答を聞いて、青葉《あおば》が表情を沈ませる。

「あのですね、こんなことを言うのは無礼と百も承知なのですが……」

青葉《あおば》が意を決したのか、両手を強く握りしめる。

「中野《なかの》サンプラザの三本勝負で、モォ……いえ、伊藤紅葉《いとうもみじ》をダンス勝負に出さないでもらえないでしょうか？」

「「え？」」

予想外の申し出に、僕と春《はる》は揃《そろ》って声を出してしまった。

紅葉《もみじ》をダンス勝負に出さないでほしい。それは、まさに紅葉《もみじ》本人が言っていたことで……。

「もちろん、無条件とは言いません。代わりに、私のお願いを聞いてもらえる場合は、総合力勝負の選曲権を『TINGS』に譲り渡します」

「えっと……、そんなことを君の独断でできるとは思えないんだけど……」

「問題ありません。これは、私の独断ではありませんから」

「つまり……」

「アヤさんとメンバーには伝えてあります。……ただ、イトには伝えていませんが」

実の妹だけには、言えなかった事情が絡《から》んでいるというわけか……。

「ですから、私の要求を受けていただけるのでしたら、『TINGS』は三本勝負で使う全ての曲の選曲権を得ることができます。アヤさんからも、『これが、交渉材料だよ』と日生《ひなせ》さんへの言伝《ことづて》を預かっています」

なるほどね。AYA《アヤ》が言っていたのは、このことか……。

『総合力の選曲権はこっちでもらう。もしかしたら、別の使い道になるかもだけどね』

『どういうことかな？』

『絶対に通らない要求を通す、交渉材料に使えるかもしれないってこと』

絶対に通らない要求。それは、紅葉《もみじ》をダンス勝負に出さないこと。

確かに、そんな要求を出されても、僕は決して受け入れなかっただろう。

だけど、やはり疑問は残る。

つまり、あの時からAYA《アヤ》は、この状況を想定していたということだ。

どうしてだ？　どうして、紅葉《もみじ》と何の関係もないAYA《アヤ》までもが……

「いかがでしょうか？」

「申し訳ないけど、いきなりそんなことを言われても判断ができない」

チラリと春《はる》を確認するが、首を横に振る。どうやら、以前まで『HY《ハイ》:RAIN《レイン》』にいた春《はる》も青葉《あおば》と紅葉《もみじ》の関係については知らないようだ。

「だから、事情を教えてもらえないかな？」

たとえ、こっちにとって好条件を提示されたとしても、聞くかどうかは別だ。

「分かりました……」

そう告げると、青葉《あおば》は真《ま》っ直《す》ぐに僕達を見つめた。

「私が、モォをダンス勝負に出さないでほしい理由は、もう二度とモォとイトを競わせたくないからです」

イト……青葉《あおば》の妹の唐林紘葉《からばやしいとは》のことだ。

「イトは、今回の三本勝負に臨む気持ちはメンバーの中でも特に大きいです。そして、その理由は……モォが必ずダンス勝負に出てくると考えているからです。……そうなのでしょう？」

「まだどこに誰が出るかは教えられないけど、その可能性は高いだろうね」

紅葉《もみじ》は、決して三本勝負自体を避けているわけではない。

『TINGS』のメンバーとして、ライブを成功させようという強い想《おも》いは持っている。

「そう、ですよね……」

「アオ姉、どうして？　どうして、イトちゃんは紅葉《もみじ》ちゃんを……」

「春《はる》、覚えているかしら？　『HY：RAIN《ハイレイン》』の最終オーディションにいたメンバーを」

「最終オーディション？　えっと、全部で六人残っていたのは覚えてるんだけど、誰がいたかまでは……ごめん。あの時は、自分のことで精一杯で……」

六人。ということは、その中から一人が不合格になったということか。

「そうなのね。あの時、最終オーディションに残っていたのは、私、イト、春《はる》、蓮《れん》、柔《やわら》。そして、最後の一人が……モォよ」

「え？　えええぇ！　紅葉《もみじ》ちゃんが、『HY：RAIN《ハイレイン》』の最終オーディションに⁉」

「……っ！　そういうことか……」

その言葉を聞いた瞬間、僕の中にあったいくつもの疑問が氷解した。

『TINGS』の誰よりも最初に、青天国春《なばためはる》が本気を出していないことを知った紅葉《もみじ》。

それ自体に、間違いはない。だけど、知った時期が違うんだ。

彼女は、忘れ物を取りに戻った時に春《はる》が本気を出していないことを知ったんじゃない。

もっと前……、『TINGS』が初めて結成された時から、紅葉《もみじ》は知っていたんだ。

驚いたな。まさか、紅葉《もみじ》が『HY：RAIN《ハイレイン》』のオーディションを受けていたなんて……。

それなら、AYA《アヤ》が紅葉《もみじ》の存在を認知していて当然だ。

彼女も、間違いなくオーディションの審査員の一人だったのだから。

「じゃあ、紅葉《もみじ》ちゃんは最終オーディションで……」

「ええ。紅葉《もみじ》は、『HY：RAIN《ハイレイン》』に入らなかった。だけど、決して不合格になっていたわけではないの……。自分の妹に合格を譲るために、彼女は辞退したの……」

「「……っ！」」

紅葉《もみじ》の態度から、無関係ではないことは分かっていた。

だけど、自分の妹だって？

「なら、紅葉《もみじ》は……」

「はい。日生《ひなせ》さんの思っている通りです」

そういうことか……。

だから、紅葉《もみじ》は『何も関係ない』という言葉で、嘘《うそ》と真実を同時に告げられたんだ。

昔は、関係があった。だけど、今は関係がない。

彼女は、過去の真実を嘘《うそ》で隠し、今の真実を告げていたんだ。

「私達……私達、カラシスは……」

青葉《あおば》が悲しそうな瞳を僕らへ向ける。

そして、ゆっくりとその口を開くと……

「本当は、三人姉妹なんです」

その事実を、淡々と僕達へと告げた。

TiNGS!

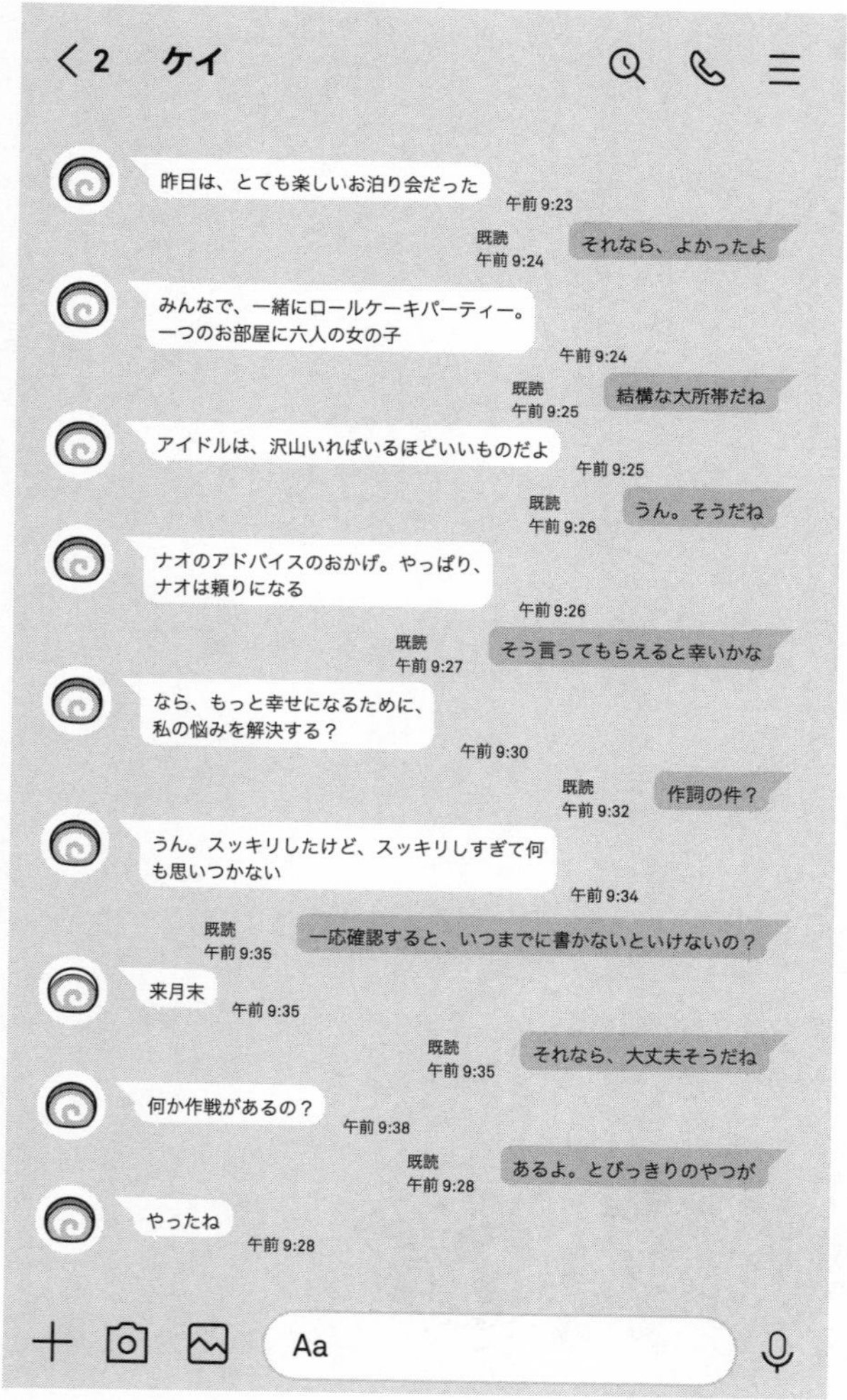

2
ケイ
昨日は、とても楽しいお泊り会だった
午前 9:23
既読
午前 9:24
それなら、よかったよ
みんなで、一緒にロールケーキパーティー。
一つのお部屋に六人の女の子
午前 9:24
既読
午前 9:25
結構な大所帯だね
アイドルは、沢山いればいるほどいいものだよ
午前 9:25
既読
午前 9:26
うん。そうだね
ナオのアドバイスのおかげ。やっぱり、
ナオは頼りになる
午前 9:26
既読
午前 9:27
そう言ってもらえると幸いかな
なら、もっと幸せになるために、
私の悩みを解決する？
午前 9:30
既読
午前 9:32
作詞の件？
うん。スッキリしたけど、スッキリしすぎて何
も思いつかない
午前 9:34
既読
午前 9:35
一応確認すると、いつまでに書かないといけないの？
来月末
午前 9:35
既読
午前 9:35
それなら、大丈夫そうだね
何か作戦があるの？
午前 9:38
既読
午前 9:28
あるよ。とびっきりのやつが
やったね
午前 9:28
Aa

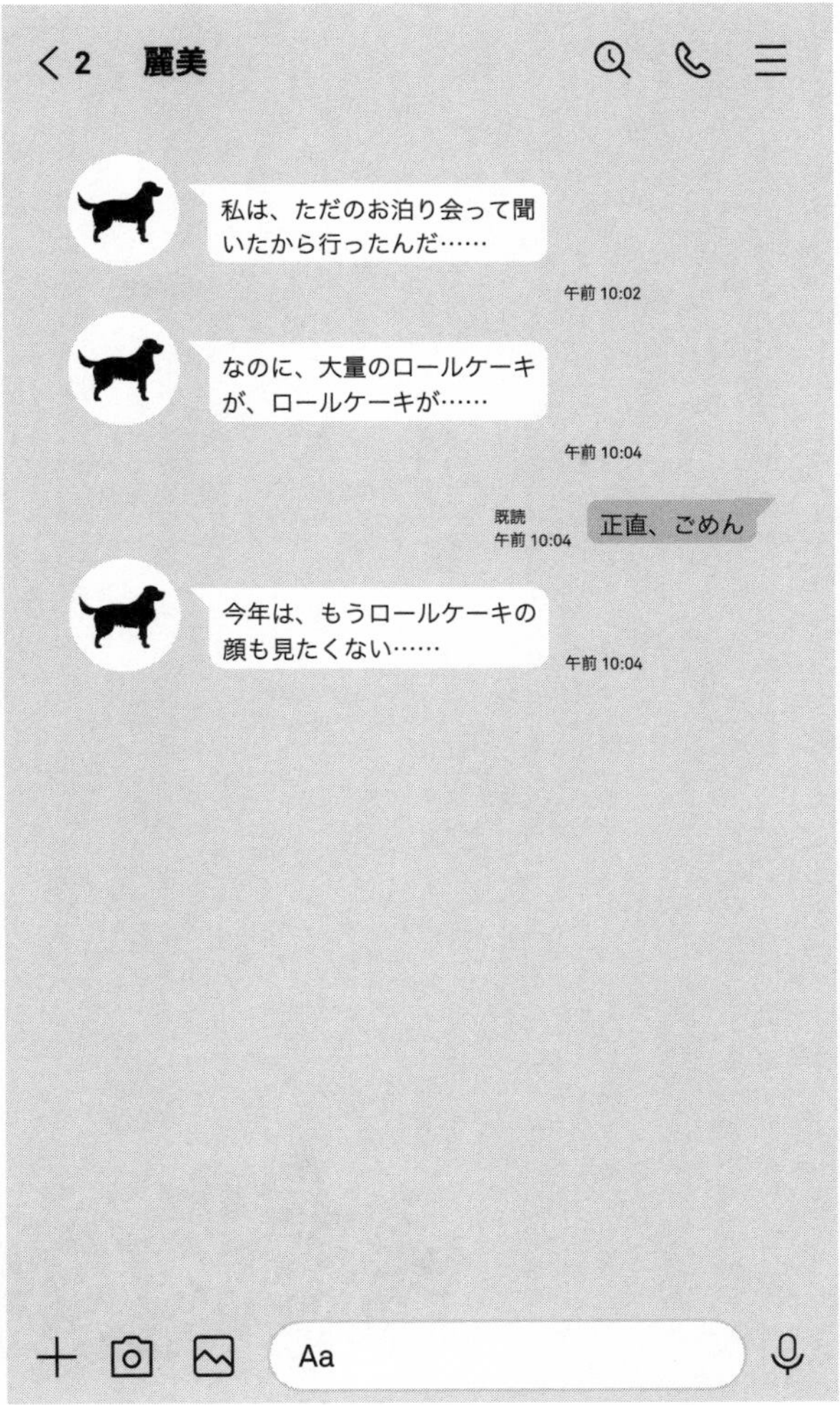

2
麗美
私は、ただのお泊り会って聞いたから行ったんだ……
午前 10:02
なのに、大量のロールケーキが、ロールケーキが……
午前 10:04
既読
午前 10:04
正直、ごめん
今年は、もうロールケーキの顔も見たくない……
午前 10:04
Aa

TINGS!

SHINE POST
シャインポスト

Did you know? The most ordinary, natural, and unique magic
to make me an absolute idol

第三章

伊藤紅葉は、一人にしない

いつか、三人でみんながビックリするようなアイドルになろうね！
それが、私——唐林紅葉がした約束だった……。

【tIngs】

私の毎日は、幸せだった。
頼りになるパパ、優しいママ。
賢いお姉ちゃんのアオ姉と、ちょっと我侭《わがまま》だけど可愛《かわい》い妹のイト。
私達三人は、アイドルが大好きだった。
——んしょっ！　えい！　……どう？　できてた、アオ姉？
——ええ、バッチリよ。やっぱり、ダンスはモォが一番上手ね。
——やった！
テレビに出ているアイドルを観ながら、イトと一緒にダンスの真似《まね》っこ。
私の幸せな日常の一つ。

――アオ姉！　イトも！　イトもできてた！

――イトは、少しタイミングがずれていたわ。まだまだ練習が必要ね。

――うぅぅ……。

私とイトにダンスを教えてくれたのは、アオ姉。

アオ姉は中学生になるまでダンス教室に通っていた。

前に聞いたお話だと、そこのダンス教室でアオ姉は一番上手だったんだって。

だけど、大会とかには出たことがないみたい。

前に、どうして出ないのって聞いたら、「競い合うのは苦手なの」って教えてもらった。

優しいアオ姉らしいなぁって思った。

――イト、大丈夫。私が、教えてあげる。

――え～！　モォ姉に教わるのやだ！　モォ姉、教え方変なんだもん！

――我侭《わがまま》はダメ。私は、教え方が変なんじゃない。伝え方が変なだけ。

――どっちもいっしょ！　教わるなら、アオ姉！

――……むぅ。

――ふふっ。二人とも、ダンスの時間は一度おしまいにしましょ。そろそろ、ご飯の準備をしないといけないわ。

うちは、パパもママもお仕事をしていて、帰ってくるのが遅かった。

だから、いつも晩御飯はアオ姉が作ってくれる。
アオ姉のご飯はすごく美味《おい》しいの！　特に私が好きなのは、アオ姉の作った肉じゃが！
ホクホクのじゃがいもにお出汁《だし》がしみ込んで、すっごく美味《おい》しい！
アオ姉はお勉強もできて、ダンスもお料理も上手なんだから、すごい！
いつか、私もアオ姉みたいになれるかな？　なれるといいなぁ……。
――アオ姉、私（イト）も手伝う！
――助かるわ。でも、二人が刃物を使うのは危ないから、洗濯物をお願いしていい？
――分かった。イト、いこ。
――うん！　モォ姉、どっちがいっぱいたためるか競走しよ、競走！
――ふっふっふ。望むところ。
お家《うち》に帰ってきても、パパとママはいない。だけど、アオ姉とイトがいる。
寂しいなんて思ったことは一度もない。毎日が幸せいっぱい。
それで、三人で夜遅くに帰ってくるパパとママに言うんだ。
「おかえりなさい」って……。

――あっ！

晩御飯を食べ終わって、三人で音楽番組を観《み》ていたら、イトの目がピカッと光った。

——螢《ほたる》さんだ！　アオ姉、モォ姉！　螢《ほたる》さんが出てる！

テレビに出てるのは、大人気アイドルの螢《ほたる》さん。

イトはもちろんだけど、私とアオ姉も螢《ほたる》さんが大好き。

だから、螢《ほたる》さんがテレビに出ている時は……

——アオ姉、モォ姉、やろっ！　私達も螢《ほたる》さんと一緒に踊るの！

——うん。螢《ほたる》さんのダンスは欠かせない。

——ふふ。仕方ないわね。

三人で螢《ほたる》さんと一緒に、ダンスを踊るんだ。

——できた。ばっちり。

——うぅ〜。イト、ちょっと間違えた……。

——私もミスをしてしまったわ。もっと練習をしないといけないわね……。

——ふっふっふ。なら、私が教えてあげる。

——えぇ〜。モォ姉が？

——イトは、首をクックってやるといい。螢《ほたる》さん、ステップする時、一緒に首も動かしてる。

だから、首をクック。そしたら、他のところもできるようになる……気がする。

——そこ、イトが間違えたとこじゃない！　イトが気づいてないところ！

——どっちも、あまり変わらないような気がするけど。

一生懸命教えてるんだけど、私はイトにいつも怒られていた。

——モォ姉、イトができなかったの、ここ！　螢《ほたる》さんが、手をキュキュってやってるとこ！

——その前に首をクック。私は、姉として意見を保ちたい。

——絶妙に間違えていない気もするけれど、「威厳」ではないかしら？

——そうとも言う。

日本語は難しい。私は、いつもちょっぴり間違える。

——そうだ。モォ、イト、二人に大切な話があるのだけど……

——なぁに？

——ふふふ。二人ともビックリしないでちょうだいね？

いつも落ち着いてるアオ姉が、珍しくウキウキしてる。私も何だかウキウキしてきた。

——これ、当たったの。もちろん、三人分。

——あぁぁぁぁぁ!!　螢《ほたる》さんのライブチケット！

私とイトは、揃《そろ》って大きな声を出した。

螢《ほたる》さんのライブ。今まで、テレビで観《み》たことはあったけど、ライブは観《み》たことがない。

行きたかったけど、一度も当たったことがなかったの。

アオ姉も螢《ほたる》さんが大好きだもんね！　ウキウキの謎が解けた！

――今度、三人で行きましょうね。
――うん！　絶対、行く！
――イトも！　イトも、いっしょ！
大盛り上がりの私とイト。ちょうど、そこでお家《うち》の玄関のドアが開く音がした。
だから、私達三人は大急ぎで玄関まで向かっていって……。
――おかえりなさい！

【ｔ　Ｉ　ｎ　ｇ　ｓ】

その日、私はアオ姉とイトと一緒に明治神宮球場《めいじじんぐうきゅうじょう》を訪れていた。
――わぁ～！　すっごい沢山の人！　モォ姉、はぐれちゃダメだよ！
私の手を握りしめるイトが、元気いっぱいにそう言った。
――そんなミス、私はしない。私は一緒にいる人を見失うだけ。
――モォ。それもダメよ……。
沢山の人で、埋め尽くされた明治《めいじ》神宮《じんぐう》球場。まだ始まるまで時間がある。
だから、私達三人は物販の列に並んだ。
――アオ姉、ペンライト買って！　イト、みんなとピカピカしたい！

——ええ、もちろんよ。三人で一緒にピカピカしましょ。

三人でお揃《そろ》いのペンライト。それを握りしめて、私達は明治神宮球場《めいじじんぐうきゅうじょう》に入っていった。

会場の外も沢山の人がいたけど、会場の中はもっと沢山。イトの手をギュッて握りしめたら「モォ姉、いたい！」って怒られた。私は、やっぱりイトから怒られる。

——アオ姉、モォ姉！　まだ？　まだ始まらないの⁉

私達の席は、ステージから少し離れた場所。だけど、ちゃんとステージは見える。

私とアオ姉の間に座るイトは待ちきれないようで、体をウズウズさせている。

——もう少しよ。だから、もう少しだけ我慢しましょ。

——うん！

それから一五分後、明治神宮球場《めいじじんぐうきゅうじょう》のステージが真っ白な光に染められた。

すごく明るくて、ステージの上がよく見えない。

一〇秒後、ステージの光が段々ちっちゃくなって……

——さぁ、輝こう！

螢《ほたる》さんの姿が、そこにはあった。

その声だけで、みんなのワクワクが爆発した。

明治神宮球場《めいじじんぐうきゅうじょう》がグラグラしてるって思うくらいの大きな声の中、ライブをする螢《ほたる》さん。

本当にすごかった……。特に私がすごいと思ったのは、螢《ほたる》さんの眼《め》だ。

螢《ほたる》さんは、たった二つの眼《め》で、会場にいるみんなを見てるの。

すごく難しいダンスを踊りながら、すごく綺麗《きれい》な歌を歌いながら、会場に来てる人達一人一人を見つめていく。

貴女《あなた》達は、絶対に一人にしない。

そんな気持ちが籠っているように、私は感じた。

——あっ！　アオ姉、モォ姉！　私、螢《ほたる》さんと目が合った！　目が合った！

隣に座るイトも、大はしゃぎ。

テレビで観《み》ている時もすごかったけど、ライブの螢《ほたる》さんは別人だ。

ただ、ダンスを真似《まね》するだけなら頑張ればできる。

だけど、こんな風に会場にいる人、一人一人を見つめるのはとても出来そうにない。

——とても、楽しそう……。

私も頑張ったら、できるようになるかな？

螢《ほたる》さんみたいに、誰も一人にしないパフォーマンス、できるようになるかな？

………………

……

楽しい時間はあっという間。気がついた頃にはライブは終わっていた。

帰り道、駅はライブ帰りの人達で溢《あふ》れていて、ギュウギュウの満員電車だった。

イトがはぐれちゃったら大変だから、電車の中でいつもより強くイトの手を握りしめる。

そしたら、イトから「モォ姉、いたい！」ってまた怒られた。難しい。

お家《うち》の最寄り駅に着いて、ようやくギュウギュウから出れた。

電車から降りた時に吸った空気は、すごく美味《おい》しかった。

——螢《ほたる》さん、すごかった！ テレビでみるのと全然違った！ やっぱり、螢《ほたる》さんは一番！

最寄り駅についても、イトのワクワクは爆発したまま。元気にそう言った。

——一番……なのかはちょっと分からないわね。AYA《アヤ》さんのほうが、少しだけ人気は上の
ような気がするけど……。

AYA《アヤ》。螢《ほたる》さんと同じ、大人気アイドルだ。私もどっちが上かは分からないけど、ダンスが
上手なのはどっちって聞かれたら、螢《ほたる》さんよりもAYA《アヤ》のほうが上手だと思う。

だけど……

——AYA《アヤ》ちゃんもすごいけど、イトの一番は螢《ほたる》さん！

うん。私もいっしょ。

——でも、イト、それがちょっとくやしかった……。

——どうしてかしら？

——イトの一番は、アオ姉とモォ姉がいい！

——私と、モォ？

——うん！　だから、イト達もアイドルになりたい！

突然のイトからの提案に、私もアオ姉もお目々がまん丸になった。

——アイドル？　私達が？

——そう！　イト達がアイドルになって、螢《ほたる》さんよりもみんなをビックリさせるの！　そしたら、イト、大満足！　だって、イトの一番がみんなの一番になるもん！

——イト、アイドルになるのは大変よ？

——だいじょーぶ！　三人なら、できる！

——けど……

——アオ姉、私もやってみたい……。

——え？

——アオ姉、前に「競い合うのは嫌」って言ってた。でも、アイドルは競い合わない。みんなを一人にしないために、ダンスができる。……だから、私もやりたい！

——困ったわね……。

珍しく、アオ姉がちょっと困ったお顔をしている。

だけど、私もイトも本当にアイドルになりたくて、ジッとアオ姉を見つめていたら……

——機会があったら、挑戦してみましょうか。まずは、やるだけやってみる。やらずに諦めるのは、もったいないですものね。

その言葉を聞いた瞬間、私とイトは弾《はじ》けるように喜んだ。

まだ、私達はアイドルになれていない。

だけど、三人でアイドルになれるかもしれないって思うだけでワクワクが止まらなくて……

——アオ姉、モォ姉。いつか、三人でみんながビックリするようなアイドルになろうね！

——うん！

——ええ。

これが、私達三人の約束。

だけど、その約束は果たされない。

だって、私は………アオ姉とイトと一緒にいられなくなるのだから……。

【t I n g s】

——青葉《あおば》、紅葉《もみじ》、絃葉《いとは》。ごめんなさい、パパとママはもう一緒にいられないの……。

——え？

それは、ある日突然起こった。

いつもは、お仕事で忙しいパパとママが二人ともお家《うち》にいる。

それが嬉《うれ》しくて、いつもより大急ぎでお家《うち》に帰ったら、ママからその言葉を伝えられた。

離婚。一緒にいた人達が、別々になっちゃうこと。言葉は聞いたことがあったけど、こんな風に経験するのは初めてだったから、なんだか実感がわかなかった。

だけど、パパもママもすごく悲しいお顔をしていて、それが嘘《うそ》じゃないのは分かった。

——アオ姉、モォ姉。いっしょにいられないってどうして？　どうして、パパとママはいっしょにいられないの？

まだよく分かっていないイトだけは、キョトンとしたお顔をしてて、私とアオ姉の顔を交互に見つめている。だけど、私もアオ姉も何も言えなかった。

——アオ姉、モォ姉……。

——イト、ごめんなさい。もう少しだけ、ママとパパのお話を聞きましょ。

——……うん。

アオ姉が、イトと私を優しく抱きしめる。……だけど、その手は震えていて……アオ姉の震えが今起きていることが現実なんだって、私に教えてくれた。

——それでね、青葉《あおば》、紅葉《もみじ》、紘葉《いとは》。貴女《あなた》達なんだけど……

ママが、小さく下唇をかむ。だけど、それから少しすると、

——パパと一緒に暮らしなさい。

アオ姉の手よりも震えた声で、私達にそう伝えた。

どうして、二人が一緒にいられなくなっちゃったのか……聞けなかった。

だって、パパもママもすごく悲しい顔をしているから。

きっと二人の間にはどうしようもない何かがあって、それが原因で一緒にいられなくなっちゃったんだって分かっちゃったから。

——本当に……、本当にごめんなさい。でも、三人のお世話はママだとどうしても……

——分かっ……、分かったわ、ママ。

誰よりも最初にそう伝えたのは、アオ姉。アオ姉は一番お姉ちゃんだから。

お姉ちゃんだから、しっかりしないといけないって考えて、そう言ったんだ。

——アオ姉……。イト、ママといれないの？　イト、パパもママも一緒がいい……。

——ごめんなさい、絃葉《いとは》。本当に、ごめんなさい……。

ママが、イトの頭を優しく撫《な》でると、イトのほっぺに涙が流れた。

毎日、幸せだった。これからも、幸せだって信じてたのに……。

いつもは賑《にぎ》やかなお家《うち》も、今日はとっても静か。イトの泣く声だけが小さく聞こえてくる。

だけど、私には言わないといけないことがある。

だって、言わないと。言わないと……、ママが一人になっちゃう！

——アオ姉、ごめんなさい……。

——え？　モォ？

私を抱きしめるアオ姉の腕から抜け出す。

そして、目の前にいるパパとママを見つめて、

──わ、私は、ママと一緒に暮らす！

おっきな声で、そう言った。

──え？　モォ、貴女《あなた》、何を言って……

──ママ、一人ぼっちはダメ！　私、お世話いらない！　私が、ママのお世話をする！

──紅葉《もみじ》……。どうして？

──私は、誰も一人にしない！　だから、ママと一緒に暮らす！

パパもママもアオ姉も、驚いた顔をして私を見つめている。

──紅葉《もみじ》、私はいいのよ。だから、貴女《あなた》は……

──ママが良くても、私は良くない！　だから、私はママと一緒！

──……っ！　少し、待っていてもらえる？

──うん！

ママはそう言うと、パパと二人で奥のお部屋に入っていった。

二人のお話が終わるのを、私達は静かに待ち続ける。

──モォ姉も、いなくなっちゃうの？

イトが、そう言った。

──いなくならないよ。ただ、ちょっとだけ離れるだけだから……

——やだ！　イト、モォ姉といっしょがいい！　モォ姉といっしょじゃないの、やだ！

——イトのそばには、アオ姉がいるよ。だから……

——モォ姉もいっしょじゃないと、やだ！　イト、三人でいっしょがいい！

——ごめん……。ごめんね、イト……。

それから先のことは、あんまりよく覚えていない。

ボンヤリ毎日が過ぎていって、気がついたらお引っ越し屋さんが来て、私とママの荷物を運んで行った。最後の日、お見送りにはパパとアオ姉とイトが来てくれて、三人ともいっぱい泣いてくれて……私もいっぱい泣いていたと思う。

五人で暮らしていた大きなお家《うち》から、二人で暮らす小さなマンションのお部屋に。

こうして、私は「唐林紅葉《からばやしもみじ》」から「伊藤紅葉《いとうもみじ》」になった。

【t I n g s】

それから、私の生活は大きく変化をした。

だけど、何もかもがダメになったわけじゃない。

お引っ越しをした日は、もうアオ姉とイトに会えなくなると思ってたけど……

——そう。モォがご飯を作っているのね……。

――うん！　ママ、お仕事が大変だから、私が料理！　私の料理は、二人前！

――くす……。二人分だものね。

――モォ姉の料理……、すごくこわそう……。

――イト、怖いのは料理じゃない。包丁でうっかり指を切りそうになった時。

――どっちもこわい！

毎週金曜日、私達はこの喫茶店に集まってお話をしていた。

ここの喫茶店のパンケーキは、とっても美味《お い》しい。

私とイトは、このお店に来たら、決まってパンケーキを頼んでいた。

一緒にいられる時間は、前よりもずっとずっと減っちゃった。

でも、アオ姉とイトと会うことができる。それだけで、私は幸せだった。

――あっ。時間だ……。

――モォ姉、もう帰っちゃうの？

だけど、別《わか》れ際《ぎわ》のイトの寂しそうな眼《め》だけは、何度経験しても辛《つら》かった……。

――ごめんね。でも、また会えるから……。

――イト、もう会えなくなるわけじゃないわ。だから……ね？

――……うん、分かった、アオ姉。モォ姉、またね……。

――アオ姉、イト。また来週も会おうね。

別《わか》れ際《ぎわ》、イトとアオ姉の手をギュッと握りしめる。だけど、イトは怒らなかった。
イトも握り返してくれるの。私の手を、強く、強く……。

――ただいまぁ！
お家《うち》に帰ると同時に元気よく声を出す。返事はない。
お部屋の中はとっても静かで、前に住んでたお家《うち》より狭いはずなのに、広く感じた。
――ご飯の準備！
ママはお仕事で帰りが遅い。だから、ご飯を作るのは私。
何を作ろうかな？　昨日は生姜《しようが》焼きだったし、今日は……
――できた！
料理の本を読みながら、一生懸命作ったのは肉じゃが。
私が一番大好きだった、アオ姉の得意料理だ。
小さなテーブルに、昨日作ったお味噌汁《みそしる》と白いご飯と肉じゃが。
早速、肉じゃがを食べてみる。
――やっぱり、アオ姉はすごいなぁ……。
私の肉じゃがは、あんまり美味《おい》しくなかった。

アオ姉の作った肉じゃがのほうが、ずっと美味《おい》しい。ずっとずっと、美味《おい》しいんだ……。

——アオ姉ぇ……。イト……。

お引っ越しが終わった後も、一週間に一度は絶対に会えてる。

だけど、もしかしたらいつか会えなくなるかもしれない。

一人ぼっちになると、そんな不安が私のお腹《なか》の中をグルグルして……

——もっと一緒にいたいよぅ……。

しょっぱいお味噌汁《みそしる》で、こぼれた言葉をのどの奥にギュッと流し込む。

テレビをつけると、音楽番組に螢《ほたる》さんが出てた。

今の螢《ほたる》さんは、前にライブで観《み》た時よりももっともっとすごくなってた。

いつの間にか、『絶対アイドル』って呼ばれるようになってて、本当の一番になったの。

音楽番組も終わって、特にやることのなかった私は、お部屋にあった雑誌を読む。

色々なお洋服。この服は、アオ姉に。この帽子はイトによく似合いそう。

ページをめくる。

——え？

『次世代アイドルオーディション　次のアイドルは君だ！』

そのページを見て、私の手は止まった。

――アオ姉、モォ姉！　これ！　これ、受けよ！

一週間後、喫茶店でイトが私達に見せたのは、雑誌の一ページ。

それは、私が鞄《かばん》の中に入れていたのと同じ雑誌だった。

――えっと、次世代アイドルオーディションですって？

――うん！　これを受けて、イト達で合格するの！　そしたら、アイドルにもなれるし、今よりももっとたくさんいっしょにいれる！

ビックリ。まさか、イトも私と同じことを考えていたなんて……。

――待ちなさい、イト。これの合格者は五名と書いてあるわよ。沢山の子が合格できるオーディションならまだ分かるけど、たった五人だと……

――だいじょうぶ！　イト達のダンスなら、絶対に合格できる！

――かなり難しいと思うのだけれど……。

――アオ姉。実は、イトと同じ雑誌持ってきてる。

そう言って、私は鞄《かばん》に入れていた雑誌をアオ姉に見せた。

――モォ姉！

――約束したもんね。三人でみんなをビックリさせるアイドルになろうって。

――うん！

——アオ姉、私も受けたい。アイドルになれば、今よりももっと沢山の時間、一緒にいれる。

私、もっとアオ姉とイトと一緒にいたい……。

——モォ……。

私とイトの突然の提案に、アオ姉は困った顔をしていた。

分かってる。きっと、このオーディションには沢山の子が挑戦してくる。

そんな中で、私達三人が全員合格する可能性なんて、すごく低いだろう。

だけど、ゼロじゃない。少しでも可能性があるのなら……私は挑戦したい！

——そうね。昔、言ったものね。……やるだけ、やってみようって。

——アオ姉！

——だけど、やるなら全力よ。三人で合格するために、やれることは全部やる。その覚悟は、
ちゃんとできているわね？

——うん！

アオ姉とイトともっと一緒にいられるなら、どんなに辛《つら》いことでもへっちゃら。

三人でなってみせるんだ！　みんなをビックリさせるアイドルに！

【ｔ　Ｉ　ｎ　ｇ　ｓ】

それから、私達三人はオーディションの日まで、毎日ダンスと歌の練習をしてた。

アオ姉が昔通っていたダンス教室には、アイドルになった子がいた。

その子にアオ姉が一生懸命お願いしてくれて、私達は本物のアイドルから教わることができたの。やっぱり、アイドルはすごい。

今まで、私は上手に踊れればいいと思ってたけど、アイドルはそれだけじゃダメ。可愛《かわい》い時は可愛《かわい》く、かっこいい時はかっこよく。色んな場面で、踊るダンスが変わるんだ。

練習はすごく大変だったけど、アオ姉とイトと一緒だから辛《つら》くなかった。

それに、いっぱい褒めてもらえて嬉《うれ》しかった。

——紅葉《もみじ》ちゃんのダンス、すごいよ！　最初から上手だったけど、今はもう別人！　このま、アイドルとしてデビューしても大丈夫なくらい！

——うぅぅぅ！　イトだって、負けないもん！

——ふふふ。やっぱり、私達の中でダンスが一番上手なのはモォね。

——ねぇねぇ、こういうのはどう？　これ、すっごくかっこいい！

——わっ！　紅葉《もみじ》ちゃん、そんなダンスも踊れるの⁉　だけど、それはちょっとアイドルでやる機会は少ないかなぁ……。

──むぅ……。残念。

ある日、私はテレビで観《み》たブレイクダンスをやってみた。褒めてもらえたけど、いまいち。

あんまりアイドルには、向いてなかったみたい。

──モォ姉、それ、イトもやりたい！　イトにも教えて！

──いいよ。じゃあ、レッスンが終わったら一緒に練習。おんなじダンスを二人で踊れば、ルーティーンができる。……イトモミルーティーン。

──その名前、変！

レッスンが終わった後、私とイトは二人でブレイクダンスの練習もした。

でも、これはアイドルのダンスじゃないみたい。もっと他のを考えないと……。

──アオ姉、イト、これやろ！　これ！

ある日のレッスン、私は一つのダンスを踊った。

いつもは、テレビで観《み》たダンスの真似《まね》っこをしてるけど、このダンスは違う。

──えっと、これは……もしかして、モォが？

──うん！　私が考えた！

自信満々にそう言った。いつかアイドルになれたら、沢山のダンスを踊る。

どんなダンスを踊ることになるかは、まだ分からない。でも、みんなをビックリさせるダンスが踊りたい。だから、自分で考えてみたの。

——モォ姉、すごい！　イト、やりたい！　イトも、このダンスやりたい！

私の考えてきたダンスは、一人で踊るダンスじゃない。三種類のダンスを三人で踊る。それに、今度のはバッチリ！　ちゃんと、アイドルのダンスになってる！

だけど……

——モォ、すごく素敵なダンスだと思うけど、このダンスは、もう一人いたほうがいいのではないかしら？

——むぅ……。そんな気もしてる……。

やっぱり、アオ姉はすごいなぁ。ダンスを観《み》ただけで、それを見抜いちゃうなんて。そうなの。私の考えてきたダンスには、ちょっぴり何かが足りない。

欲張りを言うと、もう一人誰かがいてくれるとすっごい嬉《うれ》しいんだけど……

——大丈夫！　イトとモォ姉とアオ姉なら、三人でできる！　それに、もう一人必要だったら、アイドルになってからもう一人来てもらえばいい！

——このクオリティのダンスを踊れる子は、あまりいないと思うけど……

——アオ姉……ダメ？

——いいえ、そんなことはないわ。とても、素敵なダンスよ。

——……っ！　じゃあ……

——ええ。まずは三人で、ちゃんと踊れるようになりましょ。イトの言う通り、三人でもとても素敵なダンスになるもの。

——やったぁぁ！

そうして、私達は毎日のレッスンに、このダンスの振り付けを覚える時間を入れた。すごく大変だった。

だって、実際に三人で踊ってみると、ダメなところがいっぱい見つかったから。

ああでもない、こうでもない。三人でいっぱい話し合って、ダンスをアレンジ。

——アオ姉、モォ姉！　いつか、三人でこのダンス踊ろうね！　それで、みんなをいーっぱいビックリさせようね！

——ええ。そのためにも、絶対にオーディションに合格しましょうね。

——うん。みんなをビックリさせる。

結局、オーディションの日までにこのダンスは完成しなかった。

どうしても足りない部分があって、その足りない部分の埋め方が私達には分からなかった。

だけど、大丈夫！　アイドルになれば、時間はいっぱい！

そこで、このダンスを完成させよう。そしたら、みんなをビックリさせられる！

そうして、迎えたオーディション。
一次審査……合格。二次審査……合格。三次審査……合格。
私達は、最終審査まで残ることができた。
三次審査の結果を報告しあった後、私達は三人で大喜び。
あと少し、あと少しで、私達の夢を叶《かな》えられる。また、三人で一緒にいられる。
そんなワクワクの気持ちを持って、私は最終審査の会場に向かっていった。
会場の入り口でアオ姉とイトと合流。お互いに強く、頷《うなず》いた。
——行きましょう、モォ、イト。
——うん！　イト達で合格！　そしたら、三人でアイドル！
——なさねばならぬ。このことは。
会場に入ると、そこには私達以外に三人の女の子がいた。
合格するのは、全部で五人。ここには、私達も含めて六人いる。
つまり、この中から一人……不合格になる子が出ちゃう。
——……うぅ。
——イト、大丈夫。私とアオ姉が一緒。
——……うん。

会場に入るまでは元気だったイトだけど、今はすごく不安な表情になってる。

——大丈夫よ、イト。今日までの練習、それにモォから伝えられたことをしっかりと守れば、必ず三人で合格できるわ。

——が、がんばる！

まだ、少し緊張しているけど、さっきよりは元気になった。

私が、アオ姉とイトに伝えたこと。それは、審査員の人達がどうやって合格を決めているか。

アイドルは、ただパフォーマンスをするだけじゃない。

来てくれた人達に向けて、パフォーマンスをする。だから、視線はものすごく大事。

オーディションでは、審査員さんをちゃんと見て踊らなきゃいけない。

そうすると、審査員さんの人達も私達をちゃんと見てくれる。

だけど、大変なのはここから先。どれだけ一生懸命審査員さんを見ても、興味をなくした審査員さんは私達を見てくれなくなる。

そんな時は、自分を見ていない審査員さんに思いっきりアピール。

沢山の審査員さんの人達に最後まで見てもらえた子が、合格するんだ。

もちろん、それだけじゃないと思うけど……。

——おぉ～！　やっぱり、あんたらも残ってたかぁ！

その時、一人の女の子——苗川《なえかわ》さんが私達に声をかけてきた。

苗川《なえかわ》さんは、三次審査で普通のダンスとは全然違う、すごいパフォーマンスを魅せた。たった一つの動きだけで、審査員さんの人達の視線を最後まで離さなかった子だ。

——ええ。貴女《あなた》も残っていると思っていたわ。

——ははっ！　なら、考えてることは同じだったさぁ！　それが、大層気持ちいいさぁ！

——もちろんよ。お互い、悔いの残らないパフォーマンスを魅せましょ。

緊張して上手に喋《しゃべ》れないイトと私の代わりに、アオ姉がお話ししてくれた。

えっと、あとの二人の子は……知らない子達だ。

多分、私達とは別の日に三次審査を受けてたんだろうなぁ。

——春《はる》、やばい！　やばいよ！　あ、AYA《アヤ》がいた！　AYA《アヤ》が！　AYA《アヤ》ががががが！

——わっ！　わわわっ！　蓮《れん》ちゃん、落ち着いて！　まだ最終審査が残ってるよ！

——分かってる！　うん！　オーディションでは、ちゃんとサインと写真を……

——そうじゃないよ！

一人の女の子がすごく元気になって、もう一人の子が大慌て。何だか大変。

二人の世界ができあがっちゃってて、お話しする暇はなさそう。

——それでは、最終審査を始めます。皆さん、準備はいいですか？

——はい！

遂《つい》に始まった最終審査。審査でやるのは、全部で四つ。

最初が歌、次にダンス、次がダンスと歌を同時に、そして最後が個人面談だ。

私は歌に自信がなかったから、そっちも一生懸命練習した。

だから、大丈夫。そう思って一生懸命歌った。

次のダンス。ここはバッチリ。私、ダンスなら誰にも負けない。

私が踊り終わった後、審査員さんの人達が小さな拍手をしてくれた。嬉《うれ》しかった。

そして、最後のダンスと歌。

──ありがとうございました！

終わると同時に、審査員さんの人達が元気いっぱいの拍手をした。

それを生み出したのは……青天国春《なばためはる》さん。

すごすぎる……。

青天国《なばため》さんは、歌がすごく上手なわけでも、ダンスがすごく上手なわけでもない。

ダンスは私達のほうが上手だし、みんなをビックリさせるのは、苗川《なえかわ》さんのほうが上手。

けど、青天国《なばため》さんにはどんな時でも目を逸《そ》らせない、キラキラの不思議な魅力があった。

見ているだけで、自然とワクワクさせられる。青天国《なばため》さんのパフォーマンスを観《み》た時、私は
螢《ほたる》さんのライブを観《み》に行った時の気持ちを思い出した。

まだ結果は出てない。だけど、間違いない。

青天国《なばため》さんは、合格した。ただ、青天国《なばため》さんはすっごく緊張してるのか、パフォーマンスが終わったら、あっという間に私と正反対の端っこの椅子に座っちゃったけど。

次は、私の番。絶対に夢を叶《かな》える。アオ姉とイトと一緒に、アイドルになる！

その気持ちで、精一杯、全力でダンスをして歌った。審査員の人達を確認すると、ちゃんとみんな私のことを見て……あっ！　あの人、下を向いちゃってる！

私、ここにいるよ！　私のパフォーマンス、楽しいよ！

何とかもう一度観《み》てもらおうって一生懸命パフォーマンスをしたら、下を向いていた審査員さんがもう一度上を向いてくれた。……よかった。

そして、私のパフォーマンスが終わった後、青天国《なばため》さんの時よりは小さいけど審査員の人達が拍手をしてくれた。……大丈夫、だよね？

次は、イトの番だ。

うん、よかった。イトもちゃんと踊れてるし、歌えてる。これなら……

——え？

その時、私は気づいちゃった。

一生懸命、パフォーマンスをするイト。審査員の人達はみんなイトを見てる。

だけど、一人だけ……一人だけイトを見るのをやめちゃった人がいる！

イト、気づいてない！　やっぱり、緊張してたんだ！

緊張してて、審査員さん達が見えなくなっちゃってる！

イト、気づいて！　ちゃんと審査員の人達を見て！　まだ、大丈夫だよ！

イトが、その人に向けてパフォーマンスをすれば……

だけど、私の心の声はイトに届かない。曲が終わって、戻ってきたイトが……

──モォ姉！　イト、頑張った！

可愛《かわい》く笑って、そう言った。

三つ目の歌とダンスの審査は、終わっちゃった。

最後まで見てもらえなかったのは、……たった一人だけ。

青天国《なばため》さんはもちろん、苗川《なえかわ》さんも、元気な女の子……黒金《くろがね》さんも、アオ姉も最後まで審査員さんにパフォーマンスを観《み》てもらえていた。

どうしよう……。このままじゃ、イトが不合格になっちゃう！

イトが、最初に言い出したのに！　私達とアイドルになりたいって！

イトが不合格になるなんて、絶対にダメ！　イトが、一人ぼっちになっちゃう！

どうしよう、どうしよう！　そんなの絶対に……っ！

その時、私の中に一つの方法が浮かんだ。

まだ審査は終わってない。最後は、一人一人が審査員さんとお話をする個人面談だ。

だから、そこで……

――ごめんなさい。私、辞退します。
イトが不合格なんて、絶対に嫌。私は、私の夢よりも、イトの夢のほうが大切。
だって、私はお姉ちゃんだもん。イトのお姉ちゃんだもん。
アオ姉はいつも私達を助けてくれる。私も、アオ姉みたいにイトを助けたい。
六人中不合格になるのは、一人だけ。だから、私が不合格になればいい。
審査員さんの人達……特に、AYA《アヤ》さんは何度も考え直してほしいって言ってくれた。
AYA《アヤ》さん……もう引退しちゃった、螢《ほたる》さんのライバルって言われてたアイドル。
そんなすごい人から褒めてもらえて、すごく嬉《うれ》しかった。……だから、これで十分。
そして、個人面談の時間が終わって、お部屋から出ると……
――モォ姉、どうだった⁉
イトが嬉《うれ》しそうな顔で駆け寄ってきて、そう聞いてくれた。
――うん。私にできることはやったよ……。
――やったぁ！　じゃあ、三人でアイドルになれる！
――……イト、モォ。
嬉《うれ》しそうにはしゃぐイトと、複雑そうなお顔でイトを見つめるアオ姉。
きっと、アオ姉も気づいているんだ。さっきの歌とダンスの審査で、イトが……
――大丈夫だよ、アオ姉。

——え？

——アオ姉とイトは絶対に合格する。私が言うんだから、間違いなし。

——ええ。そうね……。そうなると、いいわね……。

その後、オーディションは終わって、私はアオ姉とイトとお別れをした。

最後に、イトとアオ姉から「また会おうね」と伝えられたけど、私は笑うことしかできなくて、「また会おう」って言えなかった。

もしも結果が出た後、イトと会ったら、気づいちゃうかもしれない。

そうしたら、きっとイトはすごく傷ついちゃう。……そんなの、嫌。

だから、私はもうイトには会えない……。会っちゃダメなんだ……。

いつか、踊りたかったな……。アオ姉とイトと一緒に、あのダンスを……。

この日を最後に、私はアオ姉とイトと会うのをやめた。

【t　I　n　g　s】

少しして、不合格の通知が届いた時、私はホッと胸をなでおろした。

だって、私が不合格になったってことは、イトが合格になったってことだもん。

よかった。イトがアイドルになれて、本当に良かった……。

もう会うことはできないかもしれない。だけど、楽しみにしてるから。

いつか、アオ姉とイトが、みんなをビックリさせるライブをしてくれるって。

金曜日。毎週行っていた喫茶店には、もう行っていない。

今日はお肉が安い日。だから、スーパーに……

——やぁ、伊藤紅葉《いとうもみじ》さん。

その時、私に声をかけてきた人がいた。日生優希《ひなせゆうき》さん。とても不思議な人。

ただ、正面に立っているだけなのに、不思議と目が離せなくなる魅力を持っている人で……

——噂《うわさ》を聞いて、映像を見せてもらったのだが、君は素晴らしいね。

噂《うわさ》？　なんの話？　それに、映像ってなに？

——類《たぐい》まれなるダンスの技術を持っていて、審査員が満場一致で合格を決めていたにもかかわらず、突如として辞退を申し出た少女。……君に会いたかったよ。

——長い。よく分かんない。

——っと、失礼。なら、単刀直入に伝えよう。

優希《ゆうき》さんが、真《ま》っ直《す》ぐに私を見つめる。そして……

——うちでアイドルにならないかい？

ビックリした。私に、スカウトが来るなんて……。

信じられない……。すごく嬉《うれ》しい。だけど……

——ごめんなさい。……なりません。

怖かったから。

もしもアイドルになって、アオ姉とイトに会ったら、どんな顔をすればいいか分からない。

だから、アイドルになりたいけど、なりたくない。

——ふむ。……理由を聞いてもいいかな？

——私じゃ、みんなをビックリさせられない。だから、なっても意味ない……です。

——みんなをビックリさせる？　それが、君の成りたいアイドルなのかい？

——はい。私は……

——違うだろう？　君の夢は、それだけではないはずだ。

——え？

——君のパフォーマンスは、誰かを驚かせるだけのものでは断じてない。オーディションでも、常に審査員の表情を確認し、興味の薄れた相手に精一杯のアピールをしていた。そんな、君のパフォーマンスは……

私はアオ姉とイトと約束したから、アイドルになりたかったんだよ？

三人で、みんなをビックリさせるアイドルになるのが……

——一人で孤独に震える子をなくすためのパフォーマンスだろう？

——……っ！

そうだ……。その通りだ……。

パパとママが一緒にいられなくなった時、私はママを一人にしたくなかった。

イトを一人にしたくないから、私は合格を辞退した。

私は、嫌なんだ、誰かが、一人ぼっちになるのが……。

だけど、本当に私にできるの？

こんな私が、誰も一人ぼっちにしないアイドルになんて……

——君の輝きは、全ての人に寄り添う輝きだよ。

本当は怖かった。だけど、それよりも、やりたいって気持ちが上にきた。

だから、私は優希《ゆうき》さんのお誘いにのって、アイドルになった。

もう、誰も私みたいに寂しい気持ちにさせない。

絶対に、誰も一人にしないアイドルになるために……。

こうして、私は『TINGS』のメンバーになった。

『TINGS』のみんなと初めて会った時は、すごくビックリした。

だって、青天国《なばため》さんがいるんだもん。

青天国《なばため》さんは私のことを覚えていなかったけど、私はちゃんと覚えてた。

だけど、青天国《なばため》さんはあの時と変わっていた。すごく上手なんだけど、前にオーディションで魅せてくれたキラキラのパフォーマンスをやらなくなっていたから。

なんで、やめちゃったんだろうって疑問に思ってたけど、言えなかった。

もしかしたら、青天国《なばため》さんにも私と同じで何か辛《つら》い事情があるかもって思ったから。

だから、私は何も言わなかった。

それから、しばらくの間、私は『ＴＩＮＧＳ』のメンバーとして過ごした。

春《はる》たん、理王《りお》たん、杏夏《きょうか》たん、雪音《ゆきね》たん。

私のそばにいてくれる、素敵なアイドル達。

特に雪音《ゆきね》たんは、いつも私を一人にしないでいてくれるアオ姉みたいな人で……昔の幸せが戻ってきた気持ちになれた。

だけど、みんなが大好きになればなるほど、不安も大きくなっていった。

ずっと見てて、気づいちゃったから。春《はる》たんが、本気を一度も出してないって……。

このままじゃダメなのは分かってたけど、どうしたらいいか分からなくて、私は雪音《ゆきね》たんに『忘れ物を取りに戻った時に知った』って嘘《うそ》をついて、春《はる》たんのことを伝えた。

雪音《ゆきね》たん、嘘《うそ》をついてごめんなさい。

そうして、私と雪音《ゆきね》たんは『ＴＩＮＧＳ』から『ゆきもじ』になるんだけど、また『ＴＩＮＧＳ』に戻れた。すごく嬉《うれ》しかった。だけど、やっぱり不安は消えない。

まだ、分からないまんまなんだもん。

アオ姉とイトに、どんな顔で会っていいかが……。

☆

「——という事情で、モォは『HY《ハイ》:RAIN《レイン》』の合格を辞退したんです」

喫茶店で唐林青葉《からばやしあおば》から静かに語られた、大きな事実。

それは、僕や春《はる》にとって衝撃的な内容だった。

本来であれば、『HY《ハイ》:RAIN《レイン》』に合格していたはずの紅葉《もみじ》。

だけど、妹の絃葉《いとは》に合格を譲るために、自らの夢を手放していたなんて……

「その、一つ聞いてもいいかな？」

「何でしょうか？」

「どうして、君はそこまで知っているんだい？　それに、絃葉《いとは》もだ。紅葉《もみじ》が合格を辞退した。……その事情を知らなければ、再会を喜んでもおかしくないと思ったんだけど……」

「それは……」

青葉《あおば》が、複雑な表情を浮かべる。

「合格通知が来た時、イトが我慢できなくなって事務所に聞きに行ったんです。いったい、誰が不合格になったかを……」

「……イトちゃん」

「イトはとても怒っていました。『モォ姉が不合格なんて、おかしい！　だって、モォ姉が一番ダンス、上手だったもん！　どうして、モォ姉が不合格なの！』と」

そうだろうね。客観的に見ても、紅葉《もみじ》のダンスの能力は群を抜いている。

カラシスのダンスももちろん素晴らしいけど、個人の実力で考えると……紅葉《もみじ》のほうが上だ。

「それで、頑として譲らないイトに根負けをして、スタッフの人が教えてくれたんです。最終審査でモォが合格を辞退したことを……」

シンプルに紅葉《もみじ》が不合格になっていれば、話はややこしくならなかった。

だけど、そんな事実が隠されていて、絃葉《いとは》が知ってしまったら……

「イトは、泣いていました。分かってしまったからです。モォが誰のために合格を辞退したか、そして、本当なら誰が不合格になっていたかを……」

そうだろうね……。

「だけど、受け入れるわけにはいかない。イトは言っていました。『イトが一番！　イトのほうが絶対に上！　不合格になってたのはモォ姉！　ダンスは、イトが一番！』と……」

「だから、君は……」

「はい。どちらが上かなんて、関係ないんです。私は、もうモォとイトを競い合わせたくない。本当は、お互いに大切に想《おも》い合っている二人が争うなんて……絶対に嫌なんです」

そこまで伝えた後、青葉《あおば》が真《ま》っ直《す》ぐに僕を見つめた。

「ですから、お願いします！　ダンス勝負に、モォを出さないでください！」

恐らく、紅葉《もみじ》は知らないのだろう。紘葉《いとは》が、すでに真実に辿《たど》り着《つ》いてしまっていることに。

「話してくれてありがとう。ひとまず、事情は分かったよ……」

「ナオ君、どうするの？」

春《はる》が不安を宿した瞳で僕を見つめる。やることなんて、決まっているさ。

「悪いけど、君のお願いを聞くわけにはいかないな」

正直に言わせてもらえば、三本勝負に勝つだけのことを考えたら、青葉《あおば》の提案を呑《の》んで三本勝負全ての選曲権を得るほうが、『TINGS』にとって遥《はる》かに有利な状況を生み出せる。

総合力勝負は選曲権を持っているほうが、振り付けや歌割りも決められる。

だからこそ、『TINGS』が得意とする曲を選び、振り付けや歌割りも『TINGS』が魅力的に映るようにしてしまえば、春《はる》であれば間違いなく勝利をつかみ取るだろう。

加えて、現状の紅葉《もみじ》では、仮にダンス勝負に出てもらえたとしても、いい結果は残せない。

だとしたら、ダンス勝負は捨てて残り二つで確実に勝ちにいったほうが勝率は高い。

けど、そうじゃない。それでは、ダメなんだ。

「『TINGS』はただでさえ、圧倒的に不利な状況にあるんですよ？　ですが、三本勝負の選曲権を得られれば、少しは……」

「そういう問題じゃないよ」

「では、どういう問題ですか？」

「君のお願いは、ただの現状維持で、解決に繋《つな》がらないよね？」

「…………っ！」

「青葉《あおば》、アイドルは前に進むものだ。たとえ、そこが茨《いばら》の道であったとしても、時として傷つく覚悟を持って、前に進まなければいけない」

「アオ姉、私もそう思う。このままじゃ、ダメだよ。このままじゃ、何も変わらない」

春《はる》が、青葉《あおば》に対して言葉を告げる。

「それに、今のままだとアオ姉も苦しいまま！　そんなの絶対ダメ！」

「だとしても、どうしようもないじゃない！　私だって、本当はモォとイトにまた元の関係に戻ってほしい！　だけど、二人は……」

「そんなことはないさ」

「え？」

「青葉《あおば》、君にもできることがある」

「なんでしょうか？　私にダンス勝負で手を抜けと？」

「逆だよ。むしろ、全力で来てほしい。それが、君のできることだ」

「貴方《あなた》は『HY：RAIN《ハイレイン》』を侮《あなど》っているのですか？　春《はる》のパフォーマンスはもちろん知っていますが、総合力で見た場合、『TINGS』と『HY：RAIN《ハイレイン》』は……」

「総合力で劣るほうが、勝負で負けるとは限らないよ」

残念だけど、それはもう経験済みだからね。

「アイドルにとって一番重要なのは、実力じゃない。いかに魅力的に振る舞えるか、いかに観客達の心を沸かすことができるか、その観点で考えた場合……」

どれだけ実力差があろうと、観客がほとんど相手側のファンであろうと関係ない。

どんな状況であろうと……

「『TINGS』は『HY:RAIN《ハイレイン》』にまったく劣っていない」

「アヤさんから聞いていましたが、随分と自信家のようですね。ですが、その自信に見合った……春《はる》以上に警戒すべき相手とも聞いていますが」

「AYA《アヤ》からの話は、話し半分で聞いておいてくれると嬉《うれ》しいんだけどなぁ」

「むしろ、過小評価だとすら思っていますよ。だって、貴方《あなた》は——」

「ちょっとちょっと、二人で盛り上がらないでよ！　私も、まぜて！」

っと、いけないいな。つい、青葉《あおば》と二人で話すのに夢中になってしまっていたよ。

「アオ姉、まだどうなるか分からない！　だけど、私と紅葉《もみじ》ちゃんに気を遣って手を抜くのだけは絶対にやめてね！　私は、思いっきりみんなとキラキラのライブがやりたい！」

「ええ。もちろん、そのつもりよ。私は、『HY:RAIN《ハイレイン》』の唐林青葉《からばやしあおば》だもの……」

力強い瞳で春《はる》を見つめる青葉《あおば》。だけど……

「《最優先は、グループのことよ》」

そうだよね。君がどれだけ紅葉《もみじ》を大切に想《おも》っているかは、痛いほど伝わってきているよ。

けど、だからこそなんだ。だからこそ、青葉《あおば》の要望を呑《の》むわけにはいかない。

まだ、紅葉《もみじ》の心の問題は解決していない。

彼女がダンス勝負に出てくれるかは、分からない。

だけど、今日の話を聞いてより一層決意が固まった。

紅葉《もみじ》には、必ずダンス勝負に出てもらう。

彼女だけのためじゃない。……青葉《あおば》と絃葉《いとは》のためにも、紅葉《もみじ》には出てもらう。

そして、叶《かな》えようじゃないか。

「その気持ちのまま、ライブに臨んでくれると僕も嬉《うれ》しいよ」

かつて果たせなかった、三人の少女の夢を。

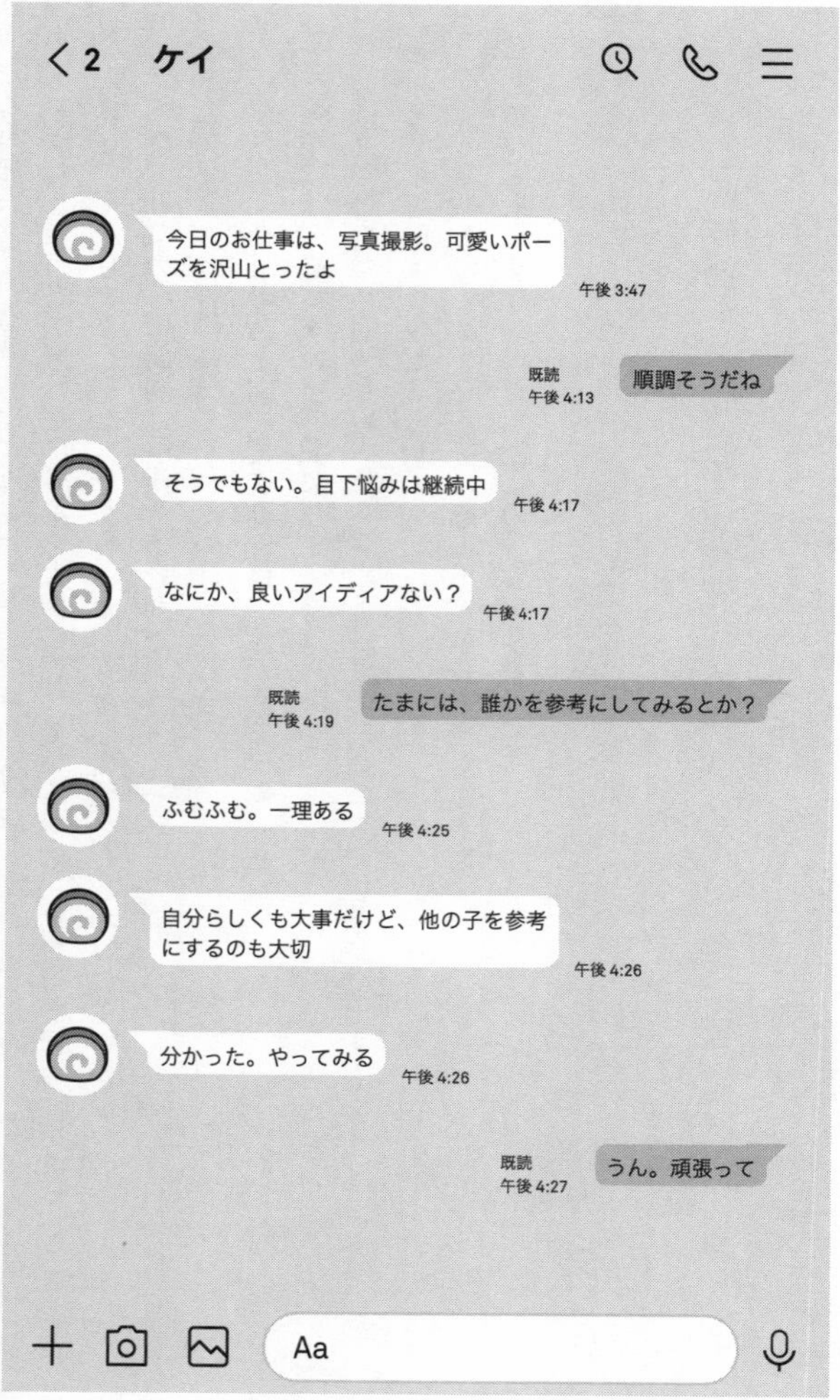

2
ケイ
今日のお仕事は、写真撮影。可愛いポーズを沢山とったよ
午後 3:47
既読
午後 4:13
順調そうだね
そうでもない。目下悩みは継続中
午後 4:17
なにか、良いアイディアない？
午後 4:17
既読
午後 4:19
たまには、誰かを参考にしてみるとか？
ふむふむ。一理ある
午後 4:25
自分らしくも大事だけど、他の子を参考にするのも大切
午後 4:26
分かった。やってみる
午後 4:26
既読
午後 4:27
うん。頑張って
Aa

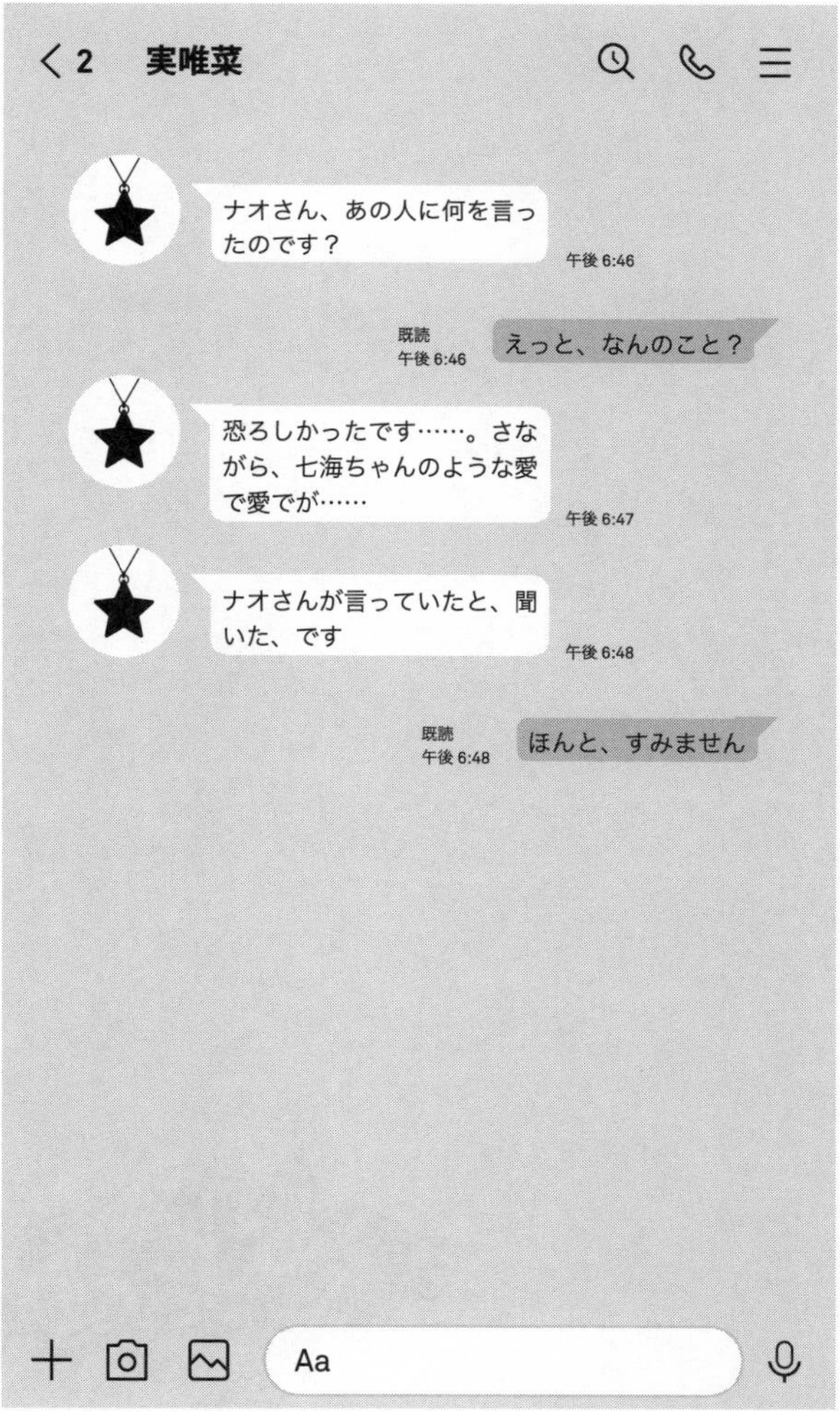
2
実唯菜
ナオさん、あの人に何を言ったのです？
午後 6:46
既読
午後 6:46
えっと、なんのこと？
恐ろしかったです……。さながら、七海ちゃんのような愛で愛でが……
午後 6:47
ナオさんが言っていたと、聞いた、です
午後 6:48
既読
午後 6:48
ほんと、すみません
Aa

TINGS!

SHINE POST

シャインポスト

Did you know? The most ordinary, natural, and unique magic
to make me an absolute idol

第四章

青天国春は、託したい

いったい、どうすればよかったんだろう？

私——伊藤紅葉《いとうもみじ》の頭の中をグルグル回り続ける、答えの分からない問題。

考えても考えても分からなくて、何にも分からないまま私はアオ姉とイトと再会した。

「ふぅ……。少し休みましょうか」

レッスンの途中、杏夏《きようか》たんの言葉で休憩になった。

だから、私は、レッスン場の隅っこに移動する。

「そうだな。春《はる》が戻ってくるまでにやりすぎてしまうと、後で文句を言われそうだ」

「ですね……。『なんで、私がいない間にみんなで思いっきりレッスンをやってるの！』なんて、春《はる》から言われてしまいそうです」

「違いない」

「はぁ……、はぁ……。ふ、ふふん……。この理王《りお》様の体力は、無限大よ……。べ、別に今から、全力でも、構わないんだから……。はぁ……、はぁ……」

「ひとまず、理王《りお》はゆっくり休め」

みんなの声が聞こえる。

お膝を抱えて体育座り。誰かから抱きしめてもらえてるみたいで安心する。
昔は、こんなことしなかったなぁ。いつも、アオ姉が抱きしめてくれたから……。
「………」
アイドルをやっていたら、いつか出会う日が来るかもしれないって思ってた。
だけど、その時は笑顔で会おう。アオ姉とイトと笑顔で話せるアイドルになろう。
そう思っていたのに……、私はなんにもできなかった。
あの時も今も、ただ静かに何も言わないだけ。……怖かったから。
私が、何か言ったらイトに気づかれちゃう。イトが知っちゃうかもしれない。
そう思ったら、何も言葉が出てこなかった。
『HY《ハイ》:RAIN《レイン》』は、とても素敵なアイドルグループ。
テレビにアオ姉とイトが出てた時は、本当に嬉《うれ》しかった。だけど、悲しかった。
どうして、私はそこにいないんだろう？　どうして、私はここにいるんだろう？
私の頭の中を、グルグル回り続ける問題。でも、私は何にもできない。
だって、私は頭が悪いから……。私はおバカさんだから、何にもできない。
アオ姉みたいに賢かったら、もっと別のことだってできたかもしれないのに……。
「………っ」
お手々の力を強くして、もっとギュッと体育座り。

おでこを膝にくっつけて、私は何も見ないようにする。

だけど、見えちゃうの。アオ姉とイトの顔が……。

「ふぅ……。隣に座るぞ」

「ふふーん！　ここは、理王《りお》様の特等席！」

「失礼しますね」

横から三つの声が聞こえた。お顔を上げると、私の隣に雪音《ゆきね》たんと理王《りお》たんが。雪音《ゆきね》たんのお隣に、杏夏《きょうか》たんが座ってる。

「こうしてみると、レッスン場が広く感じるな」

「ですね。いつもは、あまり意識していなかったのでこれはいい経験です。紅葉《もみじ》に感謝しなくてはなりませんね」

「ふふん！　理王《りお》様の偉大さを収めるには、ちょっと狭いけどね！」

「……みんな」

四人で揃《そろ》って、レッスン場の端っこで体育座り。とても不思議な時間。

でも、ちょっとだけさみしくなくなった。

「紅葉《もみじ》、君がいったい何に悩んでいるかは、私様には分からない」

雪音《ゆきね》たんが、優しい声でそう言った。

「……ごめん」

私は、また頭を下げた。おでことお膝をくっつける。

「別に謝ることではないさ。私様も、長い時間秘密にしていたことがあったからな」

「そうですね。私も同じです」

「何を隠そう、理王《りお》様もよ！　だから、紅葉《もみじ》は謝らなくていい！」

「…………」

みんな、とっても優しい。本当に優しくて、甘えたくなる。

だけど、甘えちゃダメ。これは、私の問題だから。

『ＴＩＮＧＳ』とは関係のない、私の家族の問題だもん。だから、巻き込めない。

……でも、本当にこのまま何も言わなくていいの？　私は、みんなに迷惑をかけてる。

それなら、せめて理由はちゃんと伝えたほうが……。

「あ、あの……」

「大丈夫よ、紅葉《もみじ》。別に無理して話さなくても」

「……え？　理王《りお》、たん？」

「そうだな。話したくないことを、無理に話したとしてもいい結果は生まれん。紅葉《もみじ》が話したくなったら、話せばいい」

「雪音《ゆきね》たん……」

「ですね。そもそも、聞いたところで私達ではどうしようもないことの可能性がありますし」

杏夏《きようか》たんが、くすっと笑いながらそう言った。

「ですから、私達は以前に紅葉《もみじ》が言っていた手段をとるつもりです」

「私が、言ってた?」

「ええ、そうですよ。貴女《あなた》が、春《はる》に言っていたではないですか」

私が春《はる》たんに言ったこと? それって……

「私達は、ナオさんにできないことをやる。ですから、ナオさんには私達にできないことをやってもらいます」

「それは、責任重大だね」

その時、私が知ってる優しい声が聞こえてきた。

☆

青葉《あおば》との話を終えた後、僕は春《はる》と共にブライテストへと戻っていった。

レッスン場に入ると、四人の姿はない——と思ったら、隅に四人で仲良く体育座りをしているのを発見した。

『絶対に誰も一人にしない』

頑《かたく》なに、その言葉を言い続けていた少女を、決して一人にしないよう寄り添う三人の少女。

僕と春《はる》がゆっくりとそこへ向かっていくと、少女達の会話が耳に入った。

「あ、あの……」

「大丈夫よ、紅葉《もみじ》。別に無理して話さなくても」

「……え？　理王《りお》、たん？」

「そうだな。話したくないことを、無理に話したとしてもいい結果は生まれん。紅葉《もみじ》が話したくなったら、話せばいい」

「雪音《ゆきね》たん……」

「ですね。そもそも、聞いたところで私達ではどうしようもないことの可能性がありますし」

言葉と同時に、杏夏《きょうか》が僕へ視線を向けた。

紅葉《もみじ》はうつむいたままで、僕と春《はる》の存在に気がついていない。

「ですから、私達は以前に紅葉《もみじ》が言っていた手段をとるつもりです」

「え？　わ、私が言ってた？」

「ええ、そうですよ。貴女《あなた》が、春《はる》に言っていたではないですか」

まったく、随分と我侭《わがまま》なアイドルを抱えてしまったな……。

「私達は、ナオさんにできないことをやる。ですから、ナオさんには私達にできないことをやってもらいます」

「それは、責任重大だね」

「……っ！　マネージャーたん！　それに、春《はる》たんも……っ！」

「ただいま！　みんな、レッスンの調子はどう？」

明るい声色で、春《はる》がそう言った。

「ちょうど、今は休憩中ですよ。《少し張り切りすぎてしまいましてね》」

ん？　どうして、杏夏《きょうか》はこんな嘘《うそ》を？

「なにそれ⁉　なんで、私がいない間にみんなで思いっきりレッスンをやってるの！」

「杏夏《きょうか》、やるな。予想的中だ」

「ふふふ。そうでしょう？」

「むぅぅぅぅ‼」

どうやら、春《はる》をからかっているようだ。

本当は、春《はる》が戻ってきた後のことを考えて、少し抑えてくれていたんだろうな。

――とまぁ、それはさておき、だ。

「紅葉《もみじ》、少し僕と二人で話せないかな？」

「でも、私は……」

「あまり、話したくない？」

「…………」

言葉ではなく行動で。小さく首を縦に振って、紅葉《もみじ》がそう答えた。

仕方がない。それなら、少しずるい方法だけど……

「分かった。なら、仕方がないね。僕は、一人ぼっちでオフィスに戻るよ」

「……っ！　そ、それは……。マネージャーたんはずるい」

恨めし気に睨《にら》まれてしまった。

「なら、話をしてもらえるのかな？」

「…………分かった」

うん、作戦成功だ。僕は紅葉《もみじ》と共に、レッスン場を後にした。

☆

僕達がやってきたのは、ブライテストの会議室。

オフィスには、他にも人がいるからね。二人で話すのなら、ここが一番だろう。

「青葉《あおば》から教えてもらったよ。君達の関係を……」

「……っ！　アオ姉が！　じゃあ、マネージャーたんは……」

「ビックリしたよ、まさかカラシスが本当は三人姉妹だったなんてさ。最初は、従姉《いとこ》か何かだと思ってたからさ……」

「むぅ……」

僕が青葉《あおば》と会っていたとは思ってもみなかったようで、紅葉《もみじ》が困った表情を浮かべている。

「それで、話を聞いてようやく分かったよ。君がどうしてダンス勝負に出たくないかが」

「………」

「最初は、君が青葉《あおば》や紘葉《いとは》と競い合いたくないから、ダンス勝負に出たくないんじゃないかって考えていた。でも、それは半分正解で半分不正解。君は……」

紅葉《もみじ》の中にあった、最も大きな気持ち。それは……

「君は、紘葉《いとは》に自分が合格を譲ったことを気づかれたくなかったんだね？」

「な、なんで!? なんで、マネージャーたんがそこまで知ってるの!? だって、それはアオ姉も知らないことで……私がずっと内緒にしてた……」

やっぱり、そうだったか。

紅葉《もみじ》は、『HY《ハイ》:RAIN《レイン》』のオーディション以降、青葉《あおば》と紘葉《いとは》に会っていない。

だから、知らないんだ。すでに紘葉《いとは》が、なぜ紅葉《もみじ》が『HY《ハイ》:RAIN《レイン》』のオーディションで不合格になったかの真実に辿《たど》り着《つ》いてしまっていることに。

だから、真実を隠そうとした、紘葉《いとは》のために。

もしダンス勝負に出て、自分が勝ってしまったら、紘葉《いとは》が気づいてしまうかもしれない。

紅葉《もみじ》が、本来であれば合格していたにもかかわらず、紘葉《いとは》のために辞退したことを……。

「君にとっては悲しいことだけど、……紘葉《いとは》はもう知っているんだよ」

「どうして!?　私、誰にも言ってない！　言ってないのに、どうして……っ！」

君はいつも自分で抱え込む。今回に限ったことじゃない。

春《はる》の時も、紅葉《もみじ》は最初から全てを知りながら、一人で抱え込み続けていた。

その小さい体で、背負いきれないほどの重みを。

「絃葉《いとは》が我慢できずに聞きに行っちゃったんだって。どうして、紅葉《もみじ》が不合格になったかを」

「……そんな……。なら、イトは……」

「うん」

「ごめん……。ごめんね、イト……」

紅葉《もみじ》の頰を涙が伝う。何も悪いことはしていないのに、紅葉《もみじ》は何も悪くないのに、それでも
彼女は謝罪の言葉を口にする。

「合格を譲られなくても、自分が合格していた。本当のことを知った時、絃葉《いとは》はそう言ってい
たらしい。だからこそ、彼女は君とのダンス勝負に強くこだわってる」

合格を譲られた自分は、本当の意味でアイドルになれていない。

だからこそ、紅葉《もみじ》に勝って自分がアイドルだと証明したい。

きっと、絃葉《いとは》はこう考えているのだろう。

「紅葉《もみじ》、やっぱり君はダンス勝負に出るべきだよ。絃葉《いとは》の気持ちを受け止めるため、そして君
自身のためにも……」

「だ、ダメ！　それは、絶対にダメ！」

紅葉《もみじ》が叫んだ。

「だって、もし私が勝ったら、イトが一人ぼっちになっちゃう！　イトは、頑張り屋さんなの！　アイドルが大好きで、ダンスが大好きで……。私よりもずっとずっと……」

紘葉《いとは》のことを、よく知る紅葉《もみじ》だからこその言葉だ。

青葉《あおば》からの話を聞く限り、紘葉《いとは》はかなりダンスに固執してしまっている。

ダンスなら、自分が一番。虚勢ではなく、本気でそう言っているのだろう。

自分自身のアイドルとしてのアイデンティティを保つために。

それを紅葉《もみじ》は分かっているからこそ、紘葉《いとは》に勝つわけにはいかない。

もし勝ってしまったら、紘葉《いとは》が夢を諦めてしまうかもしれないから。

「だから、君が自分の夢を諦めるの？」

「………っ！　それは……」

紅葉《もみじ》が、小さな両手を強く握りしめる。

「だって、私はイトのお姉ちゃんだもん！　アオ姉は、いつも私達に優しかった！　いつも私達を助けてくれた！　本当は、やりたいことがいっぱいあったはずなのに、我慢して私達のお世話をいっぱいしてくれた！」

そうなんだろうね。青葉《あおば》と話していても、よく伝わってきたよ。

彼女が、どれだけ紅葉《もみじ》と紘葉《いとは》を大切に想《おも》っているかが……。

「だから、私もちゃんと我慢する！　私は、イトのお姉ちゃんだから！　イトが嫌な気持ちになるなら、私が代わりになる！　私が、私が……」

「紅葉《もみじ》、それは間違っているよ」

青葉《あおば》に、長女としてしっかりしていないといけないという想《おも》いは、確かにあったのだろう。

だけど、決して彼女は我慢をして、紅葉《もみじ》達を優先したわけじゃない。

「青葉《あおば》は、君達が大好きだから、君達と一緒にいたんじゃないかな？」

「え？」

「もう少し思い出してみてよ。青葉《あおば》は、本当にいつも我慢してた？　君達と過ごしている間、青葉《あおば》は嫌な顔を一度でもしていたかな？」

「し、してない。でも、それはアオ姉が優しいからで……」

「違うよ。青葉《あおば》が君達と一緒にいたかっただけ。その証拠に、青葉《あおば》は今日もずっと君を心配していたよ。君が心配で心配で仕方がないから、僕達に事情を伝えてくれたんだ」

「……アオ姉」

そして、彼女なりの方法で紅葉《もみじ》と紘葉《いとは》を守ろうとした。

それが間違った方法であろうと、彼女の紅葉《もみじ》と紘葉《いとは》への気持ちは何よりも尊いものだ。

「それに、話を聞いて思ったんだ。君達は、今のままじゃいけないってね」

「どうして？　私がダンス勝負に出なければ、イトは……」

「一人ぼっちだよ」

「………っ！」

かつては、三人でいることが当たり前だった姉妹。

だけど、予期せぬ事態によって彼女達の当たり前は崩れ去った。

そして、今の青葉《あおば》と紘葉《いとは》は、……一人ぼっちなんだ。

紅葉《もみじ》に勝つために、ダンスに躍起になってしまっている紘葉《いとは》。

紅葉《もみじ》と紘葉《いとは》、二人を守りたいけど守れない自分に打ちひしがれる青葉《あおば》。

「青葉《あおば》も紘葉《いとは》も、気持ちはバラバラ。二人とも、一人ぼっちだ」

「そんな……」

「だからこそ、僕は君にダンス勝負に出てほしい。三本勝負で勝つためじゃない。……君達に夢を叶《かな》えてもらうために」

「私達の、夢？」

「みんながビックリするようなライブをやる」

「………っ！」

「確かに、今の君達は別のグループだ。……だけど、ステージの上では一緒。そこで、夢を叶《かな》えてみないかい？」

「でも、私はひどいことをした。イトを一人ぼっちにして、いっぱい傷つけて……私も一人ぼっちになった……」

「君が一人ぼっち？　それは、少し違うんじゃないかな？」

「どう、して……？」

「ちょっと、こっちに来てごらん。できる限り、静かにね」

声を潜めてそう言って、僕は紅葉《もみじ》と共に足を忍ばせて会議室のドアの前まで移動する。

すると……

「まさか、紅葉《もみじ》がカラシスと姉妹だったとは……むっ！　会話が聞こえなくなったではないか！　くっ！　中の様子が見れればいいのだが……」

「もう！　なんで、肝心なところで聞こえなくなるのよ！　今からいいとこなのに！」

「雪音《ゆきね》、理王《りお》。貴女《あなた》達は、紅葉《もみじ》に『無理して話さなくていい』と仰《おつしや》っていましたよね？　その割には凄《すさ》まじい勢いで盗み聞きしていると思うのですが……」

「『知りたくないとは言ってない』」

「そうですか……」

「もう！　雪音《ゆきね》ちゃん、理王《りお》ちゃん、そろそろ代わってよ！　私も紅葉《もみじ》ちゃんが心配なの！」

「春《はる》は、一人だけ青葉《あおば》の話を聞いてきたではないか！」

「そうよ！　自分だけ、ずるい！　私達だって、紅葉《もみじ》が心配だったのに！」

「まったく、三人とも困ったものです。事情を知ろうとするばかりで、あとのことを何も考えていません。その点、私はいざという時のためのお茶目なジョークの準備を万端に――」

「「「それは、いらない」」」

「解《げ》せません……」

随分と賑《にぎ》やかな、四人の少女達の声が聞こえてきた。

会話の内容から察するに、随分と序盤から盗み聞きをしていたようだ。

まったく……、レッスンをしておくように言っておいたんだけどな。

「……ん？　何やら、前が……わっ！　わわわわっ！　きゃぁ！」

「うにゃ！」「いったぁ～い！」「んきゃ！」

僕がドアを開けると、四人の少女が勢いのままに床にダイブした。

「何をやってるのかな？」

「はっ！　えー、えっとね、ナオ君！　これは、その……理王《りお》ちゃん！」

「《たまたま通りかかっただけよ！》」

「なぜ、バレてしまったのです？　私達の隠密《おんみつ》は完璧だったはずなのに……っ！」

「つつつ……。あぁ、すまない！　すぐにどくから！」

「雪音《ゆきね》たん、理王《りお》たん、春《はる》たん、杏夏《きょうか》たん……」

大慌てで立ち上がり、バツの悪い表情を浮かべる四人。

だけど、ここからは彼女達の力が必要だ。

「ちょうど紅葉《もみじ》と二人で話すことは終わったからさ、君達からも言いたいことがあったら、伝えてくれて構わないよ」

「「「ほんと!?」」」「本当ですか!?」

少女達が、明るい笑みを浮かべた。そして、誰よりも先に……

「紅葉《もみじ》！」

祇園寺《ぎおんじ》雪音《ゆきね》が、紅葉《もみじ》のそばへと駆け寄る。

「その、勝手に話を聞いちゃってごめん。だけど、やっぱり気になって……。だって……」

いつもの仰々しい口調ではなく、雪音《ゆきね》本来の口調。

その言葉と共に、強く紅葉《もみじ》を抱きしめ、

「紅葉《もみじ》は、絶対に一人じゃないよ！」

強く、強くその言葉を紅葉《もみじ》へと伝えた。

「私が、私達が一緒にいる！　だから、そんな寂しいことを言っちゃダメ！」

「……っ！　ゆ、雪音《ゆきね》たん……」

「私は、紅葉《もみじ》にすごく沢山助けられた！　だから、今度は私の番だよ！　大丈夫だよ、紅葉《もみじ》！

私は絶対に紅葉《もみじ》と一緒だから！　紅葉《もみじ》を一人にしないから！」

「そうよ！　それに、私だって一緒なんだから！」

続いて理王《りお》も、紅葉《もみじ》の体を強く抱きしめる。

「紅葉《もみじ》！　私はあんたが何も言わなくても、勝手に隣にいるから！　もう絶対に、バラバラなんて嫌なの！　だから、理王《りお》様のために一人でいるのはやめなさい！」

「……理王《りお》たん」

雪音《ゆきね》はもちろんだけど、理王《りお》も特に紅葉《もみじ》とは仲が良いからね。

本当に、ずっと心配していたんだろうな。

「紅葉《もみじ》。君は前に言っていたね。誰も一人にしないアイドルになりたいって」

「……うん」

「誰も一人ぼっちにしたくない。その想《おも》いを叶《かな》えるのなら、まず最初にやるべきことがあるじゃないか」

「最初に、やるべき、こと？」

君はいつもそうだ。春《はる》の時も、絃葉《いとは》の時も、誰かのために想《おも》って行動し続ける。

だけど、それだけじゃいけない。アイドルは……

「まずは、君が一人ぼっちになるのをやめないとね」

もっと我侭《わがまま》にならないとね。

「…………っ！」

「紅葉《もみじ》、今のままだと青葉《あおば》と絃葉《いとは》は一人ぼっちのままだ。たとえ、中野《なかの》サンプラザのライブでどんな結果になろうと、彼女達の心は一人ぼっちのまま。……本当にそれでいいのかい？」

「私は、私は……」

震える唇で、どうにか言葉を紡《つむ》いでいく紅葉《もみじ》。

途中で、やっぱり覚えてしまったのか言葉が止まったが、その瞬間に理王《りお》と雪音《ゆきね》がより強く紅葉《もみじ》を抱きしめた。それが彼女の力になったのだろう。

「アオ姉とイトを助けたい！　二人を一人ぼっちにしたくない！　だから、だからぁ！」

「ダンス勝負に出たい！」

その言葉を、引き出した。

「勝つために出るんじゃない！　昔、アオ姉とイトと約束した……みんながビックリするライブをやるために出たい！　そしたら、アオ姉とイト、一人ぼっちじゃなくなる！」

「なら、やることは決まったね」

叶《かな》えにいこうじゃないか。かつて、君が叶《かな》えられなかった夢を。

「紅葉《もみじ》、君にはダンス勝負に出てもらう。だけど、それは決して勝負で勝つためじゃない。……君の、君達の夢を叶《かな》えるために……」

「うん！　私、イトとアオ姉と一緒にライブする！　だって、私はイトのお姉ちゃんだもん！

イトのお姉ちゃんだから……、イトの夢も叶《かな》える！」

恐らく、ダンス勝負で青葉《あおば》と絃葉《いとは》は、本気で勝つためのパフォーマンスをしてくるだろう。

そこに紅葉《もみじ》が出たとしても、彼女達は『HY：RAIN《ハイレイン》』というグループの看板を背負って、容赦はしないはずだ。だけど、それでいい……。それがいいんだ……。

失われてしまった姉妹の絆《きずな》。それを取り戻すためには……

「私が出るのはダンス勝負！　だって、ダンスは私が一番だもん！」

一度、本気でぶつかり合わないとね。

☆

紅葉《もみじ》がダンス勝負に出ることを決意してから、レッスンは順調に進んでいった。

ひとまず、三本勝負以外のセットリストも決まったし、そっちの準備は万端。

そうして、中野《なかの》サンプラザのライブまで残り二週間となったタイミングで、僕はAYA《アヤ》と一度連絡を取り合い、三本勝負で使う曲をお互いに伝え合った。

加えて、総合力勝負の振り付けと歌割りを連携されたところで、AYA《アヤ》から『チャンスを逃したね』と言われたが、『もっと大きなチャンスを手に入れた』と返事をさせてもらった。

その後、容赦なく電話は切られた。女の子って、難しい。

そして、現在の『TINGS』だけど、昨日まではブライテストのレッスン場でレッスンを行っていたが、三本勝負の曲も決まったことで、レッスン場の場所を変更。

今の彼女達は……

「気合がたらぁぁぁぁぁぁん!!」

「「ひぃぃぃぃぃぃぃぃぃぃ!!」」

「二人とも、動きが悪い！　そんなパフォーマンスで、本番をやるなんてありえない！」

『FFF《フライ》』専用レッスン場……『FIRST　STAGE』でレッスンをしている。

レッスン場に響くのは、『FFF《フライ》』のリーダー、兎塚七海《とつかななみ》の怒声。

そして、青天国春《なばためはる》と祇園寺雪音《ぎおんじゆきね》の悲鳴。今日も七海《ななみ》は絶好調である。

「はい！　ちゃんと腕を振る！　足りない体力は、気合で補いなさい！」

「そうは言っても……」

「もう一〇曲連続だよぉ～！」

「だから？　本番では、レッスンよりもずっと体力を使うよ？　春達《はる》は、本番でも疲れたら言い訳をして、パフォーマンスの手を抜くの？」

「「……すみません」」

本当に、とても容赦がない……。

中野《なかの》サンプラザの三本勝負に向けた、『FFF《フライ》』による特別レッスン。それは、グループとしてのパフォーマンスよりも、個人のパフォーマンスを向上させるためのレッスンだ。

だから、『FFF《フライ》』の三人がそれぞれ、『TINGS』の五人のレッスンを見る。

春《はる》と雪音《ゆきね》を見るのは、鬼……こほん。ちょっぴり厳しめの兎塚七海《とつかななみ》。

このレッスンが始まった日から、春《はる》と雪音《ゆきね》の悲鳴を聞かなかった日はない。

「雪音《ゆきね》、そのやり方はもうダメだよ。感情表現を引き立てたい気持ちは分かるけど、方向性が間違ってる。感情表現は、体だけでするんじゃない。今の自分にできることを、より精錬することも大事だけど、それ以上に自分ができないことを身につけなさい」

「自分にできないこと？　私様ができないこととは……」

「簡単に答えを求めない。私が雪音《ゆきね》に言えるのは、八〇点の答えまで。一〇〇点の答えは、雪《ゆき》音《ね》自身じゃなきゃ、見つけ出せないよ」

「ぐっ！　分かった……」

「春《はる》は、ゴチャゴチャしすぎ。自分ができることを全部やってるから、やりすぎて何がしたいか分からなくなってる。ラーメントッピング全部乗せって感じ。色々な状況を想定して、技術の取捨選択をしなさい」

「でも、色んなことをやったほうが、みんなも楽しんでくれるんじゃ……」

「それは、春《はる》の自己満足。『自分が楽しい＝相手が楽しい』は通用する場合と通用しない場合があるの。観客の人達を楽しませるのは『TINGS』であって、『春《はる》』じゃないでしょ？」

「うぅ〜……。その通り、だよぅ……」

『TINGS』の中でも、特に総合的な実力の高い二人は、自分の個性を引き延ばすことよりも、新しい個性を身につけることを重点的にレッスンしている。

「理王《りお》ちゃん、歌い方が違います！　それは、ただおっきい声を出してるだけです！」

「うにゅ……。でも、おっきい声を出したほうが……」

「理王《りお》ちゃんがやっているのは、自分が一番目立つだけの歌い方です！　歌は、一人で歌うのではなくみんなで歌うものです！　ですから、理王《りお》ちゃん一人で一番綺麗《きれい》な歌い方をするんじゃなくて、みんなで一番綺麗《きれい》な歌い方を考えなくてはなりません！」

「うにゅ？　みんなで、一番綺麗《きれい》な歌い方？」

「そうです！　一番大切なのは、理王《りお》ちゃんが上手な歌を歌うことではなく、来てくれた人達が喜んでくれる、一番綺麗《きれい》な歌です！　そのためには、自分が控えめに歌わなくてはいけない時もあるのです！　ですから、理王《りお》ちゃんは声の調整力を身につけましょう！」

「声の調整。……うん！　やってみる！」

「紅葉《もみじ》ちゃんのダンスはミスもないし、バッチリです！　ですが、アイドルのパフォーマンスに満点はありません！　一〇〇点が取れるなら、次は一二〇点を目指して、もっと色々なことに挑戦してみましょう！」

「うん！　私、色々やってみる！」

理王《りお》と紅葉《もみじ》のレッスンを担当するのは、陽本日夏《ひのもとひなつ》。歌とダンスという、分かりやすく尖《とが》った才能を持つ二人は、よりその個性を伸ばすことに重点を置いたレッスンをしている。

「うにゅ……。私も、バッチリにならないと……」

「理王《りお》たん、大丈夫。理王《りお》たんの歌も、とっても素敵だった。……ただ、私のほうが圧倒的に褒められただけ」

「最後の一言は、いらないでしょ！」

「にょ⁉　ただ、思ったことを言っただけなのに……難しい……」

あの日から、紅葉《もみじ》は変わった。

以前までは、レッスン中に自分の意見を言うことが少なかった彼女だが、今は違う。

決して、誰も一人にしないため、青葉《あおば》と紘葉《いとは》と共に夢を叶《かな》えるため、少し我侭《わがまま》に自分のやりたいことをみんなに伝えるようになったんだ。

そして、最後に梨子木麗美《なしのきれみ》の指導を受けているのが、杏夏《きょうか》なのだが……

「うっひゃぁ～。七海《ななみ》も日夏《ひなつ》も容赦なくやってんなぁ～」

「麗美《れみ》、終わりました。いかがだったでしょうか？」

「へ？　終わったの？　あー、えっと……うん！　まぁ、いい感じだった！」

「ちゃんと見ていましたよね？」

「《当たり前だろ～？　もうバッチリ見てた！　三回転とかめっちゃよかった！》」

「そんなこと、一度もしていないのですが？」

「あちゃ！　賭けに負けたか！」

むしろ、なぜ三回転にワンチャンスを賭けてしまえたのか？

もう少し、他の選択肢もあっただろうに……。

七海《ななみ》や日夏《ひなつ》の指導と異なり、麗美《れみ》の指導はかなり適当だ。

杏夏《きようか》がパフォーマンスをしても、さほど確認もせずに他のレッスンの様子を見る。

人によっては、不真面目と受け取るだろう。

「麗美《れみ》、貴女《あなた》は真面目に指導をする気はありますか？」

「そりゃ、もちろん！」

自信たっぷりに胸を張って、麗美《れみ》がそう言った。

「でしたら、ちゃんと指導して下さい。本番まで、時間は限られているのです。申し訳ないですが、いい加減な指導でしたら受ける理由はないと思うのですが？」

「大丈夫だ！　いい加減な指導はしてないぞ！」

「そうは思えません……」

ムスッと頬を含ませて、不平を漏らす杏夏《きようか》。

「ん～……。じゃあ、厳しく指導していいん？」

麗美《れみ》が、試すような眼差《まなざ》しで杏夏《きようか》を見つめる。

　しかし、気が立っている杏夏《きょうか》はそれに気がついていない。

「ええ、構いません。……と言っても、まともに見ていなかった貴女《あなた》に――」

「まともに見る価値がないから、見なかった」

「……っ！　どういう意味でしょうか？」

「杏夏《きょうか》さぁ～、レッスンが始まる前……っていうか、ここに来た時からずっとイライラしてるだろ？　何かあったんだとは思うけどさぁ、かと言ってその態度はまずくね？」

　その通りだ。一見すると前向きに取り組んでいる杏夏《きょうか》だが、その実は違う。

　三本勝負に向けてのレッスンが始まった途端、自分の個性を知らしめてやると躍起になり、逆にパフォーマンスに乱れが表《あら》われていた。

「心のパフォーマンスは、体のパフォーマンスにも影響を出す。今のレッスンで、パフォーマンスをしてたのは、『アイドル』じゃなくて『玉城杏夏《たまききょうか》』だった。だから、見なかった」

「それは……すみません。その通りです……」

「ははは！　素直に認められるところは、すごくいいよ！　……で、何があったん？」

　ポンと優しく杏夏《きょうか》の肩に手を乗せて、麗美《れみ》が優しく微笑《ほほえ》んだ。

　一見すると、いい加減な態度をしているように見える麗美《れみ》だが、本当の彼女は違う。

『FFF《フライ》』の中で誰よりも優しく、そして思慮深い女の子だ。

「その、ですね……。以前に対バンの打ち合わせで、非常に悔しい想《おも》いをして……」

「悔しい想《おも》い？」

「はい。私は、教わったことを絶対にミスをせずやり遂げることが自分の個性だと思っていました。ですが、それはプロであれば当たり前。他のメンバーと違い、私に明確な武器は……」

「なるほどねぇ〜」

やっぱり、杏夏《きょうか》が気にしていたのは、それか。

蓮《れん》から言われた『教科書女』という言葉。それを自分自身も痛感してしまっているからこそ、ハッキリと反論もできず、ただ悔しさに打ちひしがれることしかできない。

「教科書女。どれだけ努力をしても、教科書通りのことしかできないのであれば……」

「ん〜……。それなら、問題ないと思うよ！」

「え？」

「なればいいだけじゃん。最強の教科書女に」

「ですが、それでは今までと何も変わらないではないですか！　ただ、絶対にミスをしないだけで、面白味のない……」

「それは、知らないから。杏夏《きょうか》が、本当にできることを。『絶対にミスをしない』。その個性の本質を理解して使いこなせれば……」

「杏夏《きょうか》は、螢《ほたる》を超えられるよ」

「え？　えぇぇぇ⁉　わ、私が⁉　螢《ほたる》さんだなんて！　さすがに、言い過ぎでは……」

「んじゃ、諦める？」

「……っ！」

上手《うま》いな。杏夏《きょうか》は、『TINGS』の誰よりも負けん気の強い女の子だ。

そんな杏夏《きょうか》に『螢《ほたる》』という分かりやすい目標をみせ、見放すふりをして向上心を煽《あお》る。

あんなことを言われたら、杏夏《きょうか》は……

「諦めるわけがありません！　私は、螢《ほたる》さんに憧れて、アイドルを志したのですから！」

「おっ！　いい感じに燃えてきたねぇ！　教科書女なんて、気にする暇なくなったろい？」

「……本当に、なれるんですね？」

「もっちぃ～！　だけど、その分、レッスンは鬼キツだよん。普段の七海《ななみ》のレッスンの五〇倍はしんどいだろうねぇ。けど、それをやり遂げたら……」

「螢《ほたる》さんを……」

「そゆこと！」

「麗美《れみ》、お願いします！　どんなレッスンでも、必ずやり遂げてみせます！」

「オッケー！　その『必ずやり遂げる』ってのが重要だから、忘れないようにね！」

「はい！」

『教わったことを、絶対にミスをせずやり遂げる』

他のメンバーと比べたら、華やかさのない泥臭い才能だ。

でも、その泥臭さの中に、杏夏《きょうか》の輝きは存在する。

「それで、麗美《れみ》。私は、最初に何をすれば……」

杏夏《きょうか》に質問を投げかけられた麗美《れみ》だが、視線は杏夏《きょうか》の背後だ。

「……そうだなぁ～。まずは、ちょっとだけ休憩しよう！　七海《ななみ》とヒナも休憩に入ったみたいだしね！　ただ、杏夏《きょうか》はそこを動かないように！」

言葉と同時に、麗美《れみ》が一歩後ろへと下がった。

「え？　なぜ、動いてはいけないのですか？」

「まぁ、そうだなぁ～。『FFF《フライ》』のレッスンでは、休憩になるとちょっと厄介なトラブルがあってね。その対応を是非、杏夏《きょうか》にしてもらいたい！」

「トラブルですか？　それは、いったい……」

と、同時に激しい音が鳴り響き……

「愛《め》で愛《め》でターイム！」

「きゃぁぁぁぁ!!」

七海《ななみ》が、凄《すさ》まじい勢いで杏夏《きょうか》に抱き着いた。

「はうぅぅ！　可愛《かわい》い子が沢山いて、どの子にするか迷ったけど、夏と言えば杏夏《きょうか》だよね！　ん～！　杏夏《きょうか》、可愛いぃ～！　髪の毛、ふわふわぁ～！」

「七海《ななみ》、離して下さい！　れ、麗美《れみ》、貴女《あなた》は――」

「んじゃ、後は任せたよぉ～」

「最悪です！」

可愛《かわい》い子を愛《め》でずにはいられない、七海《ななみ》の悪癖。

前から、レッスンでは休憩の度に麗美《れみ》か日夏《ひなつ》が襲われているって聞いていたけど、今日は合同レッスンだもんね。折角だし、後輩を愛《め》でたいよね。

「ん～！　杏夏《きょうか》ぁ～！　どうして、こんなに可愛《かわい》いの！　あぁ、もう食べちゃいたい！」

七海《ななみ》による、高速すりすり&ナデナデ。

それは、愛情表現と呼ぶには少々やりすぎな次元に達しており……

「大変だよ、みんな！　杏夏《きょうか》ちゃんが……っ！」

「心配するな、春《はる》。私様もアレの経験はあるが、七海《ななみ》の愛《め》で愛《め》で加減は絶妙だ。精神が崩壊しないギリギリのラインで行われるから、問題ない」

「それは、問題がある気がするよ！」

「そうね、七海《ななみ》のことは杏夏《きょうか》に任せましょ！　《決して、助けに行って巻き込まれるのが嫌とか、そういうわけじゃないわ！》」

「杏夏《きょうか》たん、前に言ってた。私にできないことはやってくれるって。アレは、私にはできない。つまり、杏夏《きょうか》たんに任せて大丈夫」

「そ、そうかなぁ～？」

「「「そう」」」

どうやら、『TINGS』の絆《きずな》も、時として儚《はかな》い瞬間があるようだ。

「だ、誰か、助けて……」

頑張れ、杏夏《きょうか》。

心の中でエールを送った後、僕は『FFF《フライ》』のレッスン場を後にした。

☆

——中野《なかの》サンプラザまで、残り一〇日。

レッスンは七海《ななみ》達に任せて、僕はブライテストの事務所で雑務をこなしていた。

残り一〇日で、『HY：RAIN《ハイレイン》』との対バンが行われる。

チケットは、当然ながら完売。

恐らく、来てくれる人達の九割は『HY：RAIN《ハイレイン》』のファンだ。

新規開拓ができるチャンスと考えれば聞こえはいいが、当日は苦労するだろうな。

如何《いか》にして、『HY：RAIN《ハイレイン》』のファンに興味を持ってもらうか。それが、最初の関門だ。

そして、その関門を突破した先に待っているのが、三本勝負。

もしも、ここで『HY《ハイ》:RAIN《レイン》』に敗れてしまうと、僕はマネージャーを退職しなければならないし、春《はる》は『TINGS』を脱退しなくてはならない。

「もう、絶対に失うわけにはいかない……よね」

オフィスで一人、声を漏らす。僕が、この三本勝負を経験するのは二回目。

初めての時は、突然の事態にうろたえるだけで何もできなかった。

そして、何もできなかったが故に……一人のアイドルを失う事態を招いてしまったんだ。

アイドルはいつでも命がけ。様々な場面で、激しい生存競争が行われている。

だけど、ファンや観客の前で明確に、どちらが上かを決めるような勝負というのは、あまりにも似つかわしくない。

劣ってしまったアイドルとファンの心に、大きな傷を残してしまうから……。

だからこそ、僕がやるべきことは……

「本当に、できるのか？」

つい、弱音をこぼしてしまう。

今回、僕が挑戦しようとしていることは、これまでに経験したことのない未知の領域だ。

かつて、あの子のマネージャーをやっていた時にも、できなかったこと。

それを、『TINGS』と成し遂げる。そんなことが……オフィスのドアが開いた。

「あれ、春《はる》じゃないか？」

振り返ると、春《はる》が立っていた。

どうしたのだろう？　明るさと元気が売りの彼女が、やけに神妙な顔を……

「何かあったのかい？」

たずねるが、返事はない。

だけど、春《はる》は真《ま》っ直《す》ぐに僕の下へとやって来て……

「……大切なお話があるの」


【ｔｉＮｇｓ】


中野《なかの》サンプラザまで、残り一〇日の朝。

私――青天国春《なばためはる》は、虎渡誉《とらわたりほまれ》ちゃんに最近の『ＴＩＮＧＳ』のお話をしていた。

朝はやっぱり、誉《ほまれ》ちゃんとお話ししないとね！

「まん丸ドーナツ。みんなで食べて……」

「丸くなる！」

いつも合言葉を言った後、ドーナツにかぶりつく。

ん～！　今日も、誉《ほまれ》ちゃんのドーナツはすっごい美味《おい》しい！

「──って感じで、今は中野《なかの》サンプラザに向けて、みんなでレッスンしてるの！」

「みんなでレッスン、とっても素敵」

「でしょ！　七海《ななみ》ちゃんのレッスン、すっごく厳しいけど、すっごく楽しいんだ！　中野《なかの》では楽しみにしててね！　前よりももっとすごい『TINGS』を見せてあげるから！」

「うん。楽しみにしてる。……でも、一つ聞いていい？」

「なーに？」

「春《はる》は、三本勝負で蓮《れん》と勝負をするの？」

「え？」

小学校の時から、ずっと一緒に過ごしてきた幼馴染《おさななじみ》……誉《ほまれ》ちゃん、蓮《れん》ちゃん。

私が『HY:RAIN《ハイレイン》』を脱退するまで、私達は毎日三人で一緒にいた。

だけど、今は違う。

私と蓮《れん》ちゃんは、同じ学校に通っているのに、……一度もお話をしていない。

「どうして、それを……」

中野《なかの》サンプラザのライブのことは伝えたけど、三本勝負のことは伝えていない。

なのに、知ってるってことは……

「もしかして、……蓮《れん》ちゃんから聞いた？」

「うん」

やっぱり、そうだよね。

「蓮《れん》、すごいやる気だったよ。絶対に、春《はる》には負けないって」

「……そっか」

「春《はる》は、三本勝負で蓮《れん》と勝負をするの？」

誉《ほまれ》ちゃんが、もう一度私に同じ質問をした。

中野《なかの》サンプラザでやる三本勝負。その中の総合力勝負に、蓮《れん》ちゃんは出てくる。

そして、『TINGS』からは……

「ど、どうだろうね？　まだ、ちゃんと決めたわけじゃないし……あははは……」

三本勝負で負けちゃったら、ナオ君はいなくなるし、私も『TINGS』を脱退しなきゃいけなくなる。そんなのは、絶対に嫌だ。

だから、負けないために全力を出す。だけど……

「やりたくない、んだ……」

本当の気持ちが漏れちゃった。

「私、今の蓮《れん》ちゃんじゃヤなの。昔の蓮《れん》ちゃんは、すごく明るくて元気で、私達を引っ張ってくれる素敵なアイドルだった。でも、今の蓮《れん》ちゃんは……」

とても悲しくて、とても寂しいアイドルになっちゃってる。

「そうだね。蓮《れん》は、ずっと春《はる》のことばかり。あの日からずっと……」

こうなっちゃったのは、私のせいだ。

私が、もっとちゃんとしてたら、こんなことにはならなかった。

だから、私がやらなくちゃいけない。蓮《れん》ちゃんを傷つけたのは、私なんだもん。

だから、私が……

「私に、できるのかな……」

「分かんない。でも、蓮《れん》は今までずっと春《はる》に勝つために頑張ってきた。もし、次の中野《なかの》サンプラザで春《はる》に負けちゃったら……」

それ以上先の言葉を、誉《ほまれ》ちゃんは言わなかった。

思い出したのは、誉《ほまれ》ちゃんと蓮《れん》ちゃんと三人で観《み》に行った横浜国際総合競技場《よこはまこくさいそうごうきょうぎじょう》のライブ。

あの時、AYA《アヤ》ちゃんと蛍《ほたる》さんは今の私達と同じように、三本勝負をやった。

そして、勝ったのは蛍《ほたる》さん。負けたAYA《アヤ》ちゃんは……

「蓮《れん》ちゃんが、アイドルをやめちゃうのは、やだよぅ……」

蛍《ほたる》さん……。蛍《ほたる》さんは、あの時どう思っていたの？

どんな気持ちで、三本勝負を……

「春《はる》は、成長した」

「え？　私が成長？」

「うん。前は、嫌なことでも嫌って言わなかった。辛《つら》いことも隠してた。でも、今の春《はる》は違う。

ちゃんと嫌なことも辛《つら》いことも、素直に言うようになった」

「それって、成長なのかな？」

「成長だよ。きっと見つかったんだろうね」

見つかった？　私は何を見つけたんだろう？

「春《はる》が、心から頼れる人が」

「……っ！」

そうだ……。私は、前までと違う。

ずっと真っ暗な靄《もや》にいて、一人でどうしようって困ってた私じゃない。

今の私には……

「困った時は、誰かを頼ってみたら？」

「………そう、だね」

私は、今回の中野《なかの》サンプラザで、いっぱいの我侭《わがまま》をみんなに聞いてもらっている。

なのに、もっと我侭《わがまま》を言っちゃっていいのかな？　本当に……

「それに、私もいるから大丈夫。最後の最後は、私に任せて」

「……誉《ほまれ》ちゃん」

「だって、私もまた食べたいもん。……三人で一緒に、ドーナツを」

「春《はる》、どうしたのですか？　何やら、私と雪音《ゆきね》に話があるとのことですが……」

『FF《フライ》』のレッスン場に来ていた杏夏《きょうか》ちゃんと雪音《ゆきね》ちゃんに、私は切り出した。

とても大切な話があるって。

「あ〜、えっとね……、実はちょっとお願いがあってさ……」

これは、私の問題。二人には、関係のない問題。

ただでさえ迷惑をかけてるのに、本当にもっと迷惑をかけていいの？

私の都合で……やっぱり、やめたほうが――

「分かった。引き受けよう」

「そうですね」

「え？　えぇぇ！　雪音《ゆきね》ちゃん、杏夏《きょうか》ちゃん、何言ってるの!?　まだ、私は何も……」

「君の頼みを断るわけがないだろう」

「当然の選択だと思いますが？」

どうして、こんなに優しいの？　どうして、私のために……

「ただ、内容が分からんままではやりようがない。だから、教えてほしい」

真《ま》っ直《す》ぐに私を見つめて、雪音《ゆきね》ちゃんがそう言った。

「君が、何を望むかを」

「うん。あのね、あのね……」

気がついたら、心にあった不安が消えていた。

お願いして、本当にできるかは分からない。だけど、きっと何とかなる。

そんな気持ちが胸から溢《あふ》れてきて……

「蓮《れん》ちゃんを、助けてほしいの……」

「「え？」」

「私のせいで、蓮《れん》ちゃんはずっと過去につかまっちゃってる。あんな蓮《れん》ちゃんのままじゃ、私は嫌。私は、本当の蓮《れん》ちゃんになってほしい」

蓮《れん》ちゃんがすごい上手になったのは、分かってる。

だけど、蓮《れん》ちゃんがやってるのは、私の真似《まね》。あんなの、本当の蓮《れん》ちゃんじゃない。

私がいた頃の『HY：RAIN《ハイレイン》』で魅せてくれた、蓮《れん》ちゃんじゃない。

「本当は、私が助けたい。だけど、私じゃできない。……だって、蓮《れん》ちゃんの過去は……」

私、なんだもん。

中野《なかの》サンプラザのライブで私がどれだけ頑張っても、蓮《れん》ちゃんは蓮《れん》ちゃんにならない。

だから、私じゃダメ。私以外のアイドルじゃないと、蓮《れん》ちゃんは……

「……お願い、しても、いい？」

すごく難しいことを言っているのは分かってる。

だけど、他に頼れる人がいなくて、私には『TINGS』しかいなくて……

「まったく問題ない（ありません）」

何の迷いもなく、雪音《ゆきね》ちゃんと杏夏《きょうか》ちゃんがそう言ってくれた。

「ありがとう……。本当に、ありがとう……」

気づいたら、ポロポロと涙がこぼれてた。

本当は私がやらなくちゃいけないことなのに、二人はすぐに助けてくれて……。

「では、レッスンが終わったら、相談に行きましょうか」

「そうだな……。これは、私様達だけで勝手に決めていい問題ではない。今日のレッスンが終わったら、マネージャーちゃんに話しに行こう。……春《はる》も一緒にな」

「うん！　私も一緒！　私も一緒に行くよ！」


レッスンが終わった後、私達三人はクタクタの体でブライテストの事務所に向かった。

オフィスのドアを開けると……いた。ナオ君だ。

何だか難しいお顔をしてる。考え事かな？

「あれ、春《はる》じゃないか？」

私がいることに気がついたのか、ナオ君がそう言った。

「何かあったのかい？」

難しいお顔から、優しいお顔に。ナオ君は、いつもそうだ。

私達に、絶対に自分の不安を見せない。それが、すごく頼もしくて……少し寂しかった。

だって、まだまだ私にはナオ君の不安を助けられる力がないってことだもん。

それなのに……

「……大切なお話があるの」

私は、自分の不安をナオ君に相談している。

情けない……。情けないよ……。

「詳しく教えてもらえるかな？　……って、杏夏《きょうか》と雪音《ゆきね》まで」

「こんばんは、ナオさん」

「やぁ、マネージャーちゃん」

「……なるほどね。そういうことか」

やっぱり、ナオ君はすごいなぁ。

ただ、私が杏夏《きょうか》ちゃんと雪音《ゆきね》ちゃんと来ただけで、何を言おうとしているか見抜いちゃう。

さすが、前に……って、いけないね。これは、私とナオ君だけの秘密だったよ。

「あのね、中野《なかの》サンプラザの三本勝負だけど――」

それから、私はナオ君に伝えた。私の我侭《わがまま》なお願いを。

もう気づかれちゃってるだろうけど、それでも何も言わないのはダメ。

「──っていうお話なんだけど、……ダメ、かな？」

「……そっか」

全部のお話を聞き終わった後、ナオ君が難しい声を出した。

「私としても、是非ともそうしていただきたいです。……ダメでしょうか？」

「私様もだ。その、もしかしたら、より窮地に陥ってしまうかもしれないが……」

「事情は分かった。だけど、理由が分からない。だから、教えてもらえるかな？」

ナオ君が、私達三人をジッと見つめる。

「どうして、君達がその方法を選んだのかを」

「最も輝かしいライブをするためです」

杏夏《きょうか》ちゃんが、すぐさまそう言った。

「私達の目的は、三本勝負で勝つことではありません。中野《なかの》サンプラザに来ていただいた方々が心から楽しかったと言えるライブをすることです」

「悲しい物語なんて、アイドルに必要ない。どんな時でも、心が沸き立つ本当の笑顔が生まれる物語。それを、創り出すために最良の手段をとりたい」

「君達がやろうとしていることは、とても難しいことだよ。確かに、それは理想的な結果だ。だけど、失敗したら……何もかもを失ってしまう」

そう。これは、とてもとても危ないこと。

こんな危ないことをしないで、大丈夫な方法を選んだほうがいい。

だけど、だけど……

「マネージャーちゃんの言う通りだ。だけど……」

「理想を魅せるのが、アイドルではないでしょうか？」

「………っ！」

ナオ君の眼《め》が見開いた。こんな風にナオ君が驚くのって、初めて見たかも。

「は、ははは！　うん！　確かに、そうだ！　その通りだね！」

ナオ君が、まるで憑《つ》き物《もの》が落ちたみたいな笑顔を浮かべた。

いつもはもっと静かなのに、今はとっても元気。少し、優希《ゆうき》さんに似てる。

「迷ってる暇なんてない。やるなら、常に理想の結果を。僕は、いつもそうだった……」

ナオ君の言葉の意味が分からない雪音《ゆきね》ちゃんと杏夏《きょうか》ちゃんは、首を傾《かし》げてる。

それは、ナオ君の昔のお話。あの人とナオ君のお話なんだろうなぁ。

「いいよ！　君達の提案を受けようじゃないか！　折角、そのための準備もしていたんだしね。使わなかったら、もったいない」

「準備？　ナオ君、それってどういう……」

「AYA《アヤ》と三本勝負の詳細を決める時、一つちょっと特別なお願いをしたんだ。AYA《アヤ》は気づいていなかったけど、あの条件を使えば……春《はる》の希望は叶《かな》えられる」

じゃあ、ナオ君は最初から考えていてくれたの⁉

そのために、わざわざ……

「君達の言う通りだ。僕達の目的は、三本勝負で勝つことじゃない。中野《なかの》サンプラザで最高のライブをすること。……そのためにやれることは、全部やっていかないとね」

やっぱり、ナオ君はすごいなぁ……。


【ｔｉｎｇｓ】


——中野《なかの》サンプラザまで、残り九日。

「……うん。大丈夫。バレてない！」

夜。レッスンが終わった後、私——聖舞理王《せいぶりお》は駅に向かうふりをして、公園に向かった。

これは、最近の私の日課。

レッスンが終わった後、秘密のレッスン場で自主練をする。

「……私がもっと上手にならないと」

中野《なかの》サンプラザのライブ。三本勝負もすごく大切だけど、ライブだってもちろん大切。

みんなの力になれる、素敵なライブをやる。

そのためには、私がもっと上達しないといけない。

本当は、みんなに教わりたい。だけど、みんなにもやることは沢山。

だから、甘えられない。私の課題は、私が解決しなくちゃいけないんだ。

「……っ！　……っ！」

公園でダンスを踊る。

最近、『FFF《フライ》』のレッスン場で、私は歌のレッスンしかほとんどしてない。

けど、ダンスだって大事。前に、ナオが言ってたもん。

三本勝負までのライブも、ちゃんとできないとダメだって。

だから、できない分のダンスの練習もしっかりやっておかないとね！

「……うにゅ！」

前に比べて、すっごく上達してるのは自分でも分かってる。

だけど、足りない。私は、まだまだ『TINGS』ではダンスが一番へたっぴ。

もっと『TINGS』のパフォーマンスを良くするためには、私が上達しないといけない。

「うにゃ！　ううううう！　このぐらい、できてよ！」

自分の失敗に、自分で文句を言う。

中野《なかの》サンプラザまで時間はないのに！　すぐにでも上達しないといけないのに！

「ねぇ、ちょっとうるさい」

「うにゃっ！　ご、ごめんなさい……」

いけない。ここにいるのは、私だけじゃないんだ。他にも、ダンスの練習をしにきている人がいる。なのに、こんなに大きな声で騒いでたら……あ、あれ？　この子って……

「あぁぁぁぁ!!　は、『ＨＹ：ＲＡＩＮ《ハイレイン》』の――」

「それ以上言ったら、怒るよ？　こっそり来てるんだから」

「……っ!!　……っ！　……っ！」

大慌てで口を両手でおさえて、頷《うなず》いた。なんで、この人がここにいるの？

「うん。静かになった。これで、公平」

私に声をかけてくれた女の子は、よく知っている人。

中野《なかの》サンプラザで一緒にライブをやる『ＨＹ：ＲＡＩＮ《ハイレイン》』の……氷海菜花《ひうみなのか》ちゃんだった。

「こないだぶりだね、聖舞《せいぶ》さん」

「……っ！　……っ！」

菜花《なのか》ちゃんの言葉に首を縦に大きく振る。声を出しちゃいけないから、気をつけないと！

「別に大きな声じゃないなら、しゃべっても平気。周りに気づかれたくないだけだから」

「あっ！　そ、そだったんだ……。えと……、こないだぶり、氷海《ひうみ》さん」

『ＨＹ：ＲＡＩＮ《ハイレイン》』の所属する芸能事務所ＲＡＩＮＢＯＷマネージメントは、ブライテストと同じ最寄り駅。

だから、偶然会うこともあるのかもしれないけど、まさかこんな場所で会うなんて……。

「こんな時間にこんな場所にいるってことは、聖舞《せいぶ》さんも自主練？」

「うん。……氷海《ひうみ》さんも？」

「そう。レッスン場だと、アオ姉とイトがうるさいから」

うるさい？　どういうことだろう？

「私だけ教わるのは不公平だから、一人でやろうとしてるのに、残っていると二人が自分の練習時間をつぶしてまで色々教えてくれようとするの。それは、とても不公平」

何だか、少しだけ私と似てるな……。

「聖舞《せいぶ》さんは、どうしてここで自主練を？」

「私も氷海《ひうみ》さんと同じ理由。私、『TINGS』で一番ダンスがへたっぴだから」

「へぇ、そこも私と同じなんだ」

「そこも？」

「私、『HY:RAIN《ハイレイン》』で一番ダンスが下手なんだ」

「うそっ！　そんなことないよ！」

氷海《ひうみ》さんのダンスが下手だなんてありえない。歌がすごく上手だから、そっちに目がいきがちだけど、ダンスだってすごく上手だもん！

大体、氷海《ひうみ》さんで下手だったら、私はどうなっちゃうの？

「そんなことあるの。だから、みんなに追いつくために、……あの人の代わりになるために、居残り練習は必須」

「あの人？」

「青天国春《なばためはる》さん」

「…………っ！　どういう、こと？」

「私さ、青天国《なばため》さんが脱退した後に『HY《ハイ》：RAIN《レイン》』に入ったの。……だから、私はあの人の代わり」

代わり。そう言う氷海《ひうみ》さんの表情は、少しだけ悲しそうだった。

「『TINGS』のライブを観《み》た時はビックリしたよ。前からすごく上手だったって話は聞いてたけど、実物は大違い。私とは、比べ物にならない」

「…………」

「だから、今のままじゃ不公平。私は、青天国《なばため》さんにならないと――」

「それは、違うよ！」

「え？」

本当は、こんなことを言わないほうがいいのかもしれない。

私達は、中野《なかの》サンプラザで競い合うライバル同士。しかも、絶対に負けられない勝負がある。

だけど、氷海《ひうみ》さんの顔がすごく悲しそうで……放っておけなかった。

「氷海《ひうみ》さんは春《はる》になったらダメ！　氷海《ひうみ》さんは、氷海《ひうみ》さんのままでいい！」

「私が、私のままで？」

「そうだよ！　春《はる》の代わりじゃない、氷海《ひうみ》さんは氷海《ひうみ》さんにしかできないことがあるじゃん！

だから、そんな悲しいことを言わないで！」

「私にしかできないことなんて……」

「氷海《ひうみ》さんには、すごく素敵な歌声があるよ！」

「……っ！」

「氷海《ひうみ》さんの声は、氷海《ひうみ》さんの歌は、氷海《ひうみ》さんだけのものだよ！」

真《ま》っ直《す》ぐに氷海《ひうみ》さんを見つめて、私はそう伝えた。

だって、本当にそうだもん！　氷海《ひうみ》さんの歌はすごく力強くて、聞いているだけでドンドン
気持ちが元気になってく。私も、あんな風に歌えたらって思ったことがあるくらい！

「……ふ、ふふふ。聖舞《せいぶ》さんって面白いね」

「え？」

「私達、ライバル同士だよ？　なのに、そんなライバルを励ましてる。とても面白い」

「……うにゅ」

だって、放っておけなかったんだもん……。

「ねぇ……理王《りお》って呼んでいい？　私も菜花《なのか》でいいから」

「え？　うん、分かった。……菜花《なのか》」

「ありがと、理王《りお》」

自分が『HY《ハイ》：RAIN《レイン》』のナノンを呼び捨てで読んでいると思うと、何だか緊張した。

「そうだね。私には、歌がある。『HY《ハイ》：RAIN《レイン》』で歌が一番上手《うま》いのは私。それだったら、青天国《なばため》さんになる必要はない。私は、私に成らないと不公平」

小さく笑いながらそうつぶやいた菜花《なのか》は、あっという間に冷静な表情に戻ると、私のことをじっと見つめてきた。

「なら、次は理王《りお》の番」

「え？」

「私だけアドバイスをされるのは不公平。だから、理王《りお》にもアドバイスする」

「菜花《なのか》が、私に？」

なんだろ？　ダンスが上達するコツでも教えてくれるのかな？

「理王《りお》は、さっきから緊張しすぎ」

「うにゃ！」

だって、仕方ないじゃん！　話してるのは、『HY《ハイ》：RAIN《レイン》』のナノンだよ？

私達よりも、ずっとずっと有名なアイドルで……

「ステージに立ったら、みんな公平。知名度なんて何も関係ない。理王《りお》は、中野《なかの》サンプラザでもそうやって緊張したままなの？」

「……あっ！」

「言っておくけど、手を抜かないよ？　どれだけ感謝をしていても、どんな事情が相手にあったとしても関係ない。全力で勝ちに行く。そうやって緊張したままなら、本番は楽勝だね」

そうだ……。その通りだ……。

『HY：RAIN《ハイレイン》』は『TINGS』よりもずっと有名。菜花《なのか》は私よりずっと上手。

だけど、同じステージに立つ以上、立場はおんなじ。

気持ちで負けてたら、ライブでいい結果なんて出せるわけがない！

「……ふ、ふふふ……」

「理王《りお》？」

「ふふーん！　確かにそうね！　たとえ、今はそっちのほうが有名でも、理王《りお》様にとっては何ら関係なし！　なぜなら、私は理王《りお》様だから！」

「あ。ライブの時の理王《りお》になった」

「菜花《なのか》、特別にそのアドバイスを聞いてやろうじゃない！　時として、下々《しもじも》の民《たみ》の言葉にも耳を傾ける。理王《りお》様は、そんな寛容な心を持っているんだから！」

「私は下々じゃない。むしろ、上々」

菜花《なのか》が少しムスッとした顔でそう言った。

だけど、私はひるまない。

だって、私は理王《りお》様だもん！　理王《りお》様は、どんな時でも自信たっぷり。

気持ちだけは、絶対に誰にも負けないんだから！

「有り得ないわね！　確かに、あんたは『HY:RAIN《ハイレイン》』で一番歌が上手《うま》いわ！　だけど、それはあくまで『HY:RAIN《ハイレイン》』の中でよ！」

「どういう意味？」

「ふっ……。この理王《りお》様は、全アイドルの頂点に立つ存在！　故に、全アイドルの中で歌唱力もナンバー1！　そんな相手と歌唱力勝負ができることを光栄に思いなさい！」

「あ、やっぱり、理王《りお》が歌唱力勝負に出るんだ」

「んにゃ！　そ、そうよ！」

いけない！　これ、まだ言っちゃいけなかったんだ！

どうしよう……。けど、ここまで言っちゃったんだし、関係ない！　後でいっぱい謝る！

「『TINGS』で歌唱力勝負に出るのは、理王《りお》様！　そして、勝つのも理王《りお》様よ！」

「そんなの、やってみないと分からない。というか、勝つのは私だよ」

「ふーん。つまり、菜花《なのか》が歌唱力勝負に出るのね？」

「うん。そっちだけ知ってるのは、不公平」

「なら、ありがたくその情報をもらっておいてあげる！」

やっぱり、菜花《なのか》が歌唱力勝負に出てくるんだ。

私は、よく知っている。どれだけ菜花《なのか》の歌が上手か、どれだけ私が菜花《なのか》に憧れたか……。

だけど……

「ふふーん！　理王様《りお》に敗北の二文字はなし！　菜花《なのか》、私とあんたどっちが上か……」

「決める方法は、一つしかないいね」

「ええ！　中野《なかの》サンプラザで、決着をつけようじゃない！」

「うん。それが公平」

言葉で言うのは簡単。でも、実現するのはとても難しい。

本当は怖い気持ちもある。失敗しちゃったら、大変なことになる。

「楽しみにしてなさいよ、菜花《なのか》！　この理王様《りお》の圧倒的な歌唱力を！」

だから、勇気を出すために……

「なぜなら、私は理王様《りお》だから！」

私に自信をくれる魔法の言葉を、元気いっぱいに叫んだ。

【tIngs】

――中野《なかの》サンプラザまで、残り八日。

金曜日。私――伊藤紅葉《いとうもみじ》は学校が終わった後、レッスン場じゃなくて別の場所に向かう。

もしかしたら、いるかもしれないから……。

もしかしたら、会えるかもしれないから……。

「………」

目的地についた。お胸がバクバク。息を吸っても、バクバクのまんま。意味ない。

そのまま、私は目の前のドアを開いて、中に入る。

そして、周りを見回すと……

「アオ姉！　イト、パンケーキ食べたい！」

「ふふふ。それなら、二人で半分こしましょ。食べ過ぎてしまうと、この後のレッスンに支障をきたしてしまうもの」

「うん！　イトとアオ姉で半分こ！」

……いた。本当に、いてくれた。

ここは、私達三人がいつも集まっていた、パンケーキの美味《おい》しい喫茶店。

パパとママが一緒にいられなくなってから、金曜日は絶対にここに三人で集まって……

「……っ！　モ、モォ？」

アオ姉が私に気がついた。その後、イトも私のほうを見る。

「え？　……あっ！　モォ姉……」

お目々をまん丸にしてるアオ姉と、怖い目をしてるイト。

私は、二人のところに行った。

「アオ姉、イト。……こんにちは」

来てくれてたんだ……。今でも、この喫茶店に二人は来てくれてたんだ。

なのに、私は来なくなって……

「ごめんなさい」

気持ちのままに、私はそう言った。

来なくなって、ごめんなさい。勝手に一人ぼっちになって、ごめんなさい。

「い、いいのよ。その……よかったら、モォも——」

「アオ姉、ダメ！　この人は、イトのお姉ちゃんじゃない！」

イトが叫んだ。

「自分の大事なものをかんたんに捨てちゃう人なんて、イトのお姉ちゃんじゃない！　そんな人、イト、知らない！」

大事なものを捨てる。……うん、私は捨てちゃったね……。

「なにしにきたの？」

イトが怖い目のまま、私にそう聞いた。

「アオ姉とイトに伝えたいことがあって……」

「私達に？　何かしら？」

「私、ダンス勝負に出るよ」

「………っ！　そう……。そうなのね……」

アオ姉が、悲しい声を出した。

アオ姉は優しいから、私達のことをいつも心配してくれてるから、きっと嫌なんだ。

私とイトが、勝負をするのが。でも、大丈夫だよ、アオ姉……。

「そんなの知ってる！　だから、イトがギッタンギッタンにする！　モォ姉に勝負で勝って、
イトのほうがすごいって……」

「私、イトともアオ姉とも勝負するつもりはないよ」

「そんなのダメ！　イトと勝負をするの！」

イト、ずっと不安だったんだよね？

昔のオーディションでちょっと失敗しちゃったから、不安で不安で仕方ないんだよね？

まだ自信を持って言えないんだよね？　自分は『HY:RAIN《ハイレイン》』だって。

「イト、勝たないといけないの！　だって、そうじゃないと……」

「イトは、『HY:RAIN《ハイレイン》』だよ」

「ち、ちがう！　ちがうもん！」

イトが、首をブンブン横に振った。

「イト、まだ『HY《ハイ》：RAIN《レイン》』じゃない！　だって、イト、ほんとは不合格だった！　ほんとの『HY《ハイ》：RAIN《レイン》』は……っ！」

ごめん……。本当にごめんね……。

「だから、イト、モォ姉に勝たなきゃダメなの！　そうじゃないと、イトは『HY《ハイ》：RAIN《レイン》』にいれない！　イト、『HY《ハイ》：RAIN《レイン》』にいたい！　アイドルでいたい！　大好きなみんなと一緒にいたい！　だから、だからぁ……」

「一緒にいれるよ」

イトのほっぺが、ビショビショになってる。こんなイトじゃ、絶対にダメ。

「イトは、素敵なアイドル。だから、そんな心配しなくていい。……イトの不安は、全部私がやっつける」

「そんなの無理だもん！」

「できる！　絶対にできる！　だって、私は……」

「イトのお姉ちゃんだもん！」

私は、お姉ちゃん。だから、頑張らないとダメ。

イトが泣いてるなら、イトが寂しいなら、私が助けないとダメなの。

「お話、これでおしまい。ごめんね、アオ姉みたいに上手に話したかったけど……」

「そんなことないわ。モォ、貴女《あなた》の気持ちはちゃんと伝わったわ」

「アオ姉……」

優しいアオ姉。私の大好きなお姉ちゃん。

特に、私が好きなところは……

「でも、手は抜かないわよ？」

厳しいところは、すっごく厳しいところだ。

「本当のことを言うと、貴女《あなた》にはダンス勝負に出てきてほしくなかったわ。だけど、その希望は叶《かな》わないみたい。それなら、『HY《ハイ》：RAIN《レイン》』の唐林《からばやし》青葉《あおば》としてやることはやるわ」

私は、知っている。アオ姉、本当はダンスがもっともっと上手。

「ねぇ、モォ……。前に私が『競い合うのが苦手』と言っていたのは覚えているかしら？」

「うん。覚えてる」

「その理由は、分かる？」

分かるよ……。

アオ姉は、いつも私を褒めてくれた。『ダンスはモォが一番』って。

だけど、本当は違うことも知ってる。アオ姉はいつもそうだった。

本当の一番は…………アオ姉だ。

アオ姉は、私とイトに気を遣って、いつも加減してくれてた。

そんなアオ姉を知っていたから、私は春《はる》たんの秘密に気がつけたんだもん。

「絶対に、自分が勝つと分かっていたからよ」

アオ姉は、私よりダンスが上手。そんなアオ姉が、あの時よりももっと上手になってる。

だから、私は……

「うん！　だから、私、一生懸命やる！　私も上手になった！　だから、絶対負けない！」

「くす……。やれるものなら、やってみなさい」

「イトだって、絶対負けないもん……」


【ｔｉｎＧｓ】


──中野《なかの》サンプラザまで残り五日。

いよいよ、中野《なかの》サンプラザの本番が近づいてきた。

私達が考えていることが上手《うま》くいくか、まだ分からない……。

本当は、すっごく不安。だから、その不安に押しつぶされないように……私──祇園寺《ぎおんじ》雪音《ゆきね》は、レッスン場に向かう前に近くにあるコンビニを片っ端から回っていた。

勇気の景気づけ。すごくいいタイミングで発売されたの。

私の大好きなアイス……初雪大福《はつゆきだいふく》の期間限定スイカ味が！

「はぁ……。はぁ……。はぁ……。あった！　やっと、見つけた！」

激しく波打つ鼓動を落ち着けながら、私は安堵《あんど》の息をこぼす。

初雪大福《はつゆきだいふく》の期間限定味は、大人気。だから、そう簡単には手に入らない。

今日は、五軒目で見つけられたから、いつもに比べたら早いほうだ。

ふふっ！　それじゃあ、あとはこれをレジに――

「んぎゃぁぁぁぁぁぁぁ！」

私がお会計を済ませた直後、コンビニ内ですごい叫び声が木霊《こだま》した。

「うぅ～。ここにもないさぁ～……。これで、一〇軒目なのに……」

うそっ！　あの子って……

「食べてみたい！　大層食べてみたいさぁ！　初雪大福《はつゆきだいふく》限定スイカ味！」

『HY:RAIN《ハイレイン》』の苗川柔《なえかわやわら》さんじゃん！

どうしよう？　苗川《なえかわ》さんも、初雪大福《はつゆきだいふく》のスイカ味を探してるんだよね？

ちょうど二つ入りだし……

「うぅ……。限定スイカ味……」

「あの……」

「ん？　んんんんんん！」

私が声をかけた瞬間、苗川《なえかわ》さんは私の顔よりも先に、手に持っている初雪大福《はつゆきだいふく》にグッと顔を近づけた。そして……

「あぁぁぁぁぁ！　うちの初雪大福《はつゆきだいふく》！」

「なっ！　いや、別に君のではないだろう！　これは、私様がようやく見つけた……」

「言われてみれば、そうだったさぁ！　実は、うちもずっと初雪大福《はつゆきだいふく》を探してて……って、『ＴＩＮＧＳ』の祇園寺《ぎおんじ》雪音《ゆきね》じゃん！」

「あ、ああ……。久しぶりだね、苗川《なえかわ》さん」

今、気がついたんだ……。

「うぅ……」

苗川《なえかわ》さんが、瞳に涙を滲《にじ》ませて私をジッと見つめる。

何が言いたいかは、言葉を聞かなくても分かった。

「えっと……、二つあるし、一つ食べるか？」

「食べる！」

それから、私は苗川《なえかわ》さんと一緒にコンビニのイートインに腰を下ろした。

お客さんが、チラチラと私達のほうを見るのは、きっと苗川《なえかわ》さんがいるからだろう。

やっぱり、『HY《ハイ》:RAIN《レイン》』の知名度はすごいな……。

「はぁ～！　大層美味《おい》しかったよ！　あんがとね、雪音《ゆきね》！　助かったさぁ！」

「いや、気にしないでくれ。初雪大福《はつゆきだいふく》好きの同志を助けるのは、当然のことだ」

「確かに、その通りさぁ！　じゃ、お礼は撤回するよ」

「くす……。君は面白い人だね、苗《なえ》か――」

「『柔《やわら》』でいいよ！　うちも雪音《ゆきね》って呼んでるしね！」

「分かったよ。……柔《やわら》」

事務所が同じ最寄り駅にあるとはいえ、まさかこんな場所で会うとは思わなかったな。

「なぁ、柔《やわら》。一つ、聞いてもいいか？」

「ん～？　どしたん？」

「君は、今回の件についてどう考えているのだ？」

「今回の件ってのは、三本勝負のこと？」

「ああ。正直に言えば、私様はアイドルに勝負は必要ないと考えている。一番大切なのは、来てくれた人達の笑顔だ。だから、本音を言えば私様達が勝負をする必要など……」

「ふ～ん……。そりゃ、大層な志だねぇ～」

柔《やわら》が、少しつまらなそうな声を漏らした。

「何やら、含みがあるように感じたのだが？」

「うん！　思いっきり、含めたよ！　だって、雪音《ゆきね》は肝心なことを忘れてるもん！」

「肝心なこと？」

「自分達が笑顔じゃないと、来てくれた人達は笑顔になってくれないよ？」

「いや、それは当たり前のことで――」

「当たり前じゃない。少なくとも、『HY《ハイ》：RAIN《レイン》』にとってはね……」

今までとは少し違う、重たい声色。

さっきまでのどこかとぼけた表情から、柔《やわら》が鋭い表情へと変化した。

「雪音《ゆきね》、『HY《ハイ》：RAIN《レイン》』は笑えてないんだよ。みんな揃《そろ》って、昔にとっつかまってる。……青天国春《なばためはる》って大きな存在が今でもず～っと残ってる」

「春《はる》が……」

「春《はる》とレッスンをするのは楽しかったさぁ！　どっちが上か、競い合う毎日。……といっても、うちが負け越してるんだけどね！」

「負け越してる？　それなら、君は春《はる》に……」

「まっ、春《はる》も何でもできるわけじゃないからね！」

なら、柔《やわら》は春《はる》以上のパフォーマンスを魅せることもあるの？

私なんて、今でも一度も春《はる》よりすごいパフォーマンスなんて……

「でさ、うちは楽しかったんだけど、……春《はる》との差に耐えられないメンバーもいた」

「その気持ちは、少し分かるよ」

だって、私がそうだったもん……。毎日、春《はる》のことばかり考えて……

「春《はる》がいなくなった後は、大変だったさぁ。みんな、すっごく落ち込んじゃってね。自分達の実力が足りないから、春《はる》はいなくなったって。……んで、それは今でも続いてる。あとから入ってきた菜花《なのか》も、ず～っと春《はる》を気にしてばかり！　あいつらの心の中は、雨が降ってるのさぁ。まさに文字通り、『RAIN』ってやつだね！」

「文字通り『RAIN』？　それって……あっ！」

もしかして、『HY《ハイ》:RAIN《レイン》』のグループ名って……

「そういうことさぁ！　うちらのグループ名は、『TINGS』によく似てる！　おんなじつけ方をしたんだろうね！　ま、うちらは一文字足りないけど！」

一文字足りない……。そして、そこに入るのは……そうだったんだ。

だから、蓮《れん》はあんなことを……。

「だから、うちが何とかしなくちゃいけないさぁ！　うちは、『HY《ハイ》:RAIN《レイン》』が大好き。あいつらが、心の底から笑えないなんて絶対に嫌だ。あいつらの笑顔を取り戻すためにも……中野《なかの》では勝たせてもらうよ。総合力勝負では、圧倒的な差を見せてやるさぁ」

やっぱり、柔《やわら》が出てくるのは総合力勝負なんだ……。

それを普通に言えちゃうのも、自信の表《あら》われなんだろうなぁ。

「申し訳ないが、こちらにも負けられない理由はある。もう二度と、大切なメンバーを失うわけにはいかないのでな。だから、私様達は総合力勝負で負けないよ」

「おっ！　ってことは、そっちの総合力勝負の二人目は……」

「ああ。私様だ」

そう、私が出るのは総合力勝負。

三本勝負の最後にステージに立つのが、私だ。

「そっか！　雪音《ゆきね》だったんだ！　なら、やっぱりアヤちゃんの予想通りさぁ！」

「結果は予想通りにはならないと思うがな」

「んんんん！　いいね、いいね！　雪音《ゆきね》、すっごくいい！　ビビられるより、そっちのほうが大層面白いさぁ！　……でも、もう分かってるよね？」

柔《やわら》が不敵な笑みを浮かべて、私を見つめる。

「『：』の向こう側に、誰がいるかは？」

「…………」

分かってる……。『HY《ハイ》：RAIN《レイン》』のグループ名の秘密。

『：』で隔たれた、『HY』と『RAIN』。

それは……

「雪音《ゆきね》、うちだよ……。うちが、今の『HY《ハイ》：RAIN《レイン》』のトップだ。だから、うちは誰にも負けられない。うちが負けたら、『HY《ハイ》:RAIN《レイン》』は『RAIN』になっちゃうからね」

私達にも色々なことがあったように、『HY《ハイ》:RAIN《レイン》』にも色んなことがあったんだ。

沢山の大変なことがあって、メンバー達が雨に飲まれないように、たった一人でずっと頑張っていたのが……

「お互い、色々なものを背負っているみたいだな」

柔《やわら》だったんだ。

「みたいだねぇ。うちらの問題は言葉だけじゃ絶対に解決しない。だから……」

「ステージの上で、ライブで解決するしかない」

「そゆこと！」

昔の話とはいえ、春《はる》以上のパフォーマンスを魅せたことすらあるアイドル。

そんな相手と、私はステージに立たないといけない。

今まで、一度も春《はる》以上のパフォーマンスを魅せられなかった私が……。

だけど、関係ない！　今まで魅せられなかったなら、これから魅せればいいだけだもん！

「楽しみにしていてくれ。中野《なかの》では君にも魅せてやろう。私様の創る『本物』の物語を」

「ん〜！　何だか面白そうさぁ！　うち、そういうの大歓迎！　だけど、少しでもつまらないものをうちに見せたら……もう、おしまいだよ？」

「それは、こちらの台詞《せりふ》だ」

春《はる》と約束した。絶対に、何とかしてみせるって。

もう二度と、約束はやぶらない。もう二度と、春《はる》と離れない。

だから……

「私様は、決して負けないよ」

【Ｔｉｎｇｓ】

——中野《なかの》サンプラザまで残り三日。

私——玉城《たまき》杏夏《きょうか》は、帰りのＨＲ《ホームルーム》が終わると同時に大急ぎで学校を出発しました。

慌てて電車に乗って、ブライテストの最寄り駅へ。

降りると同時に再び駆け出して、目的地にダッシュです。

張り切りすぎて、心臓がドクンドクンです。体全体が揺れているような気がします。

「はぁ……、はぁ……。到着、しました……」

私がやってきたのは、芸能事務所ＲＡＩＮＢＯＷマネージメント。

『ＨＹ《ハイ》：ＲＡＩＮ《レイン》』の所属している、芸能事務所です。

もちろん、何の目的もなしに来たわけではありません。私は……

「こんにちは、蓮《れん》さん」

彼女に会うために、ここまでやってきたのです。

「教科書女？　なんで、ここに？」

「実は怪しげな人に追われていて、命からがらここまで逃げてきたのです」

「え？　なにそれ？　大じょ――」

「テッテレー。お茶目なジョーク、大成功です」

ふふふ。突然、現《あら》われたライバル。そんな緊張感に支配された空間でお茶目なジョーク。

これは、蓮《れん》さんもたまらずに……。

「ビックリするぐらい、つまらないね」

どうやら、蓮《れん》さんは精神に支障をきたしているようですね。

まさか、誰が聞いても爆笑必至のお茶目なジョークを聞いても、無反応とは。

非常に心配になってしまいます。

「で、本当は何の用なの？」

「貴女《あなた》とお話をしにきました」

「こないだも言ったけど、別に教科書女と話すことなんて――」

「貴女《あなた》は、春《はる》が大好きなんですね」

「………どういう意味？」

少し長い沈黙の後、蓮《れん》さんが私に尋ねました。

以前の顔合わせの時から、私はずっと考えていました。

『春《はる》。貴女《あなた》に、『TINGS』を脱退してもらう』

初めての顔合わせの時、蓮《れん》さんが言った言葉。

蓮《れん》さんが、どうして春《はる》に対してあんなことを言ったのか。

少し前の私は、自分のことしか考えられませんでしたが、今の私は違います。

みんなのことが、しっかりと考えられているのです。

「蓮《れん》さん、貴女《あなた》は三本勝負で『TINGS』に勝利して、春《はる》を脱退させたら……」


「春《はる》を、『HY：RAIN《ハイレイン》』に戻そうとしていますね？」


「なんで、私がそんなことを――」

「私達と『HY：RAIN《ハイレイン》』のグループ名がよく似ているからですよ」

『TINGS』は、私達五人の苗字《みようじ》のイニシャルを繋《つな》げたグループ名です。

それがあったからこそ、気がつけました。だって、『HY：RAIN《ハイレイン》』は……

「柔《Y》さん、蓮《R》さん、青葉《A》さん、紘葉《I》さん、菜花《N》さん。ですが、『HY：RAIN《ハイレイン》』には、一文字足りません。グループの一番前の文字が足りていないんです」

「………」

「それは、貴女《あなた》達の願い。いつか、戻って来てほしい。一番前に立ってほしい人がいるから、貴女《あなた》達は自分達のグループ名を『HY《ハイ》：RAIN《レイン》』にしたのですね」

「ふーん……。ただの教科書女じゃなかったんだ」

「当然です。私は、『TINGS』の一番前《T》ですから」

「やるじゃん」

初めて、蓮《れん》さんが少しだけ笑うところが見れました。

とても可愛《かわい》らしい笑顔です。いつも、笑っていたらいいのに……。

「口では嫌いと言いながらも、貴女《あなた》は春《はる》を大切に想《おも》っている。本当は春《はる》がそばにいてほしい。だから、対バンにあんな無謀な条件を付け加えた。『HY《ハイ》：RAIN《レイン》』に春《H》を戻すために」

「………………」

蓮《れん》さんは何も答えません。ですが、少し時間が経《た》つと……

「そう……。そうだよ。私にとって、一番のアイドルは春《はる》。私にとって、春《はる》は螢《ほたる》さん以上のアイドル。春《はる》がいたからここまで頑張れた。春《はる》が、私をここまで導いてくれた」

春《はる》の言っていた通りですね。やはり、彼女は囚《とら》われてしまっています。

「なのに、そんな大切な春《はる》を私が傷つけた。そんなの許せるわけがない。私は、私が許せない。だから、次のライブで証明してみせる。……春《はる》に伝えるんだ！」

青天国春《なばためはる》という、過去に……。

「私は、もう大丈夫！　私は、春《はる》の隣にいれるよって！　だから、一緒にアイドルをやろう！

一緒にみんなのシャインポストになろうって！」

「シャインポスト。春《はる》がよく語っている夢ですね」

「勝手に春《はる》を知った気にならないで！　ReNYでまるで歯が立たなかったくせに！」

「確かに、蓮《れん》さんの言う通り、四人揃《そろ》ってこっぴどくやられましたね」

「だから、『TINGS』じゃダメなんだ！」

一歩前に、蓮《れん》さんが踏み出しました。

「誰も春《はる》に追いつけなかったら、いつか春《はる》の心が壊れちゃう！　春《はる》は誰かに隣にいてほしいと
ずっと願ってるのを私は知ってる！　だから、私が追いつく！」

蓮《れん》さんの激しい息遣いが、私にまで伝わってきます。

「春《はる》の隣に立つのは、『TINGS』じゃない！　私だ！」

まったく、困った人達です。蓮《れん》さんも春《はる》も、お互いが大好きなのに素直になれない。

二人揃《そろ》って、過去にギッチギチです。

仕方がないですね。そんな困ったさん達は……

「今の貴女《あなた》では、無理でしょうね」

私が、助けてあげましょう。

「……どういう意味？」

「目標が低すぎます。春《はる》に追いつく程度のことを目標にしているのでしたら、決して春《はる》に追いつけません。……というより、貴女《あなた》は見失っているのではないですか？」

「見失うわけがない！　私は、ずっと春《はる》を見てきたんだから！」

「ほら、やっぱり見失っているじゃないですか。……自分自身を」

「偉そうなことは、実力を伴わせてから言いなよ」

「もちろん、そのつもりです。ですから、次のライブで教えて差し上げましょう」

一度呼吸をします。自分の決意を伝えるために。

「春《はる》を追い抜くのは、私です」

「さっきの冗談よりもつまらないね」

最後にそう言うと、蓮《れん》さんは私に背を向けて事務所の中へと入っていきました。

その後ろ姿を見つめながら……

「やってしまいました……」

私は、心から後悔の言葉を漏らしました。

なんということでしょう……。いつもなら、確実にやっていたというのに、

「この私が……、お土産のお茶目なジョークを言い忘れるなんて……」

どうやら、私もかなり緊張していたみたいですね。

——中野《なかの》サンプラザまで残り二日。

いよいよ明後日《あさって》……『TINGS』と『HY《ハイ》:RAIN《レイン》』の対バンが行われる。

今日までに、やれることは全てやった。

だけど、本番までにやれることはもうないかと聞かれると……そうではない。

あと一つ、僕にはやるべきことがある。

ただ、それは……

☆

『「T・iNgS」は、去年結成されたグループだ。メンバーは、青天国春《なばためはる》、聖舞理王《せいぶりお》、玉城《たまき》杏《きょう》夏《か》。みんな、個性的でかわいい子達だっただろう?』

『別にふつ……っと、うん。可愛《かわい》かったよ』

『ふふっ。そうだね、君は嘘《うそ》を言わないほうがいい』

ふと、頭をよぎったのは、僕が初めてブライテストに来た日の優希《ゆうき》さんとの会話。

あの頃は、突然三人組のアイドルグループのマネージャーをやれなんて言われて、混乱もしたし、すごく腹も立てていたな。

本当に、なんてことを優希《ゆうき》さんはしてくれるんだって。

だけど、今となっては感謝しかないよ。

『T･iNgS』から『TINGS』へ。

彼女達は、僕にとってかけがえのない存在になった。

だからこそ……あれ？

ふと、響いたのはスマートフォンの振動音。

手に取り、画面を確認すると……あの子から電話がかかってきていた。

『こんばんは、ナオ』

「こんばんは、ケイ」

『相変わらず、作詞がぜっふちょー。このままでは、新曲があぶない』

「そっちもそっちで、苦労してるみたいだね」

『そう。どこもかしこも、苦労だらけ。だけど、ワクワクもいっぱいある』

「予定は空けられた？」

『バッチリ』

「助かるよ。……ありがとね」

『む？』

「どうかしたのかな？」

『……ナオ、私に何かさせようとしてるでしょ？』

「どうしてそう思ったのかな?」

『「助かるよ」って言ったから』

「実は、君に頼みたいことがあるんだ」

『他の人にお願いは?』

「できるわけないじゃないか。これは、僕の秘密を知っている君にしか頼めない」

『ずるい言い方』

「無理にとは言わない。だから、内容を聞いてから——」

『いいよ。やったげる』

「ありがとう」

『でも、条件が一つ』

「なにかな?」

『新しい輝きを、私に見せてほしい』

「そのくらい、お安い御用だよ」

『やったね』

SHINE POST
シャインポスト

Did you know? The most ordinary, natural, and unique magic
to make me an absolute idol

第五章
絶対アイドル

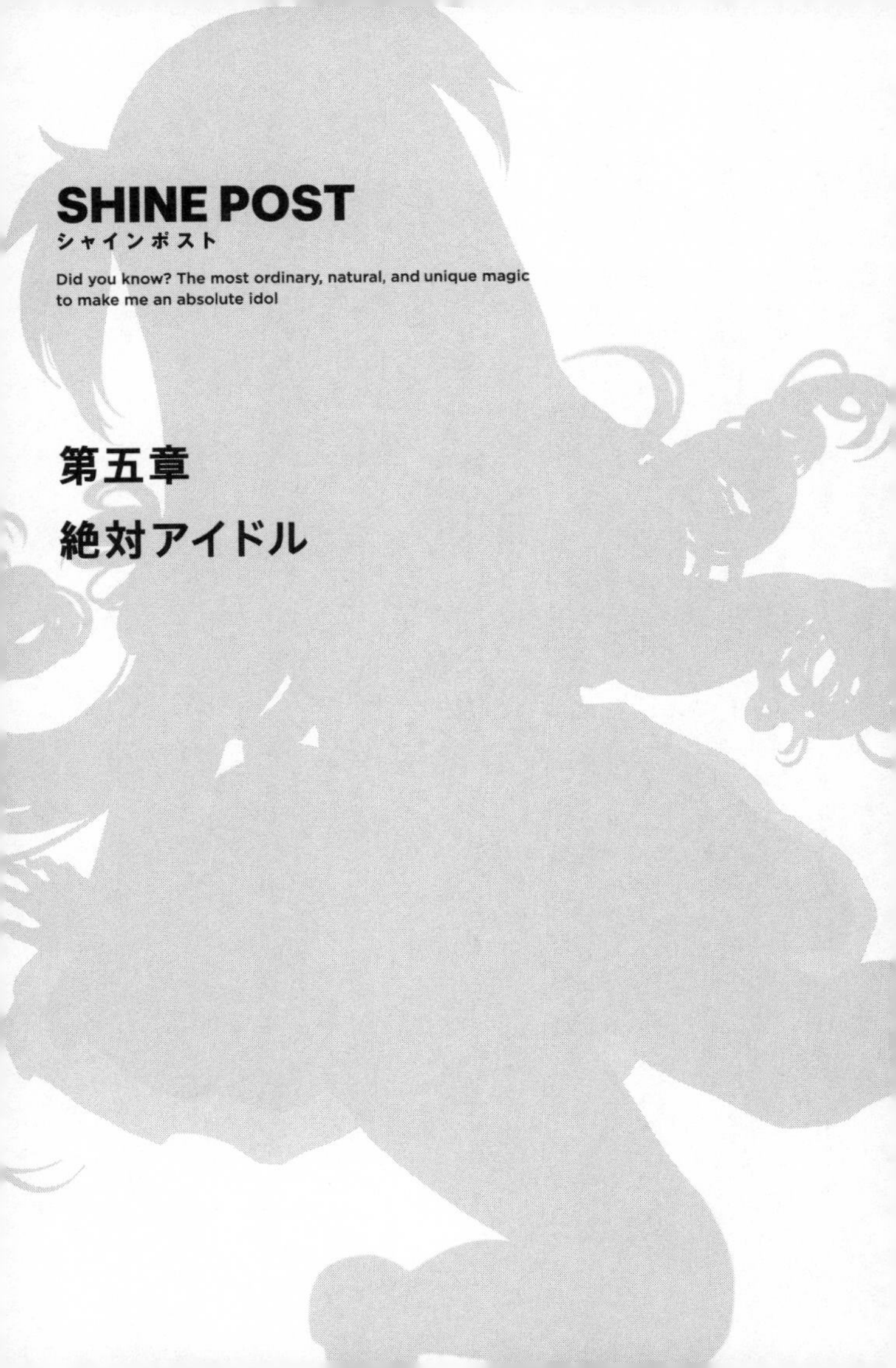

本日は快晴。

雲一つない青空の下、『TINGS』は中野《なかの》サンプラザのライブを迎えていた。

「じゃあ、今日はよろしくね。……ナオ」

「こちらこそ。……AYA《アヤ》」

本番まで残り三時間。

『TINGS』の楽屋で、最終確認のために、僕は約一ヶ月ぶりにAYA《アヤ》と顔を合わせていた。

もちろん、『TINGS』と『HY:RAIN《ハイレイン》』のメンバーもいる。

「じゃあ、昨日のリハ通り、三本勝負の提案は『TINGS』からお願いね」

「うん。分かってる」

今日の一連の流れはこうだ。まずは、『HY:RAIN《ハイレイン》』が三曲行い、その後のMCに合わせて『TINGS』が登場。次に、『TINGS』が三曲行う。

そこからは、順番にライブを行っていき、ライブの終盤になったら……『TINGS』から、『HY:RAIN《ハイレイン》』に対して三本勝負を持ちかける。

裏側の事情としては、三本勝負を持ちかけたのはAYA《アヤ》ではあるが、それは表に出さない。

以前と異なり、『HY《ハイ》：RAIN《レイン》』と『TINGS』には、大きな知名度の差がある。

そんな中で、格上の『HY《ハイ》：RAIN《レイン》』から『TINGS』に対して三本勝負を申し込むというのは弱い者いじめに映り、来てくれた人達を落胆させる可能性があるからだ。

どんな事情があろうと、彼女達はアイドル。ファンの期待を裏切るようなことはしない。

そして、三本勝負の結果に応じて、どちらかのグループが最後の一曲を行う。

果たして、最後にステージに立っているのは、『TINGS』か『HY《ハイ》：RAIN《レイン》』か。

それとも……

「蓮《れん》ちゃん、今日はよろしくね！」

僕とAYA《アヤ》の話し合いが一段落したところで、春《はる》が笑顔で蓮《れん》に語りかけた。

「随分余裕そうだね。自分の状況、分かってるの？　今日の三本勝負で負けたら――」

「うん！　だけど、勝負があってもなくても、私のやることは変わらないよ！　どんな時でも、どんな場所でも、最高のライブを魅せるだけ！　だから、見ててね！　今の私を！」

「それは、こっちの台詞《せりふ》。見せてやる……今の私を」

未《いま》だに、過去の呪縛に囚《とら》われ続けている蓮《れん》。

だけど、それは蓮《れん》だけではなく……

「モォ姉……。イト、絶対負けないから！　イトが『HY《ハイ》：RAIN《レイン》』！　イトとアオ姉が、ダンスは一番なんだから！」

唐林《からばやし》絃葉《いとは》もまた、過去の呪縛に囚《とら》われ続けている……。

「いとおかし。イト、大事なのはどっちが一番かじゃないよ。大事なのは、どっちが盛り上げられるか。つまり……、ダンスが一番なほうが有利」

紅葉《もみじ》さん、それ、ダンスが一番かどうかが大事になってます。

「イトも蓮《れん》も、本番前にあまり乱暴なことを言ってはダメよ。ごめんなさいね……」

「いいえ、気にしないで下さい。今日はお互いに悔いの残らないパフォーマンスをしましょう」

落ち着いた口調の青葉《あおば》に対し、落ち着いた口調で返す杏夏《きょうか》。

けど、その言葉と反比例するような強い闘志を燃やした眼差《まなざ》しをお互いに向け合っている。

今日の対バンに対して、特別な想《おも》いを持っていない子なんて一人もいない。

全員が全員、何らかの強い想《おも》いを抱いて今日という日を迎えている。

「理王《りお》、今日はよろしくね。公平にいこう」

「ふふん！　構わないわよ、菜花《なのか》！　ただ、結果が公平とは限らないけどね！」

「うん。それが、公平」

理王《りお》と菜花《なのか》は、お互いに笑顔を向け合って会話をしている。

だけど、それはまだライブが始まっていないから。

ステージの上に立てば、彼女達はライバル同士だ。

「雪音《ゆきね》、今日は楽しみにしてるさぁ！　雪音《ゆきね》が創る『本物』の物語ってやつを！」

「もちろんさ、必ず君の期待以上のものを魅せると約束しよう」

「ははっ！　お互いに、頑張ろうね！」

どこか、飄々《ひょうひょう》とした柔《やわら》の言葉。一見すると、彼女は純粋にライブがやりたいだけで、勝負にはさほどこだわりがないようにも見えるが……

「ま、うちは絶対に負けないけど」

絶対に負けない……柔《やわら》には、柔《やわら》で背負っているものがある。

強い決意と覚悟があるからこそ、彼女はこの言葉を伝えたのだろう。

「お互いに、やる気は十分って感じだね、ナオ」

「そうだね、AYA《アヤ》。じゃあ、最後に――」

「あ、待って！　その前に、私から言いたいことがあるの！」

僕とAYA《アヤ》の会話に、春《はる》が割り込んだ。

そして、先程までの明るい笑顔から、少し悲しい表情を浮かべると……

「あの……、突然いなくなっちゃって、沢山迷惑かけちゃって……ごめんなさい」

AYA《アヤ》と『HY:RAIN《ハイレイン》』に対して、深く頭を下げた。

「アヤちゃん、いつも私を励ましてくれて、私を勇気づけてくれてありがとう。アヤちゃんがいなかったら、私はもっと早くダメになってた……」

「私も、貴女《あなた》と過ごせた毎日は本当に楽しかった。……ちゃんと守れなくて、ごめんね」

類《たぐい》まれな才能を持つ少女……青天国春《なばためはる》。

そんな彼女の才を最初に見つけたのは、僕でも優希《ゆうき》さんでもなく、AYA《アヤ》だ。

折角出会えた素晴らしいアイドルを失うというのは、想像以上に辛《つら》かっただろう。

その気持ちは、本当によく分かるよ……。

「柔《やわら》ちゃん、いつも自由な柔《やわら》ちゃんと一緒にいるの、すごい楽しかった。私も負けられないって、ずっと思ってたよ。柔《やわら》ちゃんには、いっぱい支えてもらった」

「ははは っ！ そりゃ、大層嬉《うれ》しい言葉だ！ うちも楽しかったよん！」

かつて、グループ内で突出した実力を発揮してしまった春《はる》。

そんな彼女にとって、柔《やわら》はいるだけでありがたい存在だったのだろう。

柔《やわら》の持つ新体操の技術は、春《はる》の膨大な努力でも得られないものだったから……。

「菜花《なのか》ちゃん。その……私は貴女《あなた》のことをよく知らない。だけど、『HY:RAIN《ハイレイン》』のライブを観《み》た時、菜花《なのか》ちゃんがいてくれてよかったって、本当に思えた」

「ありがとうございます。私もそこまで知らないので、公平です。問題ありません」

春《はる》という大きな存在が失われた後に、最後の一人としてやってきた菜花《なのか》。

その重圧は、他の四人とは比べ物にならないものだっただろう。

それでも、菜花《なのか》は『HY:RAIN《ハイレイン》』で確固たる地位を築き上げた。

「イトちゃん、すっごい上手になったね。……だけど、イトちゃんが一番可愛《かわい》いのは、素直に誰かに甘えてる時だと思う。だから、もうちょっとだけ素直になってくれると嬉《うれ》しいな」

「《イト、素直だもん！　いつでも、素直！　だから、そんなの知らない！》」

未《いま》だ、本当の気持ちを素直に見せられない紘葉《いとは》。

それでも、この言葉を伝えたのはきっかけになってほしかったから。

紘葉《いとは》が、本当の気持ちを出せるようになるための……。

「アオ姉、いつも私達をまとめてくれてありがとうね。アオ姉が、後ろから私達を支えてくれてたことはちゃんと分かってる。だけど、たまには我侭《わがまま》なアオ姉が見たいな」

「あら、嬉《うれ》しいことを言ってくれるじゃない。……けど、私にそれを言うことは、貴女《あなた》もちろんそうしてくれるわよね？」

「うん！　私もそのつもり！　今日は、思いっきり我侭《わがまま》をしちゃうよ！」

絶対に本気を出せ。青葉《あおば》は、春《はる》に対してそう伝えているのだろう。

自分ではなく、蓮《れん》のために。こんな時でも、自分よりも『HY《ハイ》：RAIN《レイン》』か……。

「えっとね、蓮《れん》ちゃん……」

「…………」

春《はる》に名前を呼ばれても、蓮《れん》は何も答えない。だけど、この沈黙こそが蓮《れん》の覚悟の表《あら》われ。

自分は、必要以上の会話を春《はる》とするわけにはいかない。まだ証明できていないから。

きっと、蓮《れん》はそう考えているんだろうな……。

「一緒にアイドルになろうって誘ってくれて、ありがとう。私が勇気を出せたのは、蓮《れん》ちゃんのおかげ。蓮《れん》ちゃんがいなかったら、私はアイドルになってなかった。他にも、伝えたいことが沢山あるんだけど……後は、ライブで伝えるね」

「勝手にすれば」

『HY《ハイ》・RAIN《レイン》』……そのグループ名は、春《はる》が脱退した後……デビュー直前に彼女達がつけたグループ名なのだろう。そこに込められた願いに、春《はる》は恐らく気づいている。

「よぉ〜し！　お話、おしまい！　ごめんね、ナオ君、アヤちゃん、邪魔しちゃって！」

「大丈夫だよ」

伝えるべきことを伝えて満足したのか、春《はる》は『TINGS』の下へと戻っていく。

その姿を見つめていた蓮《れん》が、強く拳を握りしめた。

「さてと……AYA《アヤ》。それなら、お互いに伝え合おうか。三本勝負に誰が出るかを」

「いいよ。もうライブまで、お互いのグループが顔を合わせることもないしね」

「……うん。その通りだ、ね……」

「……？　なんで、そんな残念そうな声を出してるの？」

「この後に起きることを考えると、残念な声も出るさ」

「へぇ……。もう負ける覚悟ができてるんだ」

「違うよ。前にも言っただろう？　『全力で、ありとあらゆる手段を用いて、最高の結果を出してみせる』ってね」

「意味わかんない」

僕には、嘘《うそ》をついている人間が《輝いて》見える不思議な眼《め》がある。

人によっては、便利な力だと思うだろう。けど、この力には多くのデメリットが存在する。

知りたくもない真実を知らされ、心を痛めた経験なんて数えきれない。

この眼《め》のせいで、僕は子供の頃、人を信じられなくなった。

そんな僕を助けてくれたのが、日生優希《ひなせゆうき》さん。彼女が僕にアイドルを教えてくれた。

彼女が僕に、本当の輝きを見せてくれた。

『ＴＩＮＧＳ』は、僕にとって大切なグループであることはもちろん、優希《ゆうき》さんの夢を託された少女達でもあるんだ。だから、僕が必ず守ってみせる。

たとえ、どれだけ大きな代償を払うことになっても……。

「『ＨＹ：ＲＡＩＮ《ハイレイン》』からは、ダンス勝負に唐林青葉《からばやしあおば》、唐林絃葉《からばやしいとは》が。歌唱力勝負に氷海菜花《ひうみなのか》が。総合力勝負に黒金蓮《くろがねれん》、苗川柔《なえかわやわら》が出場する。……『ＴＩＮＧＳ』は？」

「そうだね。『ＴＩＮＧＳ』からは……」

はぁ……。今日のライブは映像じゃなくて、この眼《め》で見たかったんだけどな。

本当に残念だよ……。

「《ダンス勝負に、玉城杏夏《たまききょうか》、伊藤紅葉《いとうもみじ》。歌唱力勝負に、聖舞理王《せいぶりお》。総合力勝負に、青天国春《なばためはる》、祇園寺《ぎおんじ》雪音《ゆきね》が出場するよ》」

僕の体が光り輝く。

眩《まばゆ》い光に全てが包まれていく中、………僕は嘘《うそ》をついた。

最終確認を終えた後、『HY《ハイ》:RAIN《レイン》』とAYA《アヤ》は自分達の楽屋へ戻っていった。

そして、ドアが閉まる音が響いた直後に……

「ナオ君、ごめんね……」

春《はる》が、僕へと謝罪の言葉を口にした。

「気にしなくていいよ。元から、そのつもりだったしね」

「でも……っ！」

「気にしない、気にしない。君は、これから先のライブにだけ集中するんだ」

「………うん」

悲し気な声を漏らす春《はる》。彼女は、滅多なことでは嘘《うそ》をつかない女の子だ。だからこそ、事情があったとはいえ、僕に嘘《うそ》をつかせてしまったことを悔やんでいるのだろう。

「春《はる》、落ち込んでいる暇なんてありませんよ。私達には、まだ為《な》すべきことがあります」

「……そうだね。うん！　そうだ！」

杏夏《きょうか》の言葉で、春《はる》の声に活気を戻った。

ありがとう。僕の言葉だと、何を言っても春《はる》は気にしちゃうだろうからね。

「じゃあ、ライブの前に僕から君達にアドバイスだ」

なら、僕もマネージャーの仕事をしないとね。

『ＴＩＮＧＳ』。真実《TRUE》を歌う《SING》、理想的《IDEAL》で気高き《NOBLE》、少女達《GIRLS》。

彼女達に最高のライブをやってもらうために……。

「杏夏《きょうか》。君は誰よりも負けん気が強い。その気持ちを思いっきり出して、猪突猛進《ちょとつもうしん》真《ま》っ直《す》ぐにお客さんの心に突撃していくんだ」

「はい！」

玉城《たまき》杏夏《きょうか》。教わったことを絶対にミスせずやり遂げる、負けん気の強い少女。

嬉《うれ》しい時は素直に喜び、悔しがる時はとことん悔しがる。

杏夏《きょうか》の真実の気持ちは、『ＴＩＮＧＳ』の大きな支えになっている。

杏夏《きょうか》が頑張るなら、私達も頑張ろう。メンバーをそんな気持ちにしてくれるから。

「紅葉《もみじ》。君のダンスは、『ＴＩＮＧＳ』にとって大きな武器だ。だから、どんな時でも自信満々。威風堂々たる振る舞いを見せてやれ」

「いとおかし！」

伊藤《いとう》紅葉《もみじ》。類《たぐい》まれなダンスの才能を持つ、みんなに寄り添う少女。

いつも自分ではなく誰かのために行動する紅葉《もみじ》だからこそ、周りが彼女を放っておかない。アイドルはファンに寄り添い、ファンはアイドルに寄り添う。それを紅葉《もみじ》は体現している。

一つの理想的なアイドルの形だ。

「春《はる》。君の成長は、多くの人を高揚させる。いったい何をしてくれるんだろう？　どんな風に変わったんだろう？　そんな日進月歩の成長を、今日も魅せてほしい」

「春《はる》ちゃんにお任せあれ！」

青天国春《なばためはる》。あの子と同じ……シャインポストという夢を抱く少女。

それは、未《いま》だ誰も成し遂げたことのない、大きすぎる夢だ。

だけど、その夢を持っているからこそ、彼女のアイドルに妥協はない。

誰よりも気高く、真《ま》っ直《す》ぐに彼女は自らの思い描くアイドルで在り続けている。

「雪音《ゆきね》。君が創りだす物語はとても煌《きら》びやかだ。その物語を見ていたくなる気持ちだけじゃなくて、入りたくなる気持ちを彷彿《ほうふつ》させる。親近感と憧れ、それを同時に感じさせる豪華《ごうか》絢爛《けんらん》な物語を今日も創ってもらえるかな？」

「もちろんだ！」

祇園寺《ぎおんじ》雪音《ゆきね》。普段は仰々しい口調だが、本当はとても可愛《かわい》らしい口調の女の子。

しっかりしているようで、夢見がち。まだまだ大人になりきれない少女の心。

だけど、その少女の心こそが雪音《ゆきね》の一番の魅力だ。

「理王《りお》。君はとても優しい女の子だ。だけど、優しさには強さも必要だよ。だから、今日は思いっきり……獅子奮迅《ししふんじん》の勢いで歌ってやれ」

「そのぐらい簡単よ！　なぜなら、私は理王《りお》様だから！」

聖舞理王《せいぶりお》。誰よりも優しい少女。

当時はその優しさが彼女の枷《かせ》になっていたが、今は違う。

きっと今日も、理王《りお》の優しい歌は、多くの人を魅了するだろう。

「よし。これで、僕の話はおしまいだ。……あとは、君達を信じさせてもらうよ」

最後にそう告げると、僕はサングラスをかけて『ＴＩＮＧＳ』の楽屋をあとにした。

彼女達がどんな顔をして、僕を見送ったかは分からない。

だけど、きっと……笑っていてくれるよね……。

☆

ライブ開始まで残り二〇分。

僕は、壁に手を添わせながら慎重に歩を進め、関係者席へと向かう。

「ヒロ、やばくない!?　めっちゃ沢山の人がいるよ！　私達、こんな所にいていいのかな!?」

「折角春《はる》が招待してくれたんだし、来ないわけにはいかないでしょ！　けど、ＲｅＮＹにいた人はあんまりいない……。誉《ほまれ》、どうして？」

「『HY：RAIN《ハイレイン》』と『TINGS』だと、ファンの数が違い過ぎる。だから、抽選販売で当たったのがほとんど『HY：RAIN《ハイレイン》』のファンだったんだと思う」

「ええ⁉ じゃあ、『TINGS』やばいじゃん！　私らが頑張って応援しないと！」

「理王《りお》、大丈夫かな……。緊張してないといいけど……」

「ぐぬぬ……。こんな大事なライブで、この池柴朱《いけしばあけみ》が抽選販売で落選するなんて……。杏夏《きょうか》のおかげで来れましたけど……この借りは応援で返すっす！」

観客達の賑《にぎ》わいが耳に入ったことで、自分が関係者席へ辿《たど》り着《つ》けたことを理解した。

そのまま真《ま》っ直《す》ぐに歩いて行き……

「ちょっと、ナオ君！　何やってるの⁉　そのまま、飛び降りる気⁉」

背後から七海《ななみ》の声が響く。どうやら、僕は最前列まで辿《たど》り着《つ》いていたらしい。

もちろん、飛び降りるつもりなんてない。

「いや、そんなことはないよ。……あのさ、二列の二十八番ってどこかな？」

現在地が最前列ってことは、一つ上に上れば二列目だ。

「えっと、それならそこだけど……」

「そこって、どこかな？」

「……ナオ君、どうしちゃったの？」

七海《ななみ》が、訝《いぶか》しげに声を出す。まぁ、さすがに変なことを言ってるよね……。

えっと、端が三〇番だったから、そこから考えると……ここだな。

「ありがとう、七海《ななみ》。助かったよ」

「まぁ、いいけど……」

どうにか座席に到着したところで、僕は静かに待ち続ける。

すると、賑《にぎ》やかな足音が響いて……

「日生《ひなせ》さん、招待ありがとうございまぁす！　楽しみにしていますよ！　リオ様の歌！」

「はい、ありがとうございます。サトウさん」

今日の中野《なかの》サンプラザのライブに、僕は『TINGS』と所縁《ゆかり》のある人を招待した。

以前、食レポでお世話になったサトウさん、一日店長に指名してくれた甘天堂《かんてんどう》の支店長さん、池袋《いけぶくろ》の噴水広場でイベント担当をしていた人、それに『ゆらゆらシスターズ』のマネージャーであるキクさんも招待したんだけど……キクさんだけは、ここにいない。

いや、中野《なかの》サンプラザには来てはいるんだけど、一般席のほうにいるんだよね……。

行きたいライブのチケットは、自分で買うのがマナー。——という信条を持つキクさんは、たとえ招待されたとしても、その招待を受けず自分でチケットを買う。

聞けば、噴水広場や新宿《しんじゅく》ReNYにも、密《ひそ》かに彼女はやってきていたそうだ。

ちなみに、他に招待した人でいうと、

「んふふ！　みぃ、可愛いぃ～！　はぁ～、このまま食べちゃいたい！」

「ふわ！　やめてくださいです、七海《ななみ》さん！　離してくださいぃ～」

「七海《ななみ》ちゃん、我慢ですよ、我慢！　みぃちゃんが困ってます！」

「えぇ～！　せっかく、こんなに可愛《かわい》いのに？」

「いやぁ～！　最近は、本当に平和だ！　ちゃんと代わりのいけに……こほん。ちゃんと代わりに、七海《ななみ》の相手をしてくれる人がいるし！」

「麗美《れみ》、その言い直しはあまり意味がないですわ。自分達のトラブルは自分達で責任を持って解決すべきなのでは？」

「こないだ、私をとんでもないロールケーキの罠《わな》に巻き込んだ件については？」

「お友達が困っていたら、助けるのは当然でしょう？」

「助けられる側が言うと、説得力がうすいぞ……」

『ゆらゆらシスターズ』のナターリヤと実唯菜《みいな》。

そして、『FFF《フライ》』の兎塚七海《とつかななみ》、梨子木麗美《なしきれみ》、陽本日夏《ひのもとひなつ》だ。

彼女達はデビュー時期も近かったからね。事務所は違えど、苦楽を共にしてきた仲だ。

もちろん、ただの友人関係というわけではなく……

「あ、そういえばさ、今年ゆらシス調子いいね。今度、ドームツアーもやるみたいだし、今年は一〇〇くらいはいけそうじゃない？」

「まだ目標の半分に、手が届くかもしれない程度ですわ。……『FFF《フライ》』のほうこそ、今回のシングル、いい感じではないですか。七〇は見えているのでしょう？」

「それは、私達はまだ半分にすら届いてないっていう嫌味かな？」

「さぁ、どうでしょうね？　こちらとしても、押さえようとしていたドームが一つ、どこかのアイドルグループに奪われましたので、……お互い様では？」

「んふふ……。別に私達は、シングルの売り上げだけじゃないからねぇ～」

「ふわぁ～。七海《ななみ》ちゃんとナタがバチバチです！」

「本当です！　ですが、ヒナは巻き込まれたくないので、何も言いません！」

「まぁ、いつものことだし、気にしなくて平気っしょ～」

互いに認め合った、ライバル同士でもある。

このアイドル業界で、トップアイドルと呼ばれる『FFF《フライ》』と『ゆらゆらシスターズ』。

時に、シングルの売り上げで、時にライブの動員数で。

彼女達はしのぎを削り合い、上を目指している。

「ねぇ、関係者席見て！　ナタちゃんとみぃちゃんがいる！」

「本当だ！　それに、『FFF《フライ》』も！　『FFF《フライ》』は同じ事務所だけど、『ゆらシス』は違うよね？　もしかして、『TINGS』ってかなり注目されてるんじゃ……」

「『HY：RAIN《ハイレイン》』でしょ！　まだ、トップアイドルとまでは言えないけど、あと一年もすれば間違いなく……」

関係者席の近くに座る観客達から、小さなざわめきが生まれる。

彼らの目的は、『TINGS』もしくは『HY:RAIN《ハイレイン》』だけど、その関係者席に『FFF《フラィ》』や『ゆらシス』がいるというのはかなり興味深いことなのだろう。

実は、関係者席の最後尾には雪音《ゆきね》の母親である、日本でも屈指の実力派女優祇園寺《ぎおんじ》彩音《あやね》さんも来ているんだけど、彼女はお忍びで変装をして来ているためか誰も気づいていない。

多少変装をしても彩音《あやね》さんほどの人になると気づかれるのではないかと思ったけど、『周囲に溶け込むエキストラの役も得意だから』と彩音《あやね》さんらしい返答が返ってきた。

なので、関係者席で最も注目を集めているのは……

「AYA《アヤ》もいる！　あれ、絶対にAYA《アヤ》だよね！」

「マジだ……。もう引退してるから、二度と会えないと思ってたのに……」

引退してなお、根強い人気を持つAYA《アヤ》だ。

すでにAYA《アヤ》のほうも、『HY:RAIN《ハイレイン》』へのアドバイスは終えたようで、僕と一緒に……というか、僕の左隣に座って、今は静かにライブが始まるのを待っている。

――なんて言っているが、彼女を誘ったのは僕なんだけどね。

「まったく、ナオの奇妙な行動にはいつも混乱させられる」

周囲からの注目なんて、まるで気にした様子も見せることなく、AYA《アヤ》が僕に話す。

「マネージャーが関係者席で見るなんて、普通はありえないよ？　なのに、どうして……」

「今日に関して言えば、ここで見るのがお互いのためになると思ったからだね」

「だったら、少しくらいこっちを見て話してくれない？　さっきから、真《ま》っ直《す》ぐに前ばかり見て、まるで私を見ようとしない」

それをしても、無駄に終わるからさ。――その言葉を、僕は飲み込んだ。

「結局、ナオは変わってなかったんだね……。いつも、私を観《み》てくれない」

それは、かつてのＡＹＡ《アヤ》と僕の物語。

「ナオが私のマネージャーだったら、こんなことにはなってなかった……」

「君は、まだそこに囚《とら》われているんだね……」

「悔しさは大きな武器になる。それを私に教えてくれたのは、ナオだよ」

「……そうだね」

かつて、絶対的な人気を誇ったアイドル……ＡＹＡ《アヤ》。

彼女は、最初から順風満帆な活動をしていたわけではない。

このご時世、ソロアイドルというのはかなり珍しい存在であり、通常はグループでの活動が主流だ。そして、ＡＹＡ《アヤ》もその例に漏れず、アイドルグループの一員として活動していた。

だけど、そのグループは結果を伴わせることができず、解散することになった。

僕とＡＹＡ《アヤ》が出会ったのは、ちょうどそのグループの解散ライブ。

仕事の付き合いで、僕は関係者席でライブを観《み》させてもらった。

小さな……三〇〇人規模の会場で、来てくれたファンのために精一杯最後のパフォーマンスをするAYA《アヤ》。必死に笑顔を作りながらも、彼女は泣いていた。

ライブが終わった後、僕は少しだけAYA《アヤ》と話した。

『今日は、お疲れ様。……素敵なライブだったよ』

『ぐす……。ありがとうございます……。でも、私は……私達は……』

みんなとライブをやりたい、アイドルでいたい。だけど、自分達はもうアイドルでいることはできない。そんな悲しみに溢《あふ》れたAYA《アヤ》を見ていると、何だか放っておけなくて……

『諦めるには、まだ早いんじゃないかな？』

『え？』

『今日は君が全てを失ったライブじゃない。大きなものを得られたライブじゃないか』

『どういうこと、ですか？』

『結果は出せなかった。グループが解散してしまった。その悔しさを君は手に入れることができた。……そうでしょ？』

『……そんなの、手に入れたって意味はないですよ』

『その悔しさに折れてしまったら、確かに意味はないかもしれない。だけど、その悔しさに耐えることができたなら……君は、今よりももっと素敵なアイドルになれるよ』

『私が、素敵なアイドルに？　でも、私達のグループは……』

『うん。残念だけど、グループの活動は終わってしまった。でも、君が終わったわけじゃない。僕は、君にこれからもアイドルでいてほしいな』

『…………っ！』

『悔しさは大きな武器になる。もし、君の中にまだアイドルでいたいって気持ちがあるのなら、……絶対に諦めちゃダメだよ』

あの頃の僕は、まだ入社したばかりの研修期間。

新人社員の分際で何を言っているんだと思ったけど……、更に予想外の事態が起きた。

『私、アイドルが大好きだから、アイドルでいることにしました！　今度はソロで！　それで、お願いがあるんですけど……』

AYA《アヤ》のグループが解散してから三ヶ月後。

突然、僕の所属する芸能事務所にやってきたAYA《アヤ》がそう言った。

『私のマネージャーになってくれませんか？』

あの時は、本当に驚いたよ。まさか、自分が所属していない事務所の人間にマネージャーを依頼するなんて。だけど、AYA《アヤ》は本気だった。

自分が事務所を移籍してもいいから、僕にマネージャーをやってほしい。

何度も何度も、懸命に頼まれた。だけど……

『ごめん、それはできない。僕は、別の子のマネージャーだから……』

その時には、もう僕はあの子のマネージャーになっていた。

だから、ＡＹＡ《アヤ》のマネージャーになることはできない。

そう伝えた時のＡＹＡ《アヤ》は、本当に残念そうな顔をしていたけど……

『そうですか……。分かりました！　悔しい……本当に悔しいですけど、この悔しさも武器にしてもっと素敵なアイドルになってみせます！　だから、これからの私を見ていて下さい！　いつか、貴方《あなた》からマネージャーをやらせてほしいって言わせてみせますから！』

最後は、とても綺麗《きれい》な笑顔で、僕にそう伝えてくれた。

「今度こそ、私が勝つ。今度こそ、絶対に……」

だけど、あの頃のＡＹＡ《アヤ》はもういない。今の彼女は……

「そのために、『ＨＹ：ＲＡＩＮ《ハイレイン》』を作った。私じゃ勝てなかった……あの子に勝つために」

知ってるよ……。『ＨＹ：ＲＡＩＮ《ハイレイン》』の結成目的を。

普通にアイドルらしいことをしても、決して勝てない相手がいる。

だからこそ、パフォーマンスで全てのアイドルを凌駕《りょうが》する、誰よりもアイドルらしくないアイドルを生み出して、彼女に勝とうとしているんだろう？

君の気持ちは分からないでもない。だけど、その考えは……少し間違っているよ……。

「ねぇ、ＡＹＡ《アヤ》。もうそんなことを考えるのはやめて、ただ純粋に彼女達のマネージャーをしたらどうだい？　『HY：RAIN《ハイレイン》』は、決して君の道具ではないんだよ？」

「道具？　……違うよ。『HY：RAIN《ハイレイン》』は私の仲間。デビュー前に、私はちゃんとあの子達に伝えてある。……私がやりたいことを。そして、彼女達にも越えたい相手がいた。お互いがお互いの目的のために動く。それが、『HY：RAIN《ハイレイン》』だよ」

だから、『HY：RAIN《ハイレイン》』のメンバーは、あんなにも春《はる》に……。

ダメだよ。それじゃ、ダメなんだよ……。

鏑木《かぶらぎ》綾《りょう》。彼女がマネージャーになったと聞いた時、初めは嬉《うれ》しかった。アイドルをやめてしまったのは残念だけど、これからは同じマネージャーとして切磋《せつさ》琢磨《たくま》できると思ったから。

だけど、その後に彼女がやっていることを聞いて、僕は愕然《がくぜん》とした。

ファンのためでも、アイドルのためでもなく、自分のためにマネージャーをする。

そこには、かつてのアイドルが大好きだったAYA《アヤ》の面影なんてどこにもなくて……。

これは、僕が過去に起こしてしまった過《あやま》ち。

だからこそ、僕には彼女を救い出す責任がある。

けど、僕一人では無理だ。僕一人ではAYA《アヤ》を助け出すことはできない。

暗い場所に閉じこもっている彼女を、本当の輝きがある場所まで導くことができない。

だからこそ……

「え？　ちょ、ちょっとヒロ、誉《ほまれ》！　なにこれ！　なんでぇ!?」

「わ、分からないよ、ミチ！　やばすぎ！　やばすぎのやば！」

「驚いた。……私も、どうしてなのか全然分からない……」

「ど、どうしているの？　いや、ほんと、どうしていちゃってるの⁉」

「まじっすかぁ！　は？　え？　……まじっすかぁぁぁぁ‼」

その時、関係者席にこれまでとは比べ物にならないほどのざわめきが起きた。

いや、これはざわめきではなく、もはや歓声だ。もちろん、まだライブは始まっていない。

「ふ、ふわぁ～……。ビックリです……」

「驚きましたわ。まさか、貴女《あなた》まで来るなんて……」

「ちょっと、遅くなぁ～い？　まぁ、まだ始まってないからいいんだけどさ！」

「こんにちはです！　こないだぶりです！」

「今日はロールケーキを、持ってきてないよな？　持ってきても、食べないからな！」

事前に僕から来ると聞かされていた『FFF《フライ》』のメンバーは、特に驚いた様子はないけど、

『ゆらシス』の二人は驚いた様子だ。そして、AYA《アヤ》は……

「あ、貴女《あなた》は……」

愕然《がくぜん》と……震えた声をあげている。

「………」

声をかけられたであろう人物は、何も答えない。

ライブもせず、ただ関係者席に現《あら》われただけで、多大な影響を与えるその人物は、周囲からの声など意にも介していないのだろう。それが彼女の当たり前、それが彼女の日常だから。

「せっぷく」

不機嫌な時に言う、お決まりの台詞《せりふ》を僕に向けて端的に告げる。

聞こえてきたのは右隣から。必要以上に会場を混乱させないため、早々に着席したのだろう。

「さすがに、理不尽すぎない？」

「問題です。私は、とても怒ってる。私は、とても喜んでる。私は、とても悲しんでる。……さて、この中で嘘《うそ》じゃないのはどれでしょう？　ナオなら、絶対に分かるよね？」

「とても怒ってる……かな？」

「不正解。……やっぱり、そうだった」

嘘《うそ》をついている人間が《輝いて見える眼《め》》。僕の特殊な《眼《め》》にはもう一つ秘密がある。

『ＴＩＮＧＳ』と出会ってから今日まで、ＡＹＡ《アヤ》に対する嘘《うそ》以外、僕は一度たりとも嘘《うそ》をついたことがない。その理由は簡単だ。僕は、自分が嘘《うそ》をついてしまうと……

「正解は、とても悲しんでる。ナオが、私を見てくれないから」

光を失ってしまうんだ。一度嘘《うそ》をついてから、二四時間。

僕は一切の光を失い、他人の嘘《うそ》を見破ることはおろか、何もかもが見えなくなる。

だから、焦点の合わなくなった目を隠すため、サングラスをかけるんだ。

「元マネージャー失格。罰として、今すぐ戻ってきなさい」

「さすがに、それはちょっと難しいかな」

僕の《眼《め》》の秘密を知っている人物は二人だけ。

一人が、『ブライテスト』の社長であり、僕の従姉《いとこ》でもある日生優希《ひなせゆうき》さん。

そして、もう一人が……


「久しぶりだね。……螢《ケイ》」


松口螢《まつぐちけい》。自分の名前の読みを変えた『螢《ほたる》』という芸名でアイドル活動をしている、以前まで僕がマネージャーを務めていた……『絶対アイドル』と呼ばれる女の子だ。

「うん、久しぶり、ナオ。……それに、AYA《アヤ》も」

「螢《ほたる》……」

顔が見えずとも、声で分かる。AYA《アヤ》としては、予想外の人物の登場だったのだろう。

「ナタ、みぃ。ドームツアー、おめでと。この調子で、一緒にどんどん頑張っていこうね」

「は、はい。ありがとうございます……ですわ」

「ふわぁ～……。は、はい！」

「七海《ななみ》、新曲よかったよ。沢山の人を幸せにできる優しい曲だと思う」

「でしょ〜？　次の曲もすっごい予定だから、楽しみにしててね！」

螢《ケイ》は、誰よりも純粋な子だ。彼女は全てのアイドルを自分の仲間だと考えている。

彼女は、アイドルという存在を、少しでも多くの人に大好きになってもらいたいだけ。

多くの人に幸せを、希望を、輝きを伝えるためだけにアイドルとして在り続ける。

それが、『絶対アイドル』……螢《ほたる》だ。

「螢《ケイ》、どうして貴女《あなた》がここにいるの？　別に、貴女《あなた》が来ても意味なんて……」

「いっせきいっぱいちょー。ここに来れば、色んないいことがあるよ」

「どういうこと？　貴女《あなた》が喜ぶようなことなんて何も……」

「ライブが観《み》られる。それだけでも、いいことずくめだよ」

どこかイタズラめいた声で、螢《ケイ》はＡＹＡ《アヤ》へそう伝えた。


【ＴＩＮＧＳ】


――ライブ開始まで残り五分。

「もうすぐ、始まりますね……」

「うん。中野《なかの》サンプラザで『ＨＹ：ＲＡＩＮ《ハイレイン》』とライブ……。まさか、こんなことになるなんて、全然想像してなかったよ」

「そうだな。しかも、色々と厄介な条件までついているときた。まったく、なぜ春《はる》は毎度毎度妙なトラブルを……」

「うぅ～！　それについては、謝ったじゃん！　ごめんってぇ～！」

「大丈夫、春《はる》たん。私もその点については負けてない」

「ダメな自信の持ち方ね……」

「ふふふ……。いいではないですか。どんな形であれ、こんな素敵な会場でライブができるのですから、言いっこなしです」

「ふふん、分かってるじゃない、杏夏《きょうか》！　それに、どんなトラブルがあっても、この理王《りお》様がいれば問題なし！　なぜなら、私は理王《りお》様だから！」

「ですね。私もリーダーとして、メンバーのトラブルはしっかりと解決してみせましょう」

「「「ん？」」」

「どうかしましたか？」

「いや、杏夏《きょうか》。何やら一つ、聞き慣れない言葉が混ざっていたのだが……」

「杏夏《きょうか》たん、お茶目なジョーク？」

「違いますよ。私は、事実しか伝えていません」

「つまり……」

「私が、『TINGS』のリーダーです！」

「「「ええええええええええ!!」」」

「何を驚いているのです？　私は常に特別な存在を目指しています。『リーダー』……なんと、素敵な響きでしょう！　こんな特別な存在は、私以外務まるわけがありません！」

「まったく……。随分と我侭《わがまま》なリーダーがいたものだな」

「そうよ！　この理王《りお》様を差し置いてリーダーなんて……面白いじゃない！」

「私、賛成！　『TINGS』のリーダーは杏夏《きょうか》ちゃんがいい！」

「私も！　杏夏《きょうか》たん、しっかりしてる！　杏夏《きょうか》たんが、リーダー」

「ふふふ。そうでしょう、そうでしょう！　さぁ、最後に、やりますよ！」

「春《はる》ちゃんにお任せあれ！」「いいじゃない！」「魅せてやるか！」「いとおかし！」

「「「「せーの……」」」」

「猪突猛進《ちょとつもうしん》！」

「威風堂々！」

「日進月歩！」

「豪華絢爛《ごうかけんらん》！」

「獅子奮迅《ししふんじん》！」

「「「「全身全霊！　TINGS!!」」」」

☆

遂《つい》に始まった『TINGS』と『HY《ハイ》：RAIN《レイン》』による中野《なかの》サンプラザの対バン。

始まりは、『HY《ハイ》：RAIN《レイン》』の曲から。会場に来ている観客のほとんどが、『HY《ハイ》：RAIN《レイン》』のファンであることもあって、会場は最初から大盛り上がりだ。

そして、初めの三曲を終えると……

「みんな、今日は来てくれてありがとう！」

蓮《れん》が、元気いっぱいの声でMCを始めた。

「初めましての方も、そうじゃない方も、こんにちは！　私達は……」

「「「『HY《ハイ》：RAIN《レイン》』です!!」」」

同時に観客達が、声援をあげる。

「いやぁ～！　みんなの声があると、大層気合が入るさぁ！　ほんと、あんがとね！」

「私達ももっともっと頑張らないと不公平。ここからも気合を入れてく」

「イト、元気いっぱい！　でも、もっと元気になる！」

「そうね。ただ、今日は私達だけじゃなくて、他にも素敵なアイドルがいるのだけど……みんなは知っているかしら？」

「知ってるぅ～！」「いえぇぇぇい！」

青葉《あおば》の問いかけに、観客達が返事をする。

「よかったわ。なら、みんなで一緒に呼びましょ。せーの……」

「「「「「「「「「「「TINGS!!」」」」」」」」」」」

「皆さん、お待たせしました!!」

杏夏《きょうか》の声。賑《にぎ》やかな足音。

恐らく、『TINGS』のメンバーがステージに現《あら》われたのだろう。

「私達は……せーの……」

「「「『TINGS』です!!」」」

「リオ様ぁぁぁ！」「おキョン！　おキョォオオオン!!」「おんちゃぁぁん！」「ハルルン、頑張ってぇ～！」「もーたぁぁん！」

会場にいる数少ない『TINGS』のファンが、これでもかと声をあげる。

「改めまして、『TINGS』の玉城《たまき》杏夏《きょうか》です！　以後、お見知りおきを！」

「聖なる舞を魅せる理の王者！　聖舞理王《せいぶりお》！　理王《りお》様よ！」

「祇園寺《ぎおんじ》雪音《ゆきね》だ！　よろしくお願いします！」

「伊藤紅葉《いとうもみじ》。みんな、よろしくお願いします」

「あ〜！　みんな、ずるい！　私が最初に自己紹介したかったのに！」

「今日は、早い者勝ちですよ」

「むぅぅぅぅ!!」

会場に、賑《にぎ》やかな笑い声が生まれる。

「それで、貴女《あなた》は自己紹介をしないのですか？」

「あっ！　する！　するよ！　するに決まってんじゃん！」

杏夏《きようか》に促され、春《はる》が慌てた声を出す。

「初めまして、青天国春《なばためはる》です！　私は……」

春《はる》が少し言葉を溜《た》めた。

「アイドルです！」

同時に大きな歓声。すると、僕の隣にいる螢《ケイ》が……

「待ってたよ……。金のひよこちゃん」

「螢《ほたる》、貴女《あなた》は春《はる》のことを知ってるの？」

「もちろん。あんな素敵な子、忘れるわけないよ」

AYA《アヤ》の返答に、幸せそうな声で螢《ケイ》が答える。

螢《ケイ》と春《はる》の出会い。それは、あの日の横浜国際総合競《よこはまこくさいそうごうきょうぎ》技場《じょう》。

きっと、螢《ケイ》はあの日からずっと待っていたんだろうな。

青天国春《なばためはる》が、アイドルになる日を……。

「今日は来てくれてほんっとぉぉぉぉにありがとう！　私ね、今日が来るの、すっごい楽しみにしてた！　ずっとやりたかったの！　『HY:RAIN《ハイレイン》』と一緒にライブを！」

本来であれば、同じステージには二度と立てないはずだった。

だけど、彼女達は奇《く》しくも同じステージに立つことができた。

それは、春《はる》の叶《かな》わなかったはずの願い。失われたはずの願いだから……。

「だから、思いっきり！　全身全霊で、今の私を見てもらう！　ここにいるみんなに！」

そうだね……。形は変わってしまった。グループも変わってしまった。

「だから、見ててね！」

けど、変わらない気持ちもある。

その気持ちを精一杯込めて……、

「私、今から輝くから！」

青天国春《なばためはる》が叫んだ。

「「「「Be　Your　Light!!」」」」

…………

……


「『TINGS』、思ったよりいい感じだね。もちろん、『HY:RAIN《ハイレイン》』が一番だけど！」

「ふむふむ。『TINGS』であれば、『HY:RAIN《ハイレイン》』に見劣りすることはないと思っていましたし、順当な結果とも言えるでしょう」

「ん～！『TINGS』も『HY:RAIN《ハイレイン》』もどっちもいい！」

「おキョン！　おキョォォオオオン！　今日も最高だよぉぉぉ!!」

中野《なかの》サンプラザでの対バンライブも中盤を過ぎて、いよいよ終盤が近づきつつあった。

序盤は、『HY:RAIN《ハイレイン》』への声援が目立っていたが、ここまでライブを重ねていくことで、『TINGS』への声援も増え始めている。

どうにか、最初の関門は突破できたみたいだね。

だけど、まだまだ状況は『HY:RAIN《ハイレイン》』が有利だ。

なにせ、この会場にいるほとんどの人達は、『HY:RAIN《ハイレイン》』のファンなのだから。

「おつかれさぁ～！　いや～、うちが思ってたよりも大盛り上がりで嬉《うれ》しいさぁ！　これも、『TINGS』のおかげだね！」

「それは私様達の台詞《せりふ》だよ。『HY:RAIN《ハイレイン》』のおかげで、こんな素晴らしい機会を得られたのだから、感謝しかないさ」

ステージに柔《やわら》と雪音《ゆきね》の声が木霊《こだま》する。

先程までは、三曲ずつ交代でステージに立っていた『TINGS』と『HY《ハイ》：RAIN《レイン》』が、再びステージに揃《そろ》ったのだろう。

つまり……

「さて、ようやく始まるね」

左隣に座るAYA《アヤ》が、どこか引き締まった声を出す。

そうだ……。僕達にとって、ここまではあくまでもプロローグ。

今から始まる三本勝負こそが、本番だ。

「すみません、蓮《れん》さん。一つ、思いついたことがあるのですが……いいですか？」

予《あらかじ》め決まっていたことではあるが、さも今思いついたかのような口ぶりで杏夏《きょうか》が、蓮《れん》へと語りかける。

「思いついたこと？　何かな？」

「折角の対バンですし、『TINGS』と『HY《ハイ》：RAIN《レイン》』で勝負をしませんか？　ダンス、歌、総合力でそれぞれパフォーマンスをして、どちらがよかったかを皆さんに決めてもらいましょう！　螢《ほたる》さんとAYA《アヤ》さんのように！」

杏夏《きょうか》がそう言った瞬間、会場からは今日一番の大歓声が巻き起こった。

「三本勝負とか、やばいじゃん！　螢《ほたる》さんとAYA《アヤ》の再現ってことでしょ！」

「う〜ん。『TINGS』、大丈夫？　『HY《ハイ》：RAIN《レイン》』に真っ向から向かっても、かなり厳しいと思うんだけど……」

「ふむふむ……。『TINGS』と『HY《ハイ》：RAIN《レイン》』の本気のぶつかり合いですか。これは、興味深いですね」

　かつて、螢《ほたる》とAYA《アヤ》が行った『HA三本勝負』。

　それを知らないアイドルファンなんて、誰もいない。

　過去の伝説を、『TINGS』と『HY《ハイ》：RAIN《レイン》』がやる。まるで、自分達が新しい世代だと示すような振る舞いに、ファンのボルテージは嫌でも上がっていった。

「わぁ！　面白そう！　いいね！　やろうよ！」

　弾んだ声で返答をする蓮《れん》。だけど、その声色は闘志に燃えていた。

「では、割り振りはどうしましょうか？　折角、お互いに五人いるわけですし……」

「お互いのグループで、ダンスに二人、歌唱力に一人、総合力に二人でどう？」

「分かりました！　それでいきましょう！　では……」

「うん！　お互いに誰が出るかの相談タイムだね！　……あっ！　その前にみんなに一つお願い！　どっちが好きかじゃなくて、どっちが上手かでちゃんと決めて！　勝負は、やっぱり公平なほうが盛り上がるからさ！」

　蓮《れん》の言葉に、観客達が歓声で返事をする。今の発言は、打ち合わせにはなかったものだ。だけど、彼女のプライドが自然とその言葉を選ばせたのだろう。

「『TINGS』と『HY：RAIN《ハイレイン》』が、どっちもステージの端っこにいってお話し合い中。誰がどこに出るかを相談してるみたい」

「螢《ほたる》、突然何を言ってるの？　そんなの見れば分かるじゃん」

「うん。だから、見えない人用の説明だよ」

「意味分かんない」

ありがとう、螢《ケイ》。

「オッケー！　『HY：RAIN《ハイレイン》』は決まったよ！　『TINGS』のほうはどうかな？」

「こちらも、準備万端です！」

「じゃあ、一度全員……てっしゅぅ〜！」

蓮《れん》の言葉で、ステージに賑《にぎ》やかな足音が響く。

『TINGS』と『HY：RAIN《ハイレイン》』のメンバーが、それぞれ舞台袖にはけたのだろう。

「まずは一勝。勝負は、次からだね……」

すでに、ダンス勝負での勝利を確信しているAYA《アヤ》が、不敵な言葉を僕に告げる。

だから、そんなAYA《アヤ》に対して僕は、

「さぁ、それはどうだろうね？」

同じく、不敵な言葉を告げたのであった。

「ナオ。紅葉《もみじ》ちゃんのダンスのレベルは私もよく知ってる。あの子のダンスは、アオとイトに

匹敵する……ううん、それ以上かもしれない。……でも、杏夏《きょうか》ちゃんは…………え？」

その時、AYA《アヤ》の言葉が止まった。

「ダンス勝負に出るのは、イトとアオ姉！　カラシスの二人！」

「ええ。一緒に頑張りましょうね、イト」

まずは、『HY《ハイ》:RAIN《レイン》』側からカラシスの二人がステージに現《あら》われたようだ。

そして、『TINGS』側からも二人の少女が……

「なっ！」「にょ⁉」「ええ⁉」

その瞬間、青葉《あおば》が、紘葉《いとは》が、そして僕の隣にいるAYA《アヤ》が驚きのままに声を出す。

彼女達にとって、予想外の事態が発生したからだ。

「な、なんで！　ナオ、どういうこと⁉　聞いてた話と違うじゃん！」

「本人から、どうしてもって希望があってね。急遽《きゅうきょ》予定を変更したんだ」

「そんなのルール違反でしょ！　なんのために、最後の打ち合わせで……」

「ルール違反？　そんなことするわけがないじゃないか」

「だけど、ダンス勝負に出るのは……」

「AYA《アヤ》、もう一度思い出してよ。僕が、三本勝負の詳細決めで最後に提示した希望をさ」

「最後の希望って……」

確かに、ライブ開始前に僕はAYA《アヤ》へ『TINGS』の出場メンバーを伝えた。

にもかかわらず、今ステージの上に立っている『TINGS』のメンバーは、伝えていた通りのメンバーではない。本来であれば、これは重大なルール違反だ。

だけど、それをルール違反にしない方法がある。

それが、僕がAYA《アヤ》と決めた三本勝負の詳細で最後に出した希望。

「『誰がどの勝負に出るかは、当日の本番直前までお互いに伏せておきたい』」

「……あっ！」

「そういうこと。三本勝負のメンバーは、ライブ開始直前じゃなくて、三本勝負開始直前まで伝える必要はなかったんだよ」

「なら、どうしてナオはあの時自分から……」

「もし、あそこでメンバーを伝えなかったら、君達に警戒されると思ったからね」

僕があの希望を要求したこと、そして光を失った理由は、全てここにある。

今日の三本勝負。その出場メンバーは、最後の最後まで隠し通す必要があった。

知られてしまったら、『HY:RAIN《ハイレイン》』側のメンバーも変更されると分かっていたから。

だけど、それじゃあダメなんだ。

メンバーを変更されてしまったら、『HY:RAIN《ハイレイン》』を過去から解放することはできない。

今日の三本勝負。『TINGS』はただ勝つために、挑むんじゃない。

かつて、僕と螢《ケイ》が成し遂げられなかった未来。

観客もアイドルも、全ての人が笑顔で終われるライブにするために、三本勝負に挑むんだ。

『TINGS』側から、ダンス勝負に出る二人。それは……

「いとおかし！　私も一生懸命頑張る！」

一人目は、伊藤紅葉《いとうもみじ》。

『TINGS』で最もダンスの技術が高い紅葉《もみじ》は、ダンス勝負以外の選択肢はない。

そして、もう一人は……

「春《はる》ちゃんに、お任せあれ！」

青天国春《なばためはる》だ。


【ｔｉＮｇｓ】


「どういうつもりかしら、春《はる》？」

ステージの上で、アオ姉がマイクを口から離して小さな声でそう聞いてきた。

当たり前だ。私――青天国春《なばためはる》は、元々総合力勝負に出るはずだった。

なのに、実際に出ているのはダンス勝負。

反対側の舞台袖を見ると、蓮《れん》ちゃんがすごくビックリした顔をしている。

「貴女《あなた》は、蓮《れん》の気持ちを分かっているはずよ。なのに、どうして……」

「ごめんね……。でも、私じゃダメなんだ……」

蓮《れん》ちゃんに聞こえてないのは分かってる。

それでも、どうしても伝えたくて私はそう言った。

「なら、貴女《あなた》は余りものとして、ここに立っているのかしら？」

「ううん、違うよ」

私がダンス勝負に出たのは、総合力勝負の代わりって部分もある。

だけど、それだけじゃない。

「私じゃなきゃできないことがあるから、私はここに立ってるの」

最初は自信がなかった。でも、ナオ君は私に言ってくれた。

『君だけが、青葉《あおば》を救うことができる。だから、君にダンス勝負に出てほしい』

そんなこと言われたら、断れるわけがないよ。

アオ姉、一番年上だからって、いつも私達をまとめてくれた優しい人。

──春《はる》、考えなしでパフォーマンスをしてはダメよ。それだと、春《はる》しか目立てないわ。

──えぇ〜！　でも、私はこのパフォーマンスをみんなと……

──ええ、分かっているわ。だから、一緒にもう少しだけ調整しましょ。そうしたら、みんなでできるパフォーマンスになるはずよ。

──ほんと！　一緒に考えてくれるの、アオ姉？

——もちろんよ。

本当に優しかった。本当に頼りになった。

何度も思ったんだから……。アオ姉が、本当のお姉ちゃんだったらなって。

私がいなくなるまで、ずっと私を優しく包み込んでくれたアオ姉。

そんなアオ姉が、今はとても苦しいお顔をしている。とても寂しいお顔をしている。

だから、今度は私が助ける番！　いっぱい助けてもらった恩返しは、ちゃんとしないとね！

「アオ姉、始まる前に伝えたこと、ちゃんと覚えてる？」

「何かしら？」

優しいアオ姉、いつも私達のために一歩引いてくれるアオ姉。

だから、今日は……

「たまには、我侭《わがまま》なアオ姉が見たいな」

「…………っ！　そんなの、分からないわ……」

いつもとは違う、一歩前に出たアオ姉にしてみせる。

「イト、一緒に頑張ろうね」

紅葉《もみじ》ちゃんが、イトちゃんに優しく声をかけた。

「頑張らない！　イト、アオ姉と二人で頑張る！　春《はる》が出てきても、関係ない！　だって、ダンスはイトとアオ姉が一番だもん！　だから……」

「違うよ、イト。イトとアオ姉は、ダンスが一番じゃない」

「…………っ！」

今までとは違う、ハッキリとした紅葉《もみじ》ちゃんの言葉。

だけど、その後に続く言葉を私は知っている。総合力勝負じゃなくて、ダンス勝負に出ることになった後、私はずっと紅葉《もみじ》ちゃんにお願いされてたことがあるんだもん。

「ダンスが一番なのは……私達、四人」

四人で一緒に、みんなをビックリさせたいって。

☆

「「「「Ｃｌｏｖｅｒ!!」」」」


三本勝負の一戦目。春《はる》と紅葉《もみじ》とカラシスのダンス勝負が始まった。

「わぁ～！　ダンス勝負なのに、曲名がちゃんとあるんだ！」

「聞いたことない名前だし、新曲かな？　もしかして、わざわざ今日のために！」

曲は、今日のこの時のためだけに僕が作ったダンス用の曲。だから、歌はない。

だけど、この曲には少し特別な仕掛けがしてある。

それが活《い》きるかどうかは……紅葉《もみじ》と春《はる》次第だ。

「春《はる》が、総合力じゃなくてダンスに出てくるなんて……。これじゃあ、蓮《れん》は……っ！」

怒りに満ちた声が、僕の隣から響く。

「ナオ、貴方《あなた》はやっぱり何も変わっていない！　私の気持ちを、蓮《れん》の気持ちをないがしろにして、自分達のことばかり考えて……っ！」

「今の君に何を言っても伝わるとは思えない。だから、言葉じゃなくて結果で証明するよ。僕が、『TINGS』と『HY:RAIN《ハイレイン》』のために、こうしたってことをね」

「……っ！　本当に、嫌になるくらい自信家だね……っ！」

「AYA《アヤ》、怒ってばっかりじゃダメ。折角のライブだから、楽しもっ」

「……螢《ほたる》、私がどんな気持ちでこの三本勝負をやってるか、分かってるよね？」

「もちろん、分かってる。だから、AYA《アヤ》はちゃんとこの勝負を見るべき。それで、ちゃんと思い出してほしい」

「思い出す？　いったい、何を……」

「アイドルが大好きだった、私の大好きなAYA《アヤ》を」

「……っ！　そんなの、螢《ほたる》の都合でしょ」

ステージの上でも、関係者席でも、熱い火花が散っている。

かつて、僕と螢《ケイ》はAYA《アヤ》を助けることができなかった。彼女を孤独にしてしまった。

自分達のことで精一杯で、ＡＹＡ《アヤ》の気持ちを考えられなかったんだ。

だけど、今は違う。僕も蛍《ケイ》も、あの頃とは違うんだ。

だから、今度こそ必ず助けてみせるよ。アイドルが大好きで我武者羅《がむしゃら》だった少女を……。

「ナオ、貴方《あなた》が何を考えているか、私には分からない。だけど、分かってることもある。春《はる》はそっちの切り札だったのに、アオとイトにぶつけるなんてどうかしてる。だって……」

「春《はる》にとって、一番相性の悪い相手だからかい？」

「……っ！　分かっててやるなんて、どうかしてる！」

今回の三本勝負で、ＡＹＡ《アヤ》に最も警戒されていた春《はる》。

確かに、春《はる》であればその気にさえなれば、全ての勝負を一人で勝利することもできただろう。

だけど、それには大きな代償が伴う。

カラシスの得意とするパフォーマンスは、プロ顔負けのコンビネーションダンス。

対して、春《はる》の得意とするパフォーマンスは、『可能性』。

常に、観客に対して成長を見せ想像力を掻《か》き立《た》てるパフォーマンスだ。

故に、もしここで春《はる》が本当の意味で全力を出してしまった場合、彼女はこれ以降、『可能性』というパフォーマンスを使えなくなってしまう。だから、春《はる》は決してその気にならない。

彼女は、誰よりもファンのことを考えて振る舞うから……。

——と、ＡＹＡ《アヤ》は考えているのだろう。だけど、それは少し間違っているよ。

「ダンス勝負では、技術が一番目立つ。だから、アオとイトに春《はる》は……」

「そうとも限らないよ」

どんな才能も使い方次第さ。

「「「「「わぁぁぁぁぁぁぁ!!」」」」」

会場内に、激しい歓声が響き渡る。

恐らくカラシスの二人がハイレベルなダンスを踊り始めたからだろう。

「大盛り上がり。青葉《あおば》ちゃんも、紘葉《いとは》ちゃんもとても素敵なダンスを踊ってるありがとう、螢《けい》。教えてくれて、本当に助かるよ。

「ペンライトも、ダークパープルが多め」

今回の三本勝負、それぞれのグループカラーは、『TINGS』が白で、『HY:RAIN《ハイレイン》』がダークパープル。つまり、今は『HY:RAIN《ハイレイン》』が優勢ということだ。

はぁ……。できることなら、ちゃんと自分の眼《め》で見たかったな……。

「いいよ、アオ、イト。全部レッスン通り。このまま……え？　なに、あれ？」

そこで、AYA《アヤ》が異変に気がついたのか、疑問を口にする。

「「「「おぉぉぉぉぉぉぉぉぉ!!」」」」

再び、会場内に大きな歓声が生まれる。恐らく生み出したのは……

「なにあれ！　ハルルンとも一たん、完璧じゃん！　完璧に……」

「カラシスのダンスにあわさってる！　最初から、四人でやるダンスみたい！」

「ふむふむ？　これは、さすがに妙ですね。なぜ、別々のグループの彼女達が……」

「どうして！　どうして、あんな完璧にアオとイトのダンスに合わせられるの⁉　ダンス勝負の振り付けは連携してない！　お互いに当日まで何をやるか分からないはずなのに……あんなのいくら技術があっても絶対にできない！　なのに、なんであんな完璧に……」

「あったからだよ。君も僕も知らない……あの子達の絆《きずな》が」

どうやら、僕達の仕掛けは上手《うま》くいったようだね……。

【hy：rAin】

私――唐林《からばやし》青葉《あおば》は、目の前の事態にただ圧倒されていた。

信じられないことが、起きている……。

今日のダンス勝負。事前に伝えられていたお話では、お互いのグループが交互にダンスを踊り、お互いのパフォーマンスを競うことになっていた。

最初は二人で、途中でそれぞれ一人のフリーパート。

実際、最初はそうなっていた。私達が先にダンスをして、次に春《はる》とモォがダンスをする。

だけど、その次から異変が起きた。

私達の順番になって、二人でダンスを踊り始めた瞬間……春《はる》とモォが私達のダンスに完璧に合わせてきたの。

こんなこと、絶対にできない。技術があるなしの問題じゃない。

初めから、私達がこのダンスを踊ると知っていないと……

「ありがとう、アオ姉、イト」

ダンスを踊りながら、小さな声で紅葉《もみじ》が私に語りかける。

「この曲なら、このダンスにしてくれるって信じてた」

「……っ！」

その言葉を聞いた時、私の中の疑問があっという間に氷解していった。

私達がこの曲を日生《ひなせ》さんから連携してもらったのは、二週間前。

聞いた瞬間に、振り付けは思いついた。すぐに、これしかないと思った。

だけど、それこそが日生《ひなせ》さんの仕掛けだったのね……。

この曲の作成に、間違いなくモォが関わってる。

だって、私とイトが踊っているダンスは、三人で『HY《ハイ》:RAIN《レイン》』のオーディションを受ける前に、モォが私達に伝えた……

——モォ、すごく素敵なダンスだと思うけど、このダンスは、もう一人いたほうがいいのではないかしら？

──むぅ……。そんな気もしてる……。

──大丈夫！　イトとモォ姉とアオ姉なら、三人でできる！　それに、もう一人必要だったら、アイドルになってからもう一人来てもらえばいい！

あの時の、約束のダンスなのだから。

私達三人だけが知るダンス。

そのダンスをモォが春《はる》と日生《ひなせ》さんに伝えて、この曲は作られている。

「このダンスを完成させるには、もう一人必要。とってもダンスが上手なアイドルが、もう一人必要だった。だから、お願いした。……春《はる》たんに」

「ふふふっ！　春《はる》ちゃんにお任せあれ！」

四人で行う四種類のダンス。バラバラなのに、統一感のあるダンス。

見事としか言えない。春《はる》の得意とするパフォーマンスは、『可能性』。

私達のダンスを上回るのであれば、春《はる》が『可能性』を失う覚悟で、本当の意味で全力を出さないといけないはずだった。だけど、これならその必要はない。

来てくれている人達は、春《はる》が全力を出していることよりも、四人の統一感に目が行くから。

「紅葉《もみじ》ちゃん、アオ姉、イトちゃん、楽しいね！　このまま、四人でいっちゃおう！」

活気に満ちた声で、春《はる》がそう言う。だけど、イトは……

「……っ！　イトが一番！　イトが一番なんだから……っ！」

いけないわ。春《はる》とモォの予想外のダンスで、パフォーマンスが乱れてる。

　このままじゃ……

「イト、首をクック。それを忘れちゃダメ」

　ダンスを踊りながら、モォがイトへと話しかけた。

「知らない！　モォ姉の言うことなんて、聞かない！　イトは、絶対に――」

「私とイト、どっちが一番かなんてどうでもいい！」

「……え？」

「私とイト、違うグループになっちゃった。でも、今は同じステージに立ってる。だから、今度は……今度は、約束を守りたい。私は……」

　そうね、モォ。昔、三人で約束したわね……。

「みんなをビックリさせたい！」

「……っ！　モォ姉……」

「だから、イトにお願い」

「な、なに？」

「あっちのお客さん、少しつまらなそうにしてる。だから、イトが思いっきりアピールして、視線を持ってきてほしい。私には別にすることがあるから」

「え？　イト、が？」

「うん。立ち位置を考えると、イトが一番。その代わり、私は向こうのお客さんにアピールしてくる。イトができないことは私がやる。だから、私ができないことはイトにやってほしい」

「モォ姉に、できないことを私が……」

「イト……四人で、みんなをビックリさせよ？」

「……っ！　……うん！　イト、やる！　四人で、みんなをビックリさせる！」

信じられない……。

ずっとモォに勝つことだけにこだわってきたイト。

そんなイトを、まさかこんな方法で解放させるなんて……

「モォ、イト……」

日生《ひなせ》さんは、春《はる》とモォは最初からこのつもりだったのね……。

ダンス勝負で勝つことよりも、イトの気持ちを救うことを優先して……。

「アオ姉、ちょっと行ってくるね！」

「アオ姉、イトも！」

二人の姉妹が、私を笑顔で見つめている。それは、私がずっと見たかった笑顔。

決して叶《かな》わないはずの願いが、決して見られないはずの笑顔が広がっていて……

「いってらっしゃい」

自然と、その言葉を私に選ばせていた。伝えると同時に、イトとモォがまるで決まっていたかのような動きで、ステージに置いたマイクを拾って、左右に飛び出した。

「ここから、まだまだ盛り上がる！　だから、ちゃんとイト達を見て！」

「みんなで、ビックリ！　一番の見どころ、もうすぐ始まる！」

ダンスをしながら、来てくれた人達へ向けて元気な声を伝える。

「モォ姉！　イト、まだまだできる！　だから、一緒に……」

「うん！　私は、イトのお姉ちゃん！　だから、一緒！」

まったく、仕方ないわね……。それなら、真ん中は私と春《はる》に任せてちょうだい。

まさか、こんな素敵なことが起きるなんて――

「ふふふ。次はアオ姉の番だよ？」

「え？」

何を言っているの、春《はる》？　私は、もう十分に満足しているわ。

あの時の約束のダンスを、モォとイトと春《はる》と一緒に踊れて……

「春《はる》たん、アオ姉、ただいま！　こっからは、一人ずつ順番！」

モォが戻ってくると同時に、私達へそう告げる。

曲は終盤。この後は、四人がそれぞれ行うフリーパートの時間だ。

「いつも優しいアオ姉。だけど、アオ姉はやりたいことを我慢しすぎだよ。だから……私が我慢できなくさせちゃうから！」

そう告げると、春《はる》はステージの中心に立ち、

「いっくよぉぉぉぉぉ!! まずは、私から!」

大きく叫んだ。同時に、私達三人は一歩後ろへと下がる。

大きな歓声が会場に巻き起こった。これまでのダンスにさらにアレンジを加え、会場の空気に合わせて最適なダンスを踊る。春《はる》だけにできる、最高のダンスだ。

「たっだいまぁ! イトちゃん、ちゃんともっと盛り上げてね!」

「うん! イト、頑張る! でも、一人はやだ! モォ姉と一緒! モォ姉と一緒に……」

「イトモミルーティーン!」

「その名前は、変!」

次に、イトがモォの手を握りしめて飛び出した。曲調が変わった。

今までとは違う、ヒップホップ調の曲。それは、イトとモォのための音楽。

二人が踊り始めたのは、ブレイクダンス。それもまったく同じダンスだ。

イトモミルーティーン。

昔、モォとイトが、二人でずっと練習をしていたブレイクダンス。

ウィンドミル、トーマスフレア……そして、最後にダイヤモンドエアー。

ただでさえ、難度の高いダンスを、まったく同じ速度とタイミングで踊るモォとイトだけができる離れ業。もちろん会場は……

「「「「おおおおおおお！　すっげぇぇぇぇぇぇ!!」」」」

今日一番の爆発が起きた。春《はる》とモォとイトのおかげで、会場は大盛り上がり。

ここで、生半可《なまはんか》なものなんて見せるわけにはいかない。

「「アオ姉、あとはお願い！」」

私の大好きな二つの笑顔が、そう伝えた。

無邪気に私を信じてくれる、二人の妹。そして、私を見つめる春《はる》が……。

「この曲の名前は、『Ｃｌｏｖｅｒ』。みんなを幸せにするには、三枚じゃ足りない。みんなを幸せにするのは四葉のクローバー。だから、アオ姉……もう、我慢しなくていいよ？」

曲調が変わる。この曲調は……そう。日生《ひなせ》さんは、そこまでお見通しだったのね。

『ＴＩＮＧＳ』だけじゃなく、イトだけじゃなく、私のことまで考えて……。

アヤさんから聞いた通り……いえ、聞いていた以上に凄《すご》い人ね……。

「春《はる》、モォ、イト。……見ていなさい」

だから……

「今から、私の一番得意なダンスを魅せてあげる!!」

☆

「「「「おぉぉぉぉぉぉぉぉぉぉぉ!!」」」」

会場に、轟音《ごうおん》のようなとてつもない歓声が木霊《こだま》する。

ダンス勝負もいよいよ終盤。今はそれぞれが自由にダンスを踊るフリーパート。

そのラスト、青葉《あおば》の番のわけだが……

「なにあれ？　アオが、あんなダンスを踊れるなんて……」

「とっても素敵なバレエダンスだね。すごく高いジャンプに回転。金のひよこちゃんの、アイドルダンスに、二人のブレイクダンス、最後にバレエ……一曲でいっせきいっぱいちょー」

「くっ！　春《はる》のダンス、紅葉《もみじ》と紘葉《いとは》のブレイクダンスだけでも悔しかったのに、青葉《あおば》のバレエダンスまで見逃すなんて……っ！」

「ナオ、何言ってるの？」

「……気にしないでください」

このライブが終わったら、絶対に映像を見せてもらう。

そんな悔しさと決意を胸に抱いていると、曲が止《や》んだ。ダンス勝負が終わったんだ。

「アオのダンスで、会場は十分に盛り上がった。だけど……っ！」

「前のほうは、ダークパープルが多い。けど、全部で見ると白が多いね」

白は、『TINGS』のグループカラー。それが、勝敗の行方を示していた。

ダンス勝負で、『TINGS』と『HY：RAIN《ハイレイン》』の差は、ないに等しかったのだろう。

なにせ、四人で創り出すダンスを踊ったのだから。

ただ、そのきっかけを作ったのは春《はる》と紅葉《もみじ》だ。その衝撃……感情の上がり幅で勝ったんだ。

「そんな……。カラシスが……。アオとイトが……」

「キラキラのダンス。やっぱり、来て大正解」

茫然《ぼうぜん》と言葉を漏らすＡＹＡ《アヤ》と、弾んだ声を出す螢《ケイ》。

そんな二人の声の後に……

「みんな！　ビックリしたでしょ？」

元気いっぱいの紅葉《もみじ》の声が、会場に響きわたった。

ダンス勝負は、『ＴＩＮＧＳ』の勝利だ。


【ｔＩｎｇｓ】


曲が終わった。ダンス勝負、最後まで踊りきれた。

私――伊藤紅葉《いとうもみじ》とアオ姉とイト、それに春《はる》たん。……四人でちゃんとできた！

アオ姉、イト。絶対に踊ってくれるって信じてた。……あのダンスを。

「モォ姉ぇぇぇぇぇぇぇぇぇぇぇぇ!!」

「わっ！　イト！」

ダンスが終わったら、突然イトがギュッてしてきた。すごくビックリ。

「やっぱり……、やっぱりモォ姉はすごい！　ちゃんと覚えててくれてた！　ううん！　あの時よりももっとすごいダンスで……」

「約束、今度はちゃんと守りたかった。イト、楽しかったね……」

「うん、楽しかった！　あのね、モォ姉……」

「なに？」

「イト、『HY《ハイ》:RAIN《レイン》』にいていい？　ほんとは、ここには……」

「イトがいていい。ううん、いてほしい。だって、イトがいたから、今の『HY《ハイ》:RAIN《レイン》』があるんだもん」

「そう、なの？」

「私がいてもできなかった。だから、イトは私よりすごい」

「ちがう！　モォ姉のほうが、イトよりすごい！　だって、モォ姉は……モォ姉は、イトのお姉ちゃんだもん！」

「くす……。二人ともすごかったわよ。もちろん、春《はる》もね」

アオ姉が優しい声でそう言ってくれた。

「まったく……。折角、本気を出したというのに、ああも見事に合わせられてしまったら、何も言えないじゃない。だけど……、とても楽しかったわ」

「アオ姉もすごかったよ！　バレエもできるなんて、ビックリしちゃったよ！」

「ふふふ……。そうでしょ？」

ありがとう、春《はる》たん。春《はる》たんのおかげで、ちゃんとできた。

私達の夢が叶《かな》えることができた……。

「さて、あまりここに長居もできないし……そろそろ戻ろうかしら。けど、モォ……」

「なに？」

「来週の金曜日は、あの喫茶店に集合よ？」

「うん！　私、絶対に行く！」

アオ姉の言葉が嬉《うれ》しくて、私は握りしめてたイトの手をもっとギュッとする。

そうしたら……

「モォ姉、いたい！」

やっぱり、私はイトに怒られる。


【ｔｉｎｇＳ】


「次はお願いね、理王《りお》ちゃん！」

「理王《りお》たん、お願い！」

「まっかせなさい！」

春《はる》と紅葉《もみじ》とハイタッチをして、私——聖舞理王《せいぶりお》はステージの中心へと向かっていく。

あんな風に、沢山の人の力になれるなんて、やっぱり春《はる》と紅葉《もみじ》はすごい！

それに、カラシスの二人のダンスもすっごくかっこよかった！

いつか、私もあんな風に踊れるようになるかな？

ううん。それを考えるのは、後回し！　今は、自分ができることをちゃんとやらないと！

「ふふーん！　歌はもちろん私よ！　理王《りお》様、降・臨！」

「よろしくね、理王《りお》」

こんな大きな会場で、ステージの真ん中に立って歌うなんて本当にすごい！

観客席を見回すと、そこにいるのはほとんど知らない人ばかり。でも、少しだけ知っている人達もいる。いつも私達のライブに来てくれてる人達だ。

最初は、ちょっぴり居心地が悪そうにしてたけど、春《はる》と紅葉《もみじ》のおかげで今は元気いっぱい。

ここから私が、もっともっと元気にしてみせる！

ナオにも言われたもんね！「君がみんなを元気にしてあげてほしい」って！

だから、私は……あれ？　何だか……『HY:RAIN《ハイレイン》』のファンが……

「理王《りお》、どうしたの？」

「んにゃ！　えっと……、なんでもない！」

いけない！　つい、観客席のほうばっかり見てて、菜花《なのか》の話を聞いてなかった！

えっと、歌唱力勝負では、一コーラスごとに交代して歌を歌うのよね。

Cメロとラスサビだけは一緒に歌うけど、それ以外は別々。

よぉ〜し！　私と菜花《なのか》で、会場のみんなをもっと元気にしちゃうんだから！

そのためにも、思いっきり……

——一番大切なのは、理王《りお》ちゃんが上手な歌を歌うことではなく、来てくれた人達が喜んでくれる、一番綺麗《きれい》な歌です！

ふと、『FFF《フライ》』のレッスンで日夏《ひなつ》から言われた言葉が頭をよぎった。

「理王《りお》？」

この歌唱力勝負で、私がみんなを元気にする方法。とびっきりの方法が、一つ見つかった。

だけど、私にちゃんとできるかな？　もし、失敗しちゃったら……ううん！　違う！

「ふふん！　菜花《なのか》、楽しみにしてなさい！　最高の曲にしてやるんだから！」

やるんだ！　いつも迷惑ばかりで、いつもへたっぴな私だけど、やらないといけない！

だって、なるって決めてるんだもん！　螢《ほたる》さんみたいな、すっごいアイドルに！

だから叫ぼう！　私に自信をくれる魔法の言葉を！

「なぜなら、私は理王《りお》様だから！」

☆

「『シーサイド・ブルー!!』」

「わっ！　また新曲だ！　三本勝負だと、お互いのグループの曲は使いにくいだろうけど、わざわざ新曲を用意してくれるなんて……、すごく嬉《うれ》しい！」

続く歌唱力勝負、『TINGS』からは理王《りお》が、『HY《ハイ》:RAIN《レイン》』からは菜花《なのか》が登場した。

歌唱力勝負は、コーラスの一番を理王《りお》が、コーラスの二番を菜花《なのか》が、そしてCメロとラスサビを二人で歌う。

今日のために用意した特別な曲であろうと、難なく自分の物にする理王《りお》と菜花《なのか》。

会場を包み込むような優しい歌声の理王《りお》に対して、会場を奮い立たせる力強い歌声の菜花《なのか》。

どちらも、甲乙つけがたい歌唱力だ。

「二人ともすっごく上手だね……」

「菜花《なのか》……。お願い……」

初戦での敗北が予想外だったようで、半ば祈るような声でAYA《アヤ》がそう言う。

この余裕のなさから予測するに、会場の評価は半々程度なのだろう。

ただ、今は光を失って耳が研ぎ澄まされた僕だから分かる。

……ほんの僅かではあるが、上回っているのは理王《りお》だ。

歌唱力自体には、ほとんど差はない。だけど、その差がないという事実が問題なんだ。

先程のダンスと同じだ。『HY:RAIN《ハイレイン》』というグループは、認知度が高いが故に期待値も必然的に高くなっていく。対して、『TINGS』は認知度が低いが故に期待値が低い。

そうなると、同じ結果を出した場合、感情の上がり幅で『HY:RAIN《ハイレイン》』は決して、『TINGS』に勝ることができないんだ。

つまり、このまま歌い続けるだけで理王《りお》は勝つ。だけど……

「いいよ、菜花《なのか》！　うん！　菜花《なのか》の良さが、すっごく出てる！」

Cメロに入り、初めて二人が歌う時、それは起きた。

AYA《アヤ》の力強い声が証明するように、引き立ったのは菜花《なのか》の歌声だ。

うん。君なら、そうすると思ったよ……。

「優しい子だね。あれは、ナオが教えたの？」

「違うよ、螢《ケイ》。理王《りお》が、自分で選んだ道だよ……」

理王《りお》は、歌唱力勝負で勝つための歌ではなく、最も綺麗《きれい》な歌を意識して歌っている。

Cメロとラスサビに入った瞬間、理王《りお》は菜花《なのか》の歌声に完璧にハモらせた。

ここで、理王《りお》も菜花《なのか》も思い切り歌っても、もちろん素晴らしい歌にはなる。だけど、会場に

とって、観客にとって最良の曲には成り得ない。だからこそ、理王《りお》は歌い方をコントロールして、菜花《なのか》の歌声と合わさり、溶け込むような歌い方をしているんだ。

曲を一人で完成させるのではなく、菜花《なのか》と二人で完成させる。

それは、かつて新宿《しんじゅく》ReNYで春《はる》が理王《りお》に対して行ったパフォーマンスだ。

だけど、理王《りお》は決して菜花《なのか》のためにその手法を選んだわけではない。

彼女はアイドルとして、自分達のことよりも会場の人達を優先したんだ……。

「綺麗《きれい》……。すごく綺麗《きれい》な歌……」

「ねぇ、これって本当に三本勝負なの？　さっきのダンスもそうだったけど……」

「だよね！　もしかして、これって……」

観客達が口々にする疑問。どうやら、少しずつ近づけているようだね。

あの時は辿《たど》り着《つ》けなかった、もう一つの未来へ……。

そして、曲は終わりを告げた。

「やった！　そうだよ、菜花《なのか》！　菜花《なのか》なら、絶対できるって信じてた！」

弾んだ声を出すAYA《アヤ》。きっと、歌唱力勝負で勝ったのは菜花《なのか》だったのだろう。

本当に、よくそこまで成長したね……、理王《りお》。

「どうだい、AYA《アヤ》。段々、楽しくなってきたでしょ？」

「なっ！　別に、そんなことは……」

「今日、初めてAYA《アヤ》が笑ってるところ、見た。やっぱり、AYA《アヤ》は笑ってる時が一番」

「う、うるさい！　ほうっておいてよね！」

恥ずかしそうに、言葉を吐き捨てるAYA《アヤ》。

その後、どうにか冷静さを取り戻したようで、僕に鋭い言葉をなげかける。

「これで一勝一敗。残念だったね、ナオ。予定が崩れて」

「うん。本当にこま……いたっ！　螢《ケイ》、なにをしているのかな？」

「ナオが調子に乗って、嘘《うそ》をつこうとしたからつねった」

普段は、この《眼《め》》の都合上、嘘《うそ》がつけないんだ。

その制限を失った今くらいは、いいじゃないか。

歌唱力勝負は、『HY《ハイ》：RAIN《レイン》』の勝利だ。


【ｔｉｎｇＳ】


私——聖舞理王《せいぶりお》の出番はこれでおしまい。曲は終わって、会場は大盛り上がり。

うん！　ちゃんとみんなを元気にすることができた！

「こんな結果、不公平」

その時、私の隣にいる菜花《なのか》がそう言った。

「なんで、最後に私を引き立てたの？　理王《りお》なら……」

「ふふん！　何を言ってるのよ！　私は、全力でやったわよ！」

これが、今の私の全力。一番、出したかった結果だ。

今日の三本勝負は、絶対に負けられない。だけど、私達は……

「そんなはずがない」

「そんなはずがあるの！　そこまで言うなら、あっちを見てみなさいよ！」

「あっち？」

そう言って、私は菜花《なのか》と一緒に観客席を見る。すると……

「ナノン！　ナノン！　ナノン！」「リオ様ぁ〜！」

そこには、来てくれた人達の元気いっぱいの笑顔が溢《あふ》れていた。

「ね？　公平な結果でしょ？」

「……それを言われると、とても困る」

私は、みんなに元気になってもらうのが一番！

だから、私がやったことは間違いじゃない！　これが、一番の結果だ。

「分かった。今日のところは引き下がる。でも、……次は負けないからね」

「ふふん！　いつでも、かかってきなさい！」

最後にそう言葉を交わして、私と菜花《なのか》はステージを後にした。

【Ｔｉｎｇｓ】

「うにゅ……。その、私は……」

「素晴らしい歌でしたよ、理王《りお》」

戻ってきた理王《りお》が、少ししょんぼりとしたお顔をしていたので、私——玉城《たまき》杏夏《きょうか》はすぐさまそう告げました。

三本勝負で負けてしまったら、ナオさんはマネージャーをやめ、春《はる》は『ＴＩＮＧＳ』から脱退しなくてはなりません。

ですから、歌唱力勝負で確実に勝利を摑《つか》むべきだったと考える人もいるでしょう。

「でも、私は……」

「全て予定通りではないですか。ですから、貴女《あなた》が気に病む必要はありません」

ですが、私達はただ勝つことを目指しているわけではないのです。

ナオさんから託された、三本勝負の理想的な結果。それを目指しているのですから。

「ふ、ふふーん！　そうよね！　この理王《りお》様に失敗なんて有り得ない！　これこそ、現状における最高の結果よ！」

まだ、どこか気にしているのか、足を震わせながら理王《りお》がそう言いました。

本当に気にしなくていいというのに、困った子です。

「ええ、あとは任せて下さい」

「ここからは、私様と杏夏《きょうか》の番だ」

私と雪音《ゆきね》は理王《りお》へそう告げて、ハイタッチをします。

「行きましょう、雪音《ゆきね》」

「ああ！」

そして、私と雪音《ゆきね》は二人でステージの中心へと向かっていきました。

今回の三本勝負。まさか、私が最後の総合力勝負に出ることになるとは思いませんでした。

だって、そうでしょう？　私は、誰よりも……ずっと平凡な女の子です。

教えられたことしかできない、面白みのないパフォーマンスしかできません。

「どうして、春《はる》が出てこないの？」

ステージの中心に向かうと、まるで親の仇《かたき》でもみるような目で蓮《れん》さんが私を見つめています。

『HY《ハイ》：RAIN《レイン》』のリーダー……黒金蓮《くろがねれん》さん。

私なんかと比べてずっと上手ですし、人気のある……特別な存在の人です。

彼女がファーストフードにご飯を食べに行ったら、大騒ぎになること間違いなしでしょうね。

そんな、私よりもずっと上の人とこれから勝負をする。

「私では、何か不満でしょうか？」

「教科書女にできることなんて、何もないでしょ」

ひどい言われようです。プンスカプンです。

ですが、蓮《れん》さんの気持ちも少し分かります。きっと、彼女は春《はる》に追いつくためだけに必死に努力をしてきたのでしょう。今日のライブでも、本当に彼女は一生懸命でした。

自分が春《はる》に相応《ふさわ》しいと示すような、死に物狂いのパフォーマンス。

それが、よく伝わってきました……。

「うちのリーダーに、あまり無礼なことは言わないでもらいたいな」

雪音《ゆきね》が、私と蓮《れん》さんの会話に割り込む形で会話に加わりました。

「これが、私様達の出した結論だ。君達の相手は、私様達が相応《ふさわ》しい」

「ははは！　リ～ダ～も、そんな怒った顔をするのはよくないさぁ！　うちは、楽しければ何でもオッケーだよ！　ただ……、春《はる》以上のもの、ちゃんと見せてくれるんだよね？」

柔《やわら》さんがどこか試すような瞳で、雪音《ゆきね》と私を見つめます。もちろん、目は逸《そ》らしません。

「当然だ。それができるからこそ、私様達がここにいる」

そうです。この総合力勝負は、決して負けられない戦いです。

ですが、私達は決して勝つためにパフォーマンスをするのではありません。

来てくれた人達に目一杯楽しんでもらうため、そして……。

――杏夏《きょうか》ちゃん、雪音《ゆきね》ちゃん、お願い。……蓮《れん》ちゃんを助けてあげて。

嬉《うれ》しかったです。初めて、春《はる》が私達を頼ってくれた。春《はる》が私達に託してくれた。こんな私に、教科書通りのことしかできない私に、春《はる》が彼女の大切な親友を託してくれたのです。

その気持ちに……応えないわけにはいきません！

「蓮《れん》さん、今日は私が貴女《あなた》に教えてあげましょう」

「何を？」

「教科書女は、教科書を沢山読み込んでいるんですよ」

☆

いよいよ三本勝負も、最後の一つ……総合力を残すのみ。

ステージの中心に立っているのは、『HY：RAIN《ハイレイン》』のリーダー、黒金蓮《くろがねれん》と苗川柔《なえかわやわら》、『TINGS』の玉城杏夏《たまききょうか》と祇園寺雪音《ぎおんじゆきね》。彼女達の勝敗の行方が、今後の僕達の未来も決める。

「螢《ほたる》、待ってなさい。『HY：RAIN《ハイレイン》』は、必ず貴女《あなた》に追いついて、追い抜いてみせる。

……そして、ナオを苦しみから解放してみせる」

やっぱり、AYA《アヤ》の本当の気持ちは、それだったんだね……。

「貴女《あなた》達を見ているのは辛《つら》かった。たった二人で頑張って……、どんどん孤独になっていく。

……螢《ほたる》はまだよかったよ。七海《ななみ》やナタ達がいたから。でも、ナオは……」

かつて、僕が螢《ケイ》のマネージャーをやっていた時、僕は孤独だった。

切磋琢磨《せつさたくま》していたはずの同僚達からは恐れられ、どこか距離をとられる。

そんな僕を、AYA《アヤ》はずっと気にしていてくれていた。

辛《つら》いなら無理をしなくていい。自分が必ず、その苦しさから解放してみせる。

違う事務所のマネージャーのことなんて気にしなくてもいいのに、AYA《アヤ》はあの日の解散ライブからずっと僕のことを気にかけてくれていた。僕を助けようとしてくれていた。

『貴方《あなた》が傷つけた人達……中でも、特に傷ついた人がいる。その人のためにも、私は絶対に貴方《あなた》をこの世界から追い出してみせる。……これ以上、その人を傷つけないために』

以前の顔合わせで、AYA《アヤ》が言っていた言葉。

彼女が誰を傷つけないようにしていたか。その正体は……僕だったんだ。

「本当は、あの時私が螢《ほたる》に勝てればよかった。でも、私にはそれができなかった。あの時の私は、ナオを助けることができなかった。だから、今度は……」

あの日の『HA三本勝負』。

ステージで螢《ケイ》とAYA《アヤ》は、観客達に聞こえないように会話をしていた。

あの時、AYA《アヤ》は……

――私が勝ったら、ナオは私のマネージャーにする。これ以上、あの人は傷ついちゃダメ。

螢《ケイ》といる限り、僕達は走り続ける。だからこそ、引き離すしかない。

ＡＹＡ《アヤ》はそう考え、螢《ケイ》に三本勝負を挑んだんだ。

だけど、その結果は彼女の望んだものにならなかった。ＡＹＡ《アヤ》は螢《ケイ》に敗れてしまったから。

ライブが終わった後、ＡＹＡ《アヤ》から伝えられたよ。

――力不足でごめん。本当に、ごめん。ナオに笑顔を思い出してほしかった……。だけど、私じゃ無理みたいだね……。

螢《ほたる》との絶対的な力の差。それによって、知ってしまった自分自身の限界。

あの頃の笑顔は消えたまま、彼女はアイドルを引退してしまった。

「このままナオがマネージャーを続けていったら、またナオは孤独になる。そんなの、絶対に許さない。だから、私がナオを解放する。……この世界から」

「ねぇ、ＡＹＡ《アヤ》」

「……なに、螢《ほたる》？」

かつてのライバル。ＨＡ時代を築き上げた二人が、静かに会話をする。

いったい、螢《ケイ》がどんな表情をしているのか、それは今の僕には分からない。

だけど、分かっていることがある。あの時のＨＡ三本勝負の後、螢《ケイ》はこう言ってたから。

――ごめん、ナオ。私、取り戻せなかった。……ＡＹＡ《アヤ》の笑顔を。

僕の笑顔を取り戻そうとしてくれたＡＹＡ《アヤ》。

だけど、彼女もまた心からの笑顔を失ってしまっていたんだ。

ちょうど今の蓮《れん》のように、螢《ケイ》に勝つことに躍起になってしまって、アイドル本来の楽しさを見失ってしまっていた。

昔のAYA《アヤ》は、本当に綺麗《きれい》な笑顔で、僕も螢《ケイ》もその笑顔を見るのが大好きだった。

なのに、僕達はその笑顔を失わせてしまった……。これが、僕達の大きな失敗だ。

「AYA《アヤ》の気持ちは、分かる。でも、AYA《アヤ》は大切なことに気づいていない」

「なにそれ？」

「アイドルは、自分の気持ちを押し付けるだけじゃダメ。みんなの気持ちを受け入れないと」

「そんなのは、理想論だよ……」

あの時の『HA三本勝負』で闇に包まれてしまったAYA《アヤ》を照らす輝きを生み出すためにも、この三本勝負は絶対に負けられない。

いや、AYA《アヤ》だけじゃない。『HY:RAIN《ハイレイン》』にも、本当の輝きを見せるんだ。

それができるのは、……玉城《たまき》杏夏《きょうか》と祇園寺《ぎおんじ》雪音《ゆきね》。彼女達じゃなければ、ダメなんだ。

だからこそ、僕は嘘《うそ》をついた。

AYA《アヤ》に、『HY:RAIN《ハイレイン》』に、総合力勝負で杏夏《きょうか》が出てくると気づかれないために。

もし気づかれてしまったら、春《はる》に執着する蓮《れん》はダンス勝負に現《あら》われてしまっていたから。

「螢《ケイ》、AYA《アヤ》。そろそろ始まるよ。……最後の勝負がね」

「うん。とっても楽しみ」

「分かってるよ！」

総合力勝負。その選曲権は、『TINGS』ではなく『HY：RAIN《ハイレイン》』にある。

その曲は、僕が今まで一度も聞いたことのない曲だった。

だけど、『TINGS』の中でたった一人だけ、その曲を知っている人物がいた。

「本当は、この曲を春《はる》と蓮《れん》にやらせてあげたかった。だって、この曲は……春《はる》がいた頃の……『HY：RAIN《ハイレイン》』のデビュー曲になるはずのものだったから……」


「「「「鏡の中のAdmire!!」」」」


曲が始まる。同時に、パフォーマンスを魅せる四人の少女。会場内には歓声が起きた。

だけど……、

「いけない！　蓮《れん》、落ち着いて！　パフォーマンスに乱れが出てるよ！」

AYA《アヤ》が、慌てた声を出す。

本来であれば、春《はる》と共にデビューし、パフォーマンスをするはずだった曲。

だけど、今ステージの上には春《はる》はいない。別の少女が自分にとって大切な曲のパフォーマンスを行っている。その事実が、蓮《れん》のメンタルを大きく乱したんだ。

そして、メンタルの乱れはパフォーマンスの乱れに直結する。

加えて、問題になるには会場の空気だ。

元々、三本勝負をやるとなった時点で、会場のほとんどの人達は『HY:RAIN《ハイレイン》』の勝利を信じて疑わなかっただろう。だけど、ダンス勝負では『TINGS』が勝利し、歌唱力勝負でも理王《りお》が素晴らしい健闘を見せた。

それによって、……会場が『TINGS』の味方についてしまったんだ。

「ふっふっふ！　すごいでしょう、みいちゃん！　私の後輩は、どんな時でも素晴らしいパフォーマンスをみせてくれるのです！」

「はい！　会場の空気は、『TINGS』になってます！　このままの勢いなら……」

「そんな簡単な話では、終わらないでしょうね」

「「え？」」

「私も、ナタにさんせぇ〜！　こんぐらいの空気に飲まれるほど、『HY:RAIN《ハイレイン》』はへっぽこじゃないだろい？」

はしゃぐ日夏《ひなつ》と実唯菜《みいな》に、ナターリャと麗美《れみ》が落ち着いた声色で語りかける。

「んふふ。私もナタと麗美《れみ》に賛成かな。何より、『HY:RAIN《ハイレイン》』には、あの子がいる」

「はっ！　言われてみれば、そうでした！」

「ふわっ！　その通り、です……」

トップアイドルの『FFF《フライ》』と『ゆらゆらシスターズ』。

彼女達に認められるアイドルというのは、数少ない存在だ。

生半可《なまはんか》なアイドルでは、その評価を得ることはできない。だけど……

「どんな時でも一番を目指す、素敵な『HY《ハ》：RAIN《イレイン》』。……ナオのご評価は？」

隣に座る螢《ケイ》が弾んだ声で、僕へそう尋ねた。

「すごくいいアイドルグループだと思うよ」

「ふふふ。そうだよね」

「メンバーそれぞれ特徴がある『HY《ハ》：RAIN《イレイン》』。……だけど、グループの核は間違いなくあの子だね。……多分、そろそろやってくるでしょ？」

「うん、絶対やる。……今から輝く。キラキラじゃない、あの子だけのギラギラの輝きが見られる。やっぱり、今日は来て大正解」

【hY：rain】

曲が始まった。最後の曲は、アヤちゃんが決めてくれた曲なんだけど……まずいさぁ～。

いやぁ～！　この苗川柔《なえかわやわら》を、『HY《ハ》：RAIN《イレイン》』をここまで追い詰めるなんて、思った以上に、『TINGS』はすごかったさぁ！　春《はる》はもちろんだけど、紅葉《もみじ》も理王《りお》も大層よかった！

そのおかげでぇ～……

「「「『TINGS』！　『TINGS』！　『TINGS』！　『TINGS』！」」」

百聞は一見にしかず。

どれだけ知名度があっても、実力を見せちゃえばそんなもんは吹き飛んでいく。

このまま、うちらが最高のパフォーマンスをやっても、この空気は変えられない。

追い詰められてるのは、うちらのほうだ。ちなみにリ〜ダ〜は……

「……っ！　……っ！　……っ！」

こりゃ、まずい！　来てくれた人達のことが、完全に見えてないさぁ！

春《はる》が出てこなくなったのに怒る気持ちは分かるけど、ちょっと落ち着いてほしいさぁ〜。

おまけで、杏夏《きょうか》も雪音《ゆきね》もパフォーマンスはバッチリ。

「…………」

会場の空気は『TINGS』。リ〜ダ〜も春《はる》で頭がいっぱい。

最高のパフォーマンスでも空気は変えられないのに、うちらは最悪のパフォーマンス。

絶望的な状況さぁ！　つ・ま・りぃ〜……

「大層、燃えてきた!!」

「なっ！　ちょっと、柔《やわら》！」

初めのサビが終わった瞬間、うちは飛び出した。

最高のパフォーマンスで空気が変えられないなら、やることは一つさぁ！

「うちはうち！　うちだけができる最高を越えた大層なパフォーマンスをごらんあれ！」

ステージの端から端まで、一気に突っ切って、うちはパフォーマンスをする。

だけど、それはレッスンでやってるパフォーマンスじゃない。

うちだけができる、新体操のパフォーマンスさぁ！

飛んで、回って、捻《ひね》って……それをバッチリ音楽にはめていく！

新体操の得意分野さぁ！　体操は、シンプルに技術を魅せるけど、新体操は音楽に合わせて演技をする。いかに自分の動きを音楽と合わせられるかも大切な評価基準さぁ！

失敗したら、大ブーイング！　だけど、成功したら……

「「「「「おぉぉぉぉぉぉぉぉぉぉぉぉ!!」」」」」

この通りさぁ！

「リ〜ダ〜、うちらは『TINGS』かなぁ？」

「……っ！　ごめん、助かった」

うん。これで大丈夫。だけど、うちはまだ満足してない！

だから、もっともっと色んなパフォーマンスをしてやるさぁ！

「……わっ！」

ステージの端から端まで突っ切ったら、ちょうど袖から見ている春《はる》がいた。

春《はる》、そっちにも色々と考えてることがあるんだろうね……。

だけど、そんなの関係ない。うちは、『HY《ハイ》:RAIN《レイン》』の苗川柔《なえかわやわら》。うちの大好きなファンとメンバーをみんなまとめて笑わせるためにも、絶対に負けるわけにはいかない。

どんなことがあっても、絶対にうちが何とかしてみせる。うちが守ってみせる。

だから、今はいなくなった大事なメンバーに向けて、

「うちがいる限り、『HY《ハイ》:RAIN《レイン》』は負けないよ」

そう伝えた。


【tinGs】


やられた！

大歓声が起きると同時に、私——祇園寺雪音《ぎおんじゆきね》は、すぐさまそう感じた。

隣でパフォーマンスをする杏夏《きょうか》の表情を確認すると、すごく悔しそうな顔をしている。

きっと、私も同じ顔をしているのだろう。

柔《やわら》が規格外のパフォーマンスをしてくることは、分かってた！

でも、まさか、あんなことをするとは思わなかった！　ステージの端から端まで、前から後ろから何度も縦に回転をして、まるで飛んでいるかのようなパフォーマンスをする。

あんなの、私はもちろん、春《はる》にも……螢《ほたる》さんにもできない。

ついさっきまで、明るく照らされていた白いペンライトは、一斉にダークパープルに。『HY：RAIN《ハイレイン》』のグループカラーだ。

このままじゃ、いけない！　だけど、私達には柔《やわら》を越えるパフォーマンスはできない。

すごいなぁ、柔《やわら》は……。

こんな大ピンチを、たった一つのパフォーマンスであっという間に逆転しちゃうなんて、まるで物語の主人公みたい。私には、絶対にできないよ……。

「……貴女《あなた》に、任せます」

もうすぐ私のパートが始まる。その直前、杏夏《きょうか》が私にそう伝えた。

そうだね、杏夏《きょうか》。私達は、春《はる》から託されたもんね。

嬉《うれ》しかった……。本当に、嬉《うれ》しかったの……。

今まで、全然春《はる》の力になれなかった私が、春《はる》の力になれる。春《はる》に信じてもらえた。

だから、その気持ちに応えてみせる。

「…………」

私には、柔《やわら》みたいな身体能力はない。新体操の技だって、ない。

今の私じゃ、物語の主人公になることはできない。

観客席の二階席を見ると、一番上に一人の女の人を見つけた。……ママだ。

ママも、このライブを観《み》に来《き》てくれてたんだ。任せてよ、ママ。

まだ、私は主人公にはなれない。だけど、私には……

☆

「そうだよ、柔《やわら》！　柔《やわら》は、それでいいの！　貴女《あなた》は、自由にパフォーマンスをしている時が、一番魅力的なんだから！」

最初のサビが終わり間奏に入った瞬間、会場内で大歓声とAYA《アヤ》の弾んだ声が響く。

予想通り、柔《やわら》が予想以上のパフォーマンスを魅せてきたようだ。

「ナオ、螢《ほたる》！　すごいでしょ！　これが、『HY：RAIN《ハイレイン》』！　これが、柔《やわら》なんだから！」

「うん。AYA《アヤ》が嬉《うれ》しそうにしてて、ひと安心だよ」

「あっ！　べ、別に、このぐらい、当たり前だから！」

「AYA《アヤ》はやっぱり、意地っ張り。困ったさんだね」

「螢《ほたる》、うるさい！」

どうやら、少しずつ思い出してくれているみたいだね。……昔のAYA《アヤ》を。

それは喜ばしいことだけど、状況は喜ばしくない。

折角、ここまで培《つちか》ってきて創り出した空気を、苗川柔《なえかわやわら》一人に全て持っていかれた。

今度は、追い詰められたのは『TINGS』のほうだ。

今の状況では、仮に彼女達が最高のパフォーマンスを魅せたとしても、柔《やわら》のパフォーマンスのインパクトが強すぎて、観客の心は揺れ動かないだろう。

「ナオ、こうなったら、もう『HY:RAIN《ハイレイン》』のものだよ。『TINGS』には――」

「そうとも限らないさ」

僕は自信たっぷりにそう答えた。

確かに、今の状況では、どんなアイドルのパフォーマンスをやっても空気は変わらない。

けどね、『TINGS』にだっているんだよ……。

「んふふ……。出番だよ、雪音《ゆきね》」

規格外のパフォーマンスができる、アイドルが。

「…………んっ！」

会場に激しく鳴り響く衝撃音。それは、祇園寺《ぎおんじ》雪音《ゆきね》がステージを思い切り踏みしめた音だ。

ReNYでも行った雪音《ゆきね》の得意技。意図的に激しい衝撃音を出して、自分に注目を集める。

そして、同時に……

「～～～♪」

雪音《ゆきね》が、歌い始めた。すると……、

「なに、あの歌い方？　何か、いつもと違う……」

「リオ様とかナノンみたいにすっごい上手ってわけじゃないんだけど、なんだろ？」

「何か、すごいワクワクする！」

観客達が、より一層大きな歓声を挙げ始めた。

雪音《ゆきね》は、抜群の感情表現を持つアイドルだ。

かつての雪音《ゆきね》は、それを体だけで表現していた。けど、今の雪音《ゆきね》は違う。

動きだけではなく、歌い方で。声で、自らの感情を観客へと伝えているんだ。

苗川柔《なえかわやわら》は、規格外のパフォーマンスで観客の目に訴えかけた。そこでは、柔《やわら》にかなわない。

だからこそ、雪音《ゆきね》は……観客の耳に訴えかけるパフォーマンスをしているんだ。

「ふふふ。やっぱり、アイドルだったね」

雪音《ゆきね》を見つめているであろう螢《ケイ》が、幸せそうにそう言った。

もしかして、雪音《ゆきね》と螢《ケイ》ってどこかで会ったことがあるのかな？

「……っ！　あれは、歌劇の歌い方……。しかも、あんなハイレベルな……。でも、まだ……まだ、大丈夫！」

雪音《ゆきね》の感情表現によって、会場の空気はさらに変化した。

「私様が、ヒロインだ！」

「………っ！　大層、いい！」

雪音《ゆきね》と柔《やわら》の声が響く。

「これは大盛り上がり。柔《やわら》ちゃんが雪音《ゆきね》ちゃんとおでこをごっつんこ。そのまま、二人で楽しそうに歌ってる。どっちも一歩も引いてない」

「おんちゃぁ～ん！」「ヤワちゃぁ～ん！」

現状の空気はほぼ五分五分。だけど、それではまずい。

ここにいるのは、ほとんどが『HY：RAIN《ハイレイン》』のファンなんだ。

五分五分の評価であれば、最終的な評価は『HY：RAIN《ハイレイン》』に傾く。

そして、これ以上の変化を柔《やわら》と雪音《ゆきね》には起こせない。

つまり、ここからは……残り二人の少女の戦いだ。

「蓮《れん》……後は、貴女《あなた》次第。春《はる》に追いつくんでしょ？　やってみせなさい！」

会場にさらに大きな歓声が沸く。同時に聞こえてきたのは「レン」という言葉。

恐らく、蓮《れん》が動いたんだ。

普段の彼女は、周りを引き立てるパフォーマンスをするが、本気になった彼女は違う。

自分が一番目立つため、その状況に応じてパフォーマンスを変化させ、観客の視線を集めることができるアイドルだ。

「ナオ、まさか『TINGS』がここまでやるとは思わなかったけど、もうおしまい。残念だけど、杏夏《きょうか》ちゃんじゃ蓮《れん》には勝てない」

「理由を聞いてもいいかな？」

「応用力の差。杏夏《きょうか》ちゃんは、アドリブ力が低い。……だから、今以上はないでしょ？」

教わったことを絶対にミスせずやり遂げる。それが、玉城《たまき》杏夏《きょうか》の強みであり、個性だ。

だけど、代わりに杏夏《きょうか》は、応用力……アドリブをする能力が極端に低い。

教わったことを絶対にミスせずやり遂げるが、教わったこと以外はできないんだ。

総合力勝負の曲が決まってからも、杏夏《きょうか》は決してアドリブを取り入れることはしなかった。

ただ、教わったことを着実にやるだけ。それは、本番まで何も変わっていない。

けど、だからこそ……

「AYA《アヤ》、螢《ほたる》。よく見ててね、今から始まるよ」

「始まる？　始まるって何が……」

そんなの決まっているじゃないか。今から、始まるのは……

「新しい輝きだよ」

「ふふふ。これは、ワクワクだね」

二度目のサビが終わった。ここから長い、一分ほどの間奏に突入だ。


【Ｔｉｎｇｓ】


さすが、雪音《ゆきね》です。必ず、やってくれると信じていましたよ。

本当に、素晴らしい感情表現です。

会場の空気に合わせるのではなく、会場の空気を変化させる。

しかも、それはレッスンでやっていた歌い方ではありません。恐らく、雪音《ゆきね》が今の状況と照らし合わせて、最良の選択をしたのでしょう。私には、とてもできそうにありません。

「……っ！　……っ！　……っ！」

柔《やわら》さんが魅せる自由自在のパフォーマンスに、完璧に合わせる蓮《れん》さん。

加えて、自分が目立つべきところでは、しっかりと目立つ。

こうしていると、本当に春《はる》と一緒にステージに立っているような錯覚すら覚えます。

ですが、春《はる》は満面の笑顔でするのに対して、蓮《れん》さんはクールな表情を維持したままましている点だけは違いますね。

どちらが魅力的かは分かりませんが、蓮《れん》さんのパフォーマンスはとてもかっこいいです。

あの時……ReNYで、私は何もできませんでした。

自らの個性をこれでもかと出す春《はる》に対して、理王《りお》と紅葉《もみじ》と雪音《ゆきね》は自分の個性を武器に必死に挑んでいました。ですが、私だけは別。

ただ、丁寧に教わったことをやり続けるだけ。雪音《ゆきね》と一緒にやったことだって、レッスン中に二人でこっそり練習していたことをやっただけです。

分かっていたんです。私には、応用力がない。私が、『TINGS』で一番つまらない。

その通りです。その通り過ぎて、何も言い返せません。

私は、引き立て役が向いているのです。三本勝負で、素晴らしい雪音《ゆきね》の感情表現に、素晴らしいパフォーマンスで対抗する柔《やわら》さんと蓮《れん》さん。

彼女達をより魅力的に魅せることが私の——なんて、そんなわけがないでしょう！

私だって、もっと目立ちたいです！　私だって、みんなから褒められたいです！

アイドルは、向いていることをやるのではありません。

やりたいことをやるのです！

大体、蓮《れん》さんのパフォーマンスに私は不満がいっぱいです！

さっきから、春《はる》の真似《まね》ばかり！　まるで、貴女《あなた》の個性が見当たらないじゃないですか！

私に教科書女と言ったのに、自分だって春《はる》という教科書を読み続けています！

ですから、教えて差し上げましょう。思い出して差し上げましょう。

春《はる》が望む、本当の蓮《れん》さんを。

あの春《はる》が認めているなんて、素晴らしいアイドルに決まっています。

そんなアイドルと、私も是非とも一緒にパフォーマンスをしてみたいですから。

「…………？」

蓮《れん》さんと目が合った瞬間、私は彼女に笑顔を向けました。

サビが終われば、曲は長い一分間の間奏に入り、そこからラスサビです。

「杏夏《きょうか》……いけっ！」

雪音《ゆきね》の合図と共に、私はステージの中央に立ちます。

サビの終盤。私は、マイクを力強く握ると……

「皆さん、見ていて下さい！」

残された時間は、約九〇秒。ですが、この九〇秒だけなら……


「私、今から輝きます‼」

私は、誰よりも特別な存在になれます！

☆

玉城《たまき》杏夏《きょうか》の声が、会場に響きわたった。

「え！ な、なんで⁉」

直後にAYA《アヤ》の困惑した声が響き、

「わぁあぁあぁ‼ あの子、すごい！ えっと、『TINGS』の杏夏《きょうか》ちゃんだよね⁉」

「なにあれ⁉ あんなの、見たことない！」

「ふむ？ ふむふむふむぅ！ これは、これは素晴らしいですよ！ ステップは『FF《フライ》』の

ものですが、上半身の動きは『ゆらシス』のもの……それをまったく異なる曲に完璧に合わせて……ふむふむぅ!?　あぁ！　さらに、変化をしました！　今度は、先程のハルルンの動きに螢《ほたる》さんの動きを合わせて……ふむぅ、また変わった！　素晴らしい！　すんばらすいです！　まさか、おキョンにここまでの応用力があったとは……っ！」

同時に歓声が沸き立つ。

「どういうこと！　アレは、決まった動きじゃない！　状況に合わせて、空気に合わせて変化させてる！　しかも全部最高の、理想的な……あんなの、春《はる》にもできない！　なんで、あそこまでのアドリブを杏夏《きょうか》ちゃんが……」

「アドリブじゃないよ」

そう。アレは、アドリブじゃないんだ。

杏夏《きょうか》は、一度たりともアドリブなんてやっていない。教わったことをやっているだけ。

だけど……、

「どうだ、AYA《アヤ》！　驚いただろい？　私らでばっちり仕込んだからね！　といっても、九〇秒が限界なんだけどね！」

背後から弾んだ声が一つ。……麗美《れみ》だ。

「麗美《れみ》、いったい、貴女《あなた》は杏夏《きょうか》ちゃんに何を……」

「そうだなぁ～。私から説明してもいいけど……、ここはナオに譲っておこう！」

別に誰が説明しても、変わらないと思うけどなぁ。

まぁ、そう言うなら……

「AYA《アヤ》の言う通り、杏夏《きょうか》にアドリブはできない。それは、間違っていないよ」

「なら、アレはなに⁉ さっきから、ずっとアドリブで……」

「違うよ。……ただ、教えただけなんだ」

「教えた?」

「そう……。僕らがこれまで経験したライブの状況、会場の空気、それに合わせたパフォーマンス。あの一曲に対して、この九〇秒のために、八七通りのものをね」

「は、はちじゅ……っ！ なにそれ⁉ 完全に、意味がないじゃん！」

AYA《アヤ》の言っていることは、もっともだ。

今、やっているのは四人用のパフォーマンス。加えて、杏夏《きょうか》には応用力がない。故に、彼女は折角得たパフォーマンスを、今日この時以外の場面で一切使えない。

「もっと他にいくらでも方法があったでしょ！ レスをするとか、煽《あお》りを入れるとか！ そもそも曲の振り付けを一つ覚えるだけでも大変なのに、たった二週間で八七通りのパフォーマンスを覚えるなんて、そんな化け物じみたことが……」

「それができるのが、玉城《たまき》杏夏《きょうか》だよ」

確かに、杏夏《きょうか》は『TINGS』の中で、一番面白味のない個性のアイドルかもしれない。

春《はる》と比べたら、ほとんどの人が杏夏《きょうか》ではなく春《はる》を評価するだろう。

だけど、九〇秒、この九〇秒だけなら……

「言っただろう？　杏夏《きょうか》は、教わったことは絶対にミスをせずにやり遂げるって」

玉城《たまき》杏夏《きょうか》は、全てのアイドルを凌駕《りょうが》する。

彼女の輝きは、確固たる輝き。

決してブレない、真《ま》っ直《す》ぐで不器用な輝きだ。そして、その輝きが……

「ふふふ……。教わったことを絶対にミスをしないアイドルか。なら、あの子は……」


「『絶対アイドル』だね」


その言葉を、螢《ケイ》から引き出した。

「なんで？　なんで、こんなことを……」

未《いま》だ、杏夏《きょうか》のやっていることが信じられないＡＹＡ《アヤ》が、茫然《ぼうぜん》と言葉を漏らす。

「だって、全部無駄に終わるんだよ？　今、この時しか使えないパフォーマンスを八七通りも覚えるなんて馬鹿げてる。どうして、そんな無駄なことを……」

「ＡＹＡ《アヤ》が、僕に教えてくれたんじゃないか」

「私が？」

「そうだよ。まだ君がアイドルだった頃、君が僕に……」

…………

……

僕が螢《ケイ》のマネージャーをやっていた頃、とあるテレビ番組の特集で人気アイドルの合同レッスンの模様を放送するという企画があった。

その時、螢《ケイ》とAYA《アヤ》は合同レッスンを行ったのだが、そこでAYA《アヤ》は……

『ねぇ、AYA《アヤ》。それって……』

『あ、分かる、ナオ？　そう、これは昔のパフォーマンス！　忘れないように、レッスンでもやるようにしてるんだぁ！』

AYA《アヤ》がやっていたのは、かつて自分が所属していたグループのパフォーマンス。

今はソロデビューをしていて、決してやる機会のなくなったものだ。

『どうして、そんなことを？　その、こう言うとなんだけど、無駄になるんじゃ……』

『ふふふ……。無駄になっていいんだよ』

無邪気な笑顔を浮かべながら、AYA《アヤ》はそう言った。

『私のグループはなくなっちゃった。でも、こうして私が覚え続けていれば、消えてなくならない。そんな気がするんだ！』

『そっか……』

誰がどう見ても、必要のないことだ。

だけど、AYA《アヤ》にとってそれはとても価値のあるもので……

『無駄なことに全力を出す！　それが、私のアイドルだよ！』

その時のAYA《アヤ》の笑顔は、本当に綺麗《きれい》だった……。

…………

……

「たとえ無駄なことだったとしても、全力を出す。AYA《アヤ》、君はそういうアイドルだった」

「私が……」

僕が総合力勝負に杏夏《きようか》を出したのは、彼女なら思い出させてくれると信じていたからだ。

かつて、アイドルが大好きで大好きで仕方なくて、我武者羅《がむしやら》だったAYA《アヤ》。

あの頃の気持ちを……

「そうだね。私も、我武者羅《がむしやら》なAYA《アヤ》が大好きだった。だから、今のAYA《アヤ》を見てるのは、とても寂しい。だから、教えてほしいの」

「……教える？　いったい、何を――」

「アイドル、好き？」

「私は……」

「もちろん、私は大好きだよ！」

「当然ながら、私《わたくし》も大好きですわ」

「ヒナも大好きです！」

「ふわぁ～！　みぃもアイドルが大好きです！」

「やべっ！　出遅れた！　もちろん、私も大好きだ！」

七海《ななみ》、ナターリヤ、日夏《ひなつ》、実唯菜《みいな》、麗美《れみ》。かつてのＡＹＡ《アヤ》の盟友が笑顔でそう告げる。

アイドルが大好き。たったそれだけの想《おも》い。

だけど、その想《おも》いこそが多くの奇跡を生んでいくんだ。

「私は、私は……」

震える声、自分が本当にその言葉を告げていいのか、まだ決意がつかないのか、今までの鋭い声は影を潜め、弱々しい声が漏れている。だけど、それから少し経《た》つと……

「私だって、大好きだよ!!」

ＡＹＡ《アヤ》がそう言った。

「大好きに決まってるでしょ！　だから、私は今でもここにいるの！　大好きじゃなかったら、ここにはいられない！」

「ふふふ……。昔のＡＹＡ《アヤ》が帰ってきたね」

幸せそうな心地の良い螢《ケイ》の声。

どうやら、ＡＹＡ《アヤ》の心を縛り付けていた枷《かせ》はなくなったようだね。

だけど、これで終わりじゃない。まだ一人だけいるからね。

未《いま》だに、大きな枷《かせ》に囚《とら》われてしまっているアイドルが……。

「蓮《れん》、今のままじゃ、春《はる》のままじゃ、ダメ！　思い出して、本当の貴女《あなた》を‼」

AYA《アヤ》が叫ぶ。さぁ、杏夏《きょうか》、ここからだ。

九〇秒の『絶対アイドル』。

今の君であれば、このまま圧勝することだってできる。

けど、その道を僕達は選ばない。僕達が選ぶのは……

「あぁ、どうしよう！　このままじゃ、蓮《れん》があの時の私みたいに……」

「大丈夫だよ、AYA《アヤ》」

「え？」

「僕達は、決してあの時のことを繰り返さない。だから、ちゃんと観《み》ていてほしい」

【ｈｙ：Ｒａｉｎ】

「不器用で我武者羅《がむしゃら》な『絶対アイドル』を」
私――黒金蓮《くろがねれん》の頭は、真っ白になっていた。

どうしよう！　どうすればいいの⁉　もう残り時間は、ほとんどない！

まさか、杏夏《きょうか》があんなすごいパフォーマンスをしてくるなんて思わなかった！

アヤちゃんとも、螢《ほたる》さんとも、春《はる》とも全然違う。

たった一人なのに、沢山のアイドルと一緒にパフォーマンスをしているような気分だ。

このままじゃ、絶対にダメなのは分かってる。だけど、私にはどうすればいいか分からない。

だって、私は今までずっと春《はる》の真似《まね》をしてきただけだから……。

「借り物の春《はる》では、私に勝てませんよ」

「……くっ！」

隣でパフォーマンスをする杏夏《きょうか》が、そう言った。

分かってる！　分かってるよ！　そんなこと、分かってる！

教科書女。前に杏夏《きょうか》に会った時に私が伝えた言葉。だけど、私もそうなんだ。

私は、春《はる》の教科書をずっと読んでるだけ。

だけど、私にはそれしか選べない。だって、私のせいで春《はる》はいなくなったんだもん。

だから、私が春《はる》の代わりにみんなを……

「ですが、お互いに教科書女同士ですからね、素敵な教科書を魅せてあげましょう」

素敵な教科書？　この状況で何を言ってるの？

大体、何を教えられたって今からいきなり変えるなんて……

「……え？」

その時、杏夏《きょうか》のパフォーマンスに変化がまた起きた。

さっきまでは洗練された綺麗《きれい》なパフォーマンスだったのに、今は我武者羅《がむしゃら》。

力いっぱい笑顔を浮かべて、汗をびっしょりと流しながら、必死にパフォーマンスをする。

それは……

「いい教科書でしょう？」

私の……昔のパフォーマンスだ。

まだアイドルになったばかりで、右も左も分からない中、とにかく我武者羅《がむしゃら》だった私。

どうして、杏夏《きょうか》がこれを知ってるの？　答えはすぐに出た。

舞台袖で、私をジッと見つめている女の子がいる。……春《はる》だ。

春《はる》が両手をギュッて握りしめて、すごく必死に私を見つめてる。春《はる》と目が合った。

その瞬間、春《はる》の口が動く。声は聞こえない。だけど——

『シャインポスト』

春《はる》の声が、聞こえた気がした。

そうだね……。約束したよね……。一緒にシャインポストになろうって……。

今の私じゃなれないよ……。だって、春《はる》のでき損ないがいるだけだもん。

でも、諦めたくない。忘れたことなんて、一度もない。

私だって、私だって……

「シャインポストに、なる!!」

☆

「おおおお！　クールなレンがあんな一生懸命に！」

「うわぁ！　普段と全然雰囲気が違うけど、すっごくいい！」

「ふむふむ！　これは、甲乙つけがたくなってまいりましたよ！」

会場に、再び大きな歓声が巻き起こる。

光を失っている僕は、何が起きているかを確認することはできない。

だけど、ちゃんと見えるよ。……杏夏《きょうか》、君の輝きが。

「蓮《れん》が変わった……。杏夏《きょうか》ちゃんが、杏夏《きょうか》ちゃんが蓮《れん》を……っ！」

AYA《アヤ》の声が響く。どうやら、上手《うま》くいったみたいだね……。

杏夏《きょうか》が最後に行ったパフォーマンス。それは、かつての黒金蓮《くろがねれん》のものだ。

クールさなんて欠片《かけら》もない、我武者羅《がむしゃら》で一生懸命。

「ナオ、もしかして貴方《あなた》が……」

「違うよ、伝えたのは僕じゃない。だけど、『TINGS』にはいるからね。『HY:RAIN《ハイレイン》』

のことを本当によく知っている子が」

「春《はる》、か……」

そう。紅葉《もみじ》が春《はる》に伝えたように、春《はる》も杏夏《きょうか》と雪音《ゆきね》に伝えていたんだ。

いつか、一緒にやろうと約束したパフォーマンスを。

春《はる》の想《おも》いが、杏夏《きょうか》のパフォーマンスが、蓮《れん》を本来の姿へと引き戻したんだ。

「うん……。そうだね、蓮《れん》……。蓮《れん》は、そっちのほうがいいよ！　春《はる》の真似《まね》なんて、しなくていい！　蓮《れん》は、蓮《れん》だから！」

…………

……

「「「ありがとうございましたぁ!!」」」

三本勝負の最後の一つ……総合力勝負は終わりを告げた。

すると、それを観《み》ていた観客達は……

「いやぁ～！　すごかった！　最初は、三本勝負って聞いて嬉《うれ》しかったところと、不安なところもあったからさ！　負けちゃったほうが、どっちかやめちゃうとか……」

「うん。私もそう思った。でも、全然そんな心配いらなかったね！　だって……」

「これ、最初からやること決まってたよね！」

「ふむふむ……。三本勝負といいつつ、本来の姿は『TINGS』と『HY:RAIN《ハイレイン》』の合同パフォーマンスでしたか。いい緊張感と高揚感でしたよ」

満足気に、そう言っていた。

もちろん、実際はそうではない。彼女達はステージの上で三本勝負を本気で行っていた。

だけど、『TINGS』が『HY:RAIN《ハイレイン》』のパフォーマンスに合わせることによって、観客達は錯覚をしたんだ。これは、三本勝負という名の合同パフォーマンスだと。

かつて、僕と螢《ケイ》はAYA《アヤ》から三本勝負を挑まれた時、本気で真《ま》っ直《す》ぐに彼女とパフォーマンスを競い合った。そして、結果は螢《ケイ》の勝利。

だけど、その時のAYA《アヤ》とAYA《アヤ》のファンの顔を忘れた日はない。

仕方のない結果だったと終わらせることなんて、看過できない。

ライブとは、全ての人にとって『楽しい思い出』でなければならないんだ。

これが、僕の出した答え。そして、『TINGS』はそれに応えてくれた。

さぁ、後は仕上げを残すだけだ。

「四人ともお疲れさまぁ～！　すっごい素敵なライブだったよ！」

響いてきたのは、活発な春《はる》の声。

ステージに立つ、杏夏《きょうか》と雪音《ゆきね》、蓮《れん》と柔《やわら》以外の『TINGS』と『HY:RAIN《ハイレイン》』のメンバーもステージにきたのだろう。賑《にぎ》やかな会話がなされている。

「ん～！　三本勝負、終わったね！　終わっちゃったね！　それで、結果だけど……」

光を失ってしまった僕に、結果は分からない。だけど、きっと……

「「「「「「「引き分け！」」」」」」」

少女達の、その声が響き渡った。

「でも、困っちゃったよ！　引き分けだと、最後の一曲はどっちが歌うの？」

「それなら、いい提案があるわよ、春《はる》」

「ほんと！　教えて、アオ姉！」

「簡単よ。引き分けだったのなら……一緒に歌えばいいじゃない」

「「「「「わぁぁぁぁぁぁ!!」」」」」

再び、大きな歓声が会場を包み込む。

「ふふーん！　いい提案ね！　理王《りお》様も賛成よ！　いいわよね、菜花《なのか》！」

「もちろん。みんなで、歌う。それは、とても公平」

「モォ姉、一緒にダンスやろ！　イト、モォ姉と一緒にダンスしたい！」

「うん。もう一回、みんなをビックリさせる。私達なら、きっとできぬ」

「モォ、『ぬ』だとまずいわ」

「言われてみれば！」

「ははは！　もう一回、雪音《ゆきね》と一緒にできるのは嬉《うれ》しいさぁ！　次は、うちが目立つ！」

「私様だって、負けないぞ！　次は、もっと大きな『物語』を創ってみせる！」

ステージの上で仲睦《なかむつ》まじく話す『TINGS』と『HY《ハイ》：RAIN《レイン》』。

だけど、一人だけ会話に参加していない少女がいて……

「蓮《れん》ちゃん。一緒じゃ、ダメ、かな？」

「…………」

蓮《れん》だけは、まだ何も言葉を発していなかった。

だけど、それから少し経《た》つと……

「別に、いいけど……」

どこか恥ずかしそうな声で、そう言った。

「やったぁぁ！　なら、決まりだね！　最後の曲は、『TINGS』と『HY《ハイ》：RAIN《レイン》』、みんなで一緒にやろ！」

春《はる》の言葉に、会場が歓声で応える。

そして、ほんの少しの沈黙の後……

「「「「「「「「「「ワンダー・スターー!!」」」」」」」」」」

☆

中野《なかの》サンプラザのライブは、熱狂に包まれたまま終わりを告げた。

三本勝負は引き分け。これこそが、かつて僕と螢《ケイ》が辿《たど》り着《つ》けなかったもう一つの未来。

「ごめんね、ナオ、螢《ほたる》。それと……ありがとう」

ライブが終わった後、AYA《アヤ》がそう言った。

「ナオも螢《ほたる》も、ずっと苦しんでると思ってた。だけど、本当は違った。苦しんでたのは、私のほうで……助けられたのも……」

「そんなことはないさ。君のおかげで、僕達も沢山助けられたよ。……ね、螢《ケイ》？」

「うん。AYA《アヤ》がいたから、私は頑張れた。だから、そんな風に考えちゃダメ」

「……ありがとう。でも、やっぱり……ごめんね」

そんなに謝ることなんてないのに、相変わらず真面目な子だな。

「けど、謝るのは今だけだから！　私は、アイドルを引退した！　でも、私には『HY：RAIN《ハイレイン》』がある！　だから、これからを楽しみにしててよ！」

活気づいた声で、AYA《アヤ》がそう言った。

「ぜ～～ったいに、螢《ほたる》を追い抜いてみせるからね！」

「うん。楽しみにしてる」

「それと、ナオ！　三本勝負の結果は引き分けだった。だからさ……」

AYA《アヤ》が、言葉を止める。その声からは、緊張が伝わってきた。

「これからは、一緒にマネージャーとして頑張っていけないかな？」

「もちろん、大歓迎だよ。これからも、よろしくね」

「〜〜〜っ！　……うん！　ありがとう！」

はぁ……。本当に、今回の僕は損な役回りだ……。

きっと、AYA《アヤ》はとびっきりに魅力的な笑顔を浮かべている。

なのに、それが見えないなんて……。

「ふふふ。じゃあ、私は先に行くね。あの子達と、今日のライブの反省会をしないと！」

どこか弾んだ声をあげて、関係者席から足早に去っていくAYA《アヤ》。

そんな中、まだ隣には螢《ケイ》がいて……

「さすが、ナオ。ゆーげんじっこーだね」

「何の話かな？」

「ちゃんと、私のことも何とかしてくれた」

「一石いっぱい鳥にしなきゃいけなかったからね」

「ふふっ、その通り。……新曲、できた。あとは頭から取り出すだけ」

それなら、よかったよ。わざわざ来てもらっておいて、何もできないのは嫌だからね。もう去った身ではあるけど、気持ちだけは君のマネージャーのつもりだしさ。

「じゃ、私は帰るね。今日はありがとっ」

「螢《ケイ》、折角だから挨拶をしていかないか？　君が来れば、他のメンバーも……」

「ダメです。今日はこの後、六人で美味《おい》しいディナータイムだから」

六人……つまり、後ろにいる五人のアイドルがターゲットというわけか。

「はぁ……。また強引な……。分かりましたわ、お付き合いしますよ」

「ふわぁ～！　螢《ほたる》さんとご飯！　楽しみです！」

「ディナー！　何だか大人の響きです！　ヒナももちろん、行きますよ！」

「螢《ほたる》、言っとくけど、もうロールケーキはなしだからな！　普通のディナーだ！」

「んふふ！　可愛《かわい》い子がいるところに、私が行くのは自明の理！　もちろん、行くよ！」

「やったね。やっぱり、いっせきいっぱいちょーだ」

五人からの返答を聞いて、満足気な声を漏らす螢《ケイ》。

まだ自分は、『TINGS』と『HY:RAIN《ハイレイン》』に会わないほうがいい。

きっと、そう判断したからこそ、螢《ケイ》は……

「じゃあ、ナオ。……またね」

「うん。またね、……螢《ケイ》」

その言葉を最後に、螢《ケイ》は七海《ななみ》達と共に関係者席をあとにしていった。

さてと、それじゃあ僕も行こうかな……。

【hy:Rain】

中野《なかの》サンプラザのライブは終わった。

最後の曲まで大盛り上がり。みんな笑顔でステージを去って、楽屋へと戻っていった。

だけど、私——黒金蓮《くろがねれん》は、楽屋に戻ってない。

少し用があるとみんなに伝えて、一人でソファーに座っていた。

ここは、一般客の人達が来れない場所。だから、一人になれる。

「負けた……。春《はる》じゃない……、『TINGS』に、杏夏《きょうか》に……」

今日のライブ、私は昔のパフォーマンスを思い出した。

そのおかげで、何とか引き分けに持ち込めたけど、それは杏夏《きょうか》のおかげだ。

もしも、杏夏《きょうか》が別のパフォーマンスを選んでいたら、私は昔の自分を思い出せないまま、三本勝負は負けで終わっていただろう。だけど、悔しいのはその結果じゃない。

「杏夏《きょうか》のほうが上だった……。杏夏《きょうか》は、春《はる》の隣に立ってた……」

私は、まだまだ春《はる》の隣に立てるようなアイドルじゃなかったんだ。

なのに、勝手に自分で勘違いして……

「ほんと、なにやってんだろ？」

茫然《ぼうぜん》と、言葉を漏らす。その時だ。

うつむく私の目の前に、白い箱が現《あら》われたのは。

「アイドルをやってたよ」

「え？」

声に誘われるように顔をあげる。すると、そこに立っていたのは……

「……誉《ほまれ》？」

私と春《はる》の幼馴染《おさななじみ》……虎渡誉《とらわたりほまれ》だ。

今日のライブ、誉《ほまれ》は私が招待した。伝えたからだ、絶対に春《はる》を取り戻すって。

だけど、結果は……

「とっても素敵なライブだった。春《はる》も蓮《れん》もとっても素敵。幼馴染《おさななじみ》の私は、鼻高々」

やめてよ。そんな優しい言葉を、私にかけないで。

だって、私は……

「でも、蓮《れん》は悲しそう。とっても心配。……そんな時は、私の出番」

誉《ほまれ》が、小さく微笑《ほほえ》みながらVサインを私に向ける。

「言っていいよ。蓮《れん》の、本当の気持ち」

その言葉が、私のスイッチになった。

「ほまれぇぇぇぇぇぇぇぇぇ!!」

「わっ！」

感情のままに、私は誉《ほまれ》の体に思い切り抱き着いた。同時に、涙が溢《あふ》れて……

「また仲直りできなかったぁぁぁぁぁ!!」

本当の気持ちも、溢《あふ》れていった。

「くす……。顔に書いてある」

「本当は仲直りしたかったのぉぉ!! でも、やっぱり春《はる》はすごくて……全然私じゃかなわなくて……悔しい！　悔しいよ！　ちゃんと春《はる》より上手になって、言いたかった！　また一緒にやろうって言いたかった！　でも、言えなかった！　言えなかったよぉぉぉぉ!!」

私には、足りないことが多すぎる。なにが、シャインポストだ！

そんな夢を、こんな私が口にすること自体が、間違ってる。

「もっと上手になりたい！　春《はる》と一緒にライブがしたい！　春《はる》と仲直りがしたいよぉぉ!!」

「蓮《れん》、一番の頑張り屋さん。えらいえらい」

誉《ほまれ》が、私の頭を優しく撫《な》でた。

「足りないよ！　全然、足りない！　やっぱり、私じゃダメなんだ！　私じゃ春《はる》に……」

「そんなこと、ない」

「え？」

「蓮《れん》は、ちゃんと蓮《れん》になれてた。前みたいに、春《はる》の真似《まね》をしなくなってた。すっごく素敵な、黒金蓮《くろがねれん》になってた。だから、春《はる》も絶対喜んでる」

「どうして、春《はる》が？」

「前に聞いた。『HY《ハイ》：RAIN《レイン》』のオーディションに合格したばかりの時の春《はる》から」

…………

……

「誉《ほまれ》ちゃん、私は上手なアイドルにならなくていいと思うんだ！」

「どうして？」

「だって、上手なアイドルはいーっぱいいるもん！　だから、私は、青天国春《なばためはる》っていうアイドルになりたい！　それが私の、絶対アイドルだよ！」

「とっても素敵」

「えへへ！　だから、それに蓮《れん》ちゃんも付き合ってもらうんだ！　蓮《れん》ちゃんに蓮《れん》ちゃんってアイドルになってもらって、二人で螢《ほたる》さんと同じステージに立つの！　絶対アイドル三人だよ？　絶対絶対絶対盛り上がっちゃうよ！」

「とっても楽しみ。私、絶対絶対絶対観に行く」

「もちろんだよ！　誉《ほまれ》ちゃんは、いっちばんいい特等席にご招待！　だから、待っててね！」

「いつか蓮《れん》ちゃんと一緒に、螢《ほたる》さんとライブができるシャインポストになってみせるから！」

…………

……

「じゃあ、私は……」

「春《はる》の大好きな黒金蓮《くろがねれん》になれてた」

「あぁぁぁぁん!! 春《はる》、ごめんなさい！ 私も、私も大好きだからぁぁぁぁぁ!! 今度は、今度はちゃんと仲直りするからぁぁぁ!!」

止まらない言葉と涙が、溢《あふ》れ続ける。

今日はダメでも、絶対に諦めない！ いつか、私も春《はる》と一緒に……

「その意気。だから、今日は元気を出すために……」

誉《ほまれ》が、持っていた白い箱を開けた。すると、中からは……

「甘くて美味《おい》しいまん丸ドーナツ、一緒に食べよ」

私と誉《ほまれ》は、それぞれドーナツを持て、見つめ合う。

「ぐす……。まん丸ドーナツ、みんなでだべで……」

「丸くなる」

いつもの合言葉を言った後、ドーナツにかじりついた。

「……しょっぱい」

☆

「あっ！　ナオ君、待ってたよぉ～！」

「ナオ、遅い！　プリン一〇個よ！」

「ナオさん、やっと来てくれましたか！」

「マネージャーちゃん、遅いぞ！」

「いとおかし！　待ちくたびれた！」

楽屋とへやってきた僕に、それぞれ五つの声が飛ぶ。

「今日はお疲れ様。すごくいいライブだったよ」

「ありがとうございます、ナオさん！　中野《なかの》サンプラザを満員にできて、あんなにも沢山の人達に満足していただけて……。少しだけ私もなれた気がします。……特別な存在に」

涙で震えた声と共に、言葉を伝える杏夏《きょうか》。

「ナオ！　私、来てくれた人達、みんなを元気にできたよ！　でも、これからももっともっと沢山の人を元気にしたい！　どんどん大きな会場でやってみたい！」

無邪気に元気いっぱいの声を出して、感情を溢《あふ》れさせる理王《りお》。

「一生懸命やって、ほんっとーに楽しかったよ！　ありがとう、ナオ君！　ありがとう、理王《りお》ちゃん、杏夏《きようか》ちゃん、雪音《ゆきね》ちゃん、紅葉《もみじ》ちゃん！　これからも、一緒に頑張ろうね！」

明るく楽観的な声の中に、感謝をこめる春《はる》。

「当然だ！　ここが最後じゃない！　これからも、私様達のアイドルは続いていく！」

活気づいた声をあげる、雪音《ゆきね》。

「うん！　私は絶対に誰も一人にしない！　だから、これからもアイドル！」

憑《つ》き物《もの》が落ちて、弾んだ声を出す紅葉《もみじ》。

何だか、初めての定期ライブの時のことを思い出すな。あの時から、彼女達は大きく成長した。だけど、まだまだ成長していないこともある。それが、この一つだ。だから僕は、

「そうだね。三本勝負も大盛り上がりだったしね」

少しだけ、いじわるをしてしまうのであった。

「「「「あっ！」」」」

まったく、ライブに夢中になって忘れているのはいいけど、終わったら思い出してくれてもいいじゃないか。五人揃《そろ》って言われてから思い出すなんて、どういう了見だ？

「あ、えっと、私はミスをしませんでしたよ！　ちゃんとやり遂げました！」

どれだけ難しい教科書でも、必死に努力をして必ず身につける少女……玉城《たまき》杏夏《きようか》。

「ナオ、これからも一緒よね？　私、ナオがいないと……」

普段は傲慢な態度なのに、本当は誰よりも優しいアンバランスな歌姫……聖舞《せいぶ》理王《りお》。

「いなくなるとか言ったら、ナオ君の秘密をばらしちゃうよ！　ばらしちゃうからね！」

誰よりも優れたセンスを持ち、アイドルとしての才能に溢《あふ》れる寂しがり屋……青天国春《なばためはる》。

「ひ、引き分けだったんだから、問題ないはず！　うん、そのはず！」

普段は仰々しい口調なのに、本当は誰よりも女の子らしい……祇園寺雪音《ぎおんじゆきね》。

「雪音《ゆきね》たんの言う通り！　今日のライブはとても賑《にぎ》やか！　四面楚歌《しめんそか》だった！」

ちょっぴり変な日本語を使う、多くの人に寄り添う少女……伊藤紅葉《いとうもみじ》。

そんな少女達の五者五様の言葉を受けて、まずは深呼吸を一つ。

そして……

「これからも、君達のマネージャーをやる日生直輝《ひなせなおき》だ。よろしくね」

そう伝えた。

中野《なかの》サンプラザが終わった翌日、僕は優希《ゆうき》さんに呼び出されて社長室を訪れていた。

「素晴らしい！　素晴らしい結果だったよ、ナー坊！」

「ありがとう。そう言ってもらえると、嬉《うれ》しいよ」

「ただし、大きな代償を払ったようだね？　その眼《め》は、あとどれくらい……」

「あと五時間くらいかな。治ったら、すぐに映像を確認させてもらうよ」

「ふふふ。そうするといい。私も直に観たが、素晴らしいライブだったからね！」

絶対、僕の気持ちを分かってわざと言っているな……。

「そうそう！　今回の素晴らしい成果に対しての報酬だが、『TINGS』にはメジャーデビューをしてもらうことにした！　レーベルは、『FFF《フライ》』と同じところだよ！」

メジャーデビュー。遂《つい》に、彼女達もそこまで辿《たど》り着いたか……。

「それは、ありがたい話だね」

「おや？　その割には、あまり嬉《うれ》しそうな顔をしていないね」

だって、僕は知っているから。優希《ゆうき》さんがいい話をする時は、決まって……

「代わりに、大きな難題がありそうな気がしてね」

「はっはっは！　相変わらず、ナー坊は心配性だね！　何も心配なんていらないさ！　君は見事に、『TINGS』全員の悩みを解決してみせた！　つまり……」

「もう、何も問題なんてないよ」

快活な優希《ゆうき》さんの声。僕の眼《め》は、今も光を失ったままだ。

だけど、僕は優希《ゆうき》さんに対して……

「輝いているね」

あとがき

どうも、駱駝《らくだ》です。シャインポスト三巻発売しました。

この巻が販売されるのは、七月とのことなので、まだゲームのサービス開始まで時間がありますね。

前回のあとがきでもお伝えした通り、ゲームシナリオに関しては、一部キャラの本シナリオ作成、全キャラクターのシナリオ監修を担当しています。

現時点で完成している分のシナリオは、どれも非常に面白く、（果たしてサービス開始までに全員分完成するのかという不安を潜めながら）、サービス開始を楽しみにしております。

やはり、ライターさんの色というのが出てくるので、キャラクターによって物語の雰囲気が変わるのも面白いポイントですね。

一つの世界観で、テイストの違う物語があるというのは、中々素敵だと思います。

どうか、私の担当したキャラクターよ、人気が出てくれ！　と祈っておきます。

まぁ、その前に（）内に書いた通り、ちゃんと全てのシナリオを完成させなくてはならないので、オラオラと頑張らせていただきます。

では、謝辞を。

シャインポストを購入していただいた皆様、誠にありがとうございます。

ひとまず、この物語は三巻で一つの区切りを迎えますので、ここまでかけてよかったです。

尚《なお》、初期の構想では一巻でＨＹ《ハイ》：ＲＡＩＮ《レイン》との三本勝負まで行い、その後に雪音《ゆきね》と紅葉《もみじ》が登場する予定だったという小ネタを入れていきます。

そこから色々と話し合った結果、今の形に落ち着きました。

ブリキ様、いつも以上に素敵なイラストをありがとうございます。

担当編集の皆様、今回も尽力いただき誠にありがとうございます。

このあとがきを書いているのは六月ですが、皆様のお手元に届くのは七月。

つまり、ナオの声優さんも発表されているでしょう。はい、彼が日生直輝《ひなせなおき》です。

駱駝

◉駱駝著作リスト

「俺を好きなのはお前だけかよ①〜⑰」（電撃文庫）
「シャインポスト①〜③
ねえ知ってた？　私を絶対アイドルにするための、ごく普通で当たり前な、とびっきりの魔法」（同）

本書に対するご意見、ご感想をお寄せください。

ファンレターあて先
〒 102-8177　東京都千代田区富士見 2-13-3
電撃文庫編集部
「駱駝先生」係
「ブリキ先生」係

本書は書き下ろしです。

電撃文庫

シャインポスト③

ねえ知《し》ってた？　私《わたし》を絶対《ぜったい》アイドルにするための、ごく普通《ふつう》で当《あ》たり前《まえ》な、とびっきりの魔法《まほう》

駱駝《らくだ》

◇◇◇

2022年７月10日　初版発行

発行者　青柳昌行
発行　株式会社KADOKAWA
〒102-8177　東京都千代田区富士見2-13-3
0570-002-301（ナビダイヤル）
装丁者　荻窪裕司（META＋MANIERA）
印刷　株式会社暁印刷
製本　株式会社暁印刷

ISBN978-4-04-914537-3　C0193　Printed in Japan

電撃文庫　https://dengekibunko.jp/

電撃文庫創刊に際して

文庫は、我が国にとどまらず、世界の書籍の流れのなかで〝小さな巨人〟としての地位を築いてきた。古今東西の名著を、廉価で手に入りやすい形で提供してきたからこそ、人は文庫を自分の師として、また青春の想い出として、語りついできたのである。

その源を、文化的にはドイツのレクラム文庫に求めるにせよ、規模の上でイギリスのペンギンブックスに求めるにせよ、いま文庫は知識人の層の多様化に従って、ますますその意義を大きくしていると言ってよい。

文庫出版の意味するものは、激動の現代のみならず将来にわたって、大きくなることはあっても、小さくなることはないだろう。

「電撃文庫」は、そのように多様化した対象に応え、歴史に耐えうる作品を収録するのはもちろん、新しい世紀を迎えるにあたって、既成の枠をこえる新鮮で強烈なアイ・オープナーたりたい。

その特異さ故に、この存在は、かつて文庫がはじめて出版世界に登場したときと、同じ戸惑いを読書人に与えるかもしれない。

しかし、〈Changing Times,Changing Publishing〉時代は変わって、出版も変わる。時を重ねるなかで、精神の糧として、心の一隅を占めるものとして、次なる文化の担い手の若者たちに確かな評価を得られると信じて、ここに「電撃文庫」を出版する。

1993年6月10日
角川歴彦

電撃文庫DIGEST　7月の新刊

発売日2022年7月8日

第28回電撃小説大賞《銀賞》受賞作 **ミミクリー・ガールズ** 著／ひたき　イラスト／あさなや	2041年。人工素体──通称《ミミック》が開発され幾数年。クリス大尉は素体化手術を受け前線復帰……のはずが美少女に!?　クールなティータイムの後は、キュートに作戦開始！　少女に擬態し、巨悪を迎え撃て！
第28回電撃小説大賞《選考委員奨励賞》受賞作 **アマルガム・ハウンド** 捜査局刑事部特捜班 著／駒居未鳥　イラスト／尾崎ドミノ	捜査官の青年・テオが出会った少女・イレブンは、完璧に人の姿を模した兵器だった。主人と猟犬となった二人は行動を共にし、やがて国家を揺るがすテロリストとの戦いに身を投じていく……。
はたらく魔王さま! おかわり!! 著／和ヶ原聡司　イラスト／029	健康に目覚めた元テレアポ勇者!?　カップ麺にハマる芦屋!?　真奥一派が東京散策??！　大人気『はたらく魔王さま！』本編時系列の裏話をちょこっとひとつまみ。魔王たちのいつもの日常をもう一度、おかわり！
シャインポスト③ ねえ知ってた？　私を絶対アイドルにするための、ごく普通で当たり前な、とびっきりの魔法 著／駱駝　イラスト／ブリキ	紅葉と雪音のメンバー復帰も束の間、『TINGS』と様々な因縁を持つ『HY:RAIN』とのダンス・歌唱力・総合力の三本勝負が行われることに…しかも舞台は中野サンプラザ!?　極上のアイドルエンタメ第3弾！
春夏秋冬代行者 夏の舞 上 著／暁 佳奈　イラスト／スオウ	黎明二十年、春。花葉雛菊の帰還に端を発した事件は四季陣営の勝利に終わった。だが、史上初の双子神となった夏の代行者、葉桜姉妹は新たな困難に直面する。結婚を控える二人に対し、里長が言い渡した処分は……。
春夏秋冬代行者 夏の舞 下 著／暁 佳奈　イラスト／スオウ	瑠璃と、あやめ。夏の双子神は、四季の代行者の窮地を救うべく、黄昏の射手・巫覡輝矢と接触する。だが、二人の命を狙う「敵」は間近に迫っていた??。季節は夏。戦いの中、想い、想われ、現人神たちは恋をする。
ギルドの受付嬢ですが、 残業は嫌なのでボスを ソロ討伐しようと思います5 著／香坂マト　イラスト／がおう	憧れのリゾート地へ職員旅行！　…のハズが、永遠に終わらない地獄のループへ突入!?　楽しい旅行気分を害され怒り心頭なアリナの大鎚が向かう先は……!?　大人気異世界ファンタジー第5弾！
恋は双子で割り切れない4 著／高村資本　イラスト／あるみっく	那織を部屋に泊めたことが親にバレた純。さらに那織のアプローチは積極的になっていくが、その中で純と衝突して喧嘩に発展してしまう。仲裁に入ろうとする琉実だったが、さらなる一波乱を呼び……？
アポカリプス・ウィッチ⑤ 飽食時代の【最強】たちへ 著／鎌池和馬　イラスト／Mika Pikazo	三億もの『脅威』が地球に向けて飛来する。この危機を乗り切るには『天外四神』が宇宙へと飛び出し、『脅威』たちを引きつけるしかなかった。最強が最強であるが故の責務。歌貝カルタに決断の時が迫る──。
娘のままじゃ、 お嫁さんになれない!2 著／なかひろ　イラスト／涼香	祖父の忘れ形見、藍良を娘として引き取ってから2か月。桜人が教師を務める高校で孤立していた彼女も、どうにか学園生活を送っているようだ。だが、頭をかすめるのは藍良から告げられたとんでもない言葉だった──。
嘘と詐欺と異能学園3 著／野宮 有　イラスト／kakao	学園に赴任してきたニーナの兄・ハイネ。黒幕の突然の登場に動揺しつつも奮起するジンとニーナ。ハイネが設立した自治組織に参加し、裏ではハイネを陥れる策を進行させるという、超難度のコンゲームが始まる。
新作 **運命の人は、嫁の妹でした。** 著／逢縁奇演　イラスト／ちひろ綺華	互いの顔を知らないまま結婚したうえ、嫁との同棲より先に、その妹・獅子乃を預かることになった俺。だがある日、獅子乃と前世で恋人だった記憶が蘇って……。つまり〈運命の人〉は嫁ではなく、その妹だった!?

ねえ知ってた？
私を絶対アイドルに
するための、
ごく普通で当たり前な、
とびっきりの魔法
SHINE POST
シャインポスト
3

SHINE

Did you know? The most ordinary, natural, and unique magic
to make me an absolute idol

CONTENTS

POST